偷得浮生半日閒

王启林 —— 著

江苏人民出版社

图书在版编目(CIP)数据

偷得浮生半日闲 / 王启林著. -- 南京：江苏人民出版社，2023.3
ISBN 978-7-214-27661-2

Ⅰ.①偷… Ⅱ.①王… Ⅲ.①散文集-中国-当代 Ⅳ.①I267

中国版本图书馆 CIP 数据核字(2022)第 221448 号

书　　名	偷得浮生半日闲
著　　者	王启林
责任编辑	金书羽
责任监制	王　娟
出版发行	江苏人民出版社
地　　址	南京市湖南路1号A楼,邮编:210009
照　　排	江苏凤凰制版有限公司
印　　刷	江苏凤凰扬州鑫华印刷有限公司
开　　本	880毫米×1240毫米　1/32
印　　张	10.75
字　　数	230千字
版　　次	2023年3月第1版
印　　次	2023年3月第1次印刷
标准书号	ISBN 978-7-214-27661-2
定　　价	58.00元

(江苏人民出版社图书凡印装错误可向承印厂调换)

序

胡竹峰

交友如读书,全凭兴致。有几年只看旧书,得闲也只和旧友叙旧,所谓衣不如新,人不如故。也未必,近来认识的朋友王启林也如新衣一样令人欢喜。我们一起喝酒、一起喝茶、一起去过乡下,王启林给我的感觉,朴素。后来看见他的文字,感觉越发朴素。年轻时候不懂得朴素美,一味追求辞章灿烂。格外喜欢读那些明清小品,推敲语言,讲究情趣。现在知道文章要往大处写,最起码多读读雄浑沉郁的作品,把气往浩大里鼓,气粗壮了,哪怕写小品,也举重若轻,让人身在局外。文章家是当局者,最怕当局者迷。

《庄子》说得好:"朴素而天下莫能与之争美。"炫美或许阻塞了好文章的坦途。王启林的朴素是乡野的朴素,像启窗看林——树林。王家树林大,有松、银杏、桂、玉兰、槐、枫、柳、桦、椿、栾、黄杨、枸骨、石楠、海桐、南天竹、铁树……我看王启林的书稿如观铁树,无端觉得是绍兴范文澜故居后院的那一棵铁树。有年春日,在范家逗留了半个下午。铁树生命力强,喜光,稍耐半阴,喜温暖。其形古朴,茎干坚硬如铁,四季常青,老干布满落叶痕迹,斑然如鱼鳞。王启林其人给我感觉也如此。

我是读范文澜《中国通史简编》长大的,其文本丰满,令人津津乐道,读过几本他人的通史,骨瘦如柴,少了嚼劲。当下文章的问题是,过于较劲,少了嚼劲。很多文人也喜欢较劲,王启林不较劲。不较劲则松,人放松了,文章才放松。

文学不是较劲的事业,自适就好。南宋洪芹,洪皓、洪适的后人,迁礼部侍郎,"帝锐意乡用而以论去",退寓永嘉,怡然自适。王启林六十岁了,也到了退寓年纪,其实他一直有退寓之心,退寓文字,偷得浮生半日闲,文章自适。文章是寄托,寄之以情,托之以理,从而动之以情,晓之以理。王启林的文章是他的寄托,其中有他的情理。这寄托属于他的,这情理别人没有。这样就很好。

一度以为王启林的名字是王启灵,文章是启灵的事业,开启灵思灵性,文章更要启林,得自然之性,文章以自然为上。天下文章都是作出来的,任谁也不能不做作,少做作就好,淡去做作之心,启窗看林。看林就好,与启林尊兄共勉。

是为序。

2022 年 4 月 3 日,合肥

目 录

抒怀篇

探　春	3
云之语	6
雪夜漫步	9
房子变奏曲	12
品茶悟道	16
河边看柳	19
遛狗记	22
读书偶想	25
涓水湾纪行	28
忆江南	30
夜雨漫话	32
走　路	34

枯柳重生	37
不如吃茶去	39
教书情结	41
教师节断想	43
映日枫叶别样红	45
爱,何处相逢	51
太阳每天都是新的	55

畅游篇

偷得浮生半日闲	61
游图们江	64
行走在江南	68
齐云仙境	73
古运河畔乡情深	77
温州之行	81
九寨行	85
天堂寨	89
风情谷里寻风情	92
钓山水	96
古寨新歌	98
青云峡漂流	101
菊 说	105

家乡的小桥	109
听　心	111
闲话司空原	117
峡谷石画赛敦煌	121
峡谷探奇	124
天外巨石	127
主簿遐思	130
品味大歇	133
牛草山寻景	138
天峡三奇	141
忆游天柱山	145
妙道说道	150
漫话古襄阳	154
绍兴印象	158
天坑地缝有奇观	165

亲情篇

父亲的书	173
妈妈的布鞋	175
花落的声音	180
追寻大师的足迹	184
曾经的军人	187

爱国方知有真情 192
永远的怀念 196
大鹏展翅何处去？ 199
思念永远 204
德高为师 207
隔代亲 212
涵涵的肢体语言 214
有一种失败叫成功 216
我们曾经是学生 219
岳母的小屋 222
母爱的力量 227
恩师二则 230

求索篇

教育禅 237
教育在"育" 241
化短为长 243
师生相处之道 246
请放开手 248
家庭教育三定位 250
教育干部要"三会" 256
核心科长的角色意识 259

教育改革要过"三关"	261
校长在课改中怎么改	264
思政课之学生心理效应	268
复式教学的思考	271
训师者当自训	277
扫盲工作之我见	281
农村学生流失深层原因探析	284
教师继续教育问题与对策	289
普高不均衡发展的成因及对策	293
智慧学校热点问题冷思考	296
解决"三农"问题的关键是发展农村教育	304
关于落实乡村教师支持计划的调查与思考	310
构建岳西特色教学质量监测管理体系	315
依托红色资源，打造国家级研学旅行基地	320
班主任工作要"四勤"	328
后　记	331

抒怀篇

探 春

说起来已经是一个月以前的事情了。

自全民抗疫阻击战打响以来,到公园散步的人是越来越少了,独享清幽、独寻美景有了可能。此时,雨中的河边公园是我一个人的,公园里的春意也是我一个人的。

金黄色的迎春花开了,没有绿叶的陪衬,无遮无掩地立于扑面寒风中,张扬而不张狂,俨然央视女主持在向世界报告着春的信息。是不是顺便也在给我们一些其他的暗示?

春风轻轻柔柔的,伴着春雨悄悄潜入公园,如蒙着面纱的阿拉伯少女,迷人的眼神流连于枝头怒放的梅花,更添梅花之趣。梅花朵朵开,立于枝头,红黄色的花蕊好似一簇簇小小的火苗,又如灯光辉映下的红黄宝石,散发着迷人的光彩,富有生机和活力。风雨中的梅树,神似"战疫"中的"逆行者"们,直面危险,攻坚克难,只为更多人的安全。抵近看,那微微绽开的饱满花苞,像婴儿纯真无邪的笑脸,洋溢着欢乐,极富感染力。这一切,让我想到我的祖国,虽然饱经沧桑,历尽磨难,但是依然选择坚强,而且还能抬眼望天,仰天长啸!或许唯有一个"醉"字可以评说。

梅花边上有一株结满了红果的猫耳刺,还有一个好听的别名:荒漠锦鸡儿。带刺的叶和猫的耳朵一般形状,四季常青,家乡的山坡地坎上常见。树高一米多,冠径也有一米多,周身挂满串串珍珠样的红果,在碧绿的叶片衬托下,显得格外娇艳。这样大而茂盛的猫耳刺很少看到。刺尖锋利,红果藏匿于尖刺丛中,就似狡猾的冠状病毒,显微镜下形如王冠,只可远观,不可亵玩。

公园里栽种得最多的是柳树,过去我总以为这里的柳树都是一个品种。许是这个冷冷清清的春节,沉静了我的内心,擦亮了我的双眼,让我第一次看出雨中光秃秃的柳树的不同。

垂柳是主要树种。沿着河边,万条垂下,如出浴少女,满头乌发,半遮着她的娇颜。枝条的结节处已冒出了米粒大小的绿泡。这是柳树对春的响应!

垂柳之间穿插着一些黄金柳,又叫金丝柳。查阅手机资料得知,此树冬季休眠期枝条呈金黄色,细看,果真如此。百度显示此柳"春季初出,新叶泛红;秋季叶色为红色,部分为黄色;成熟颜色一般都是绿色;主干是浅灰色或者成灰黑色"。原来,我们秋冬季节看到的那道亮丽的风景线就是它带来的。冥冥之中,或是大自然希望我们对它多了解一些,所以给世界按下暂停键,为我们的大脑腾出了更多思考的时间和空间,从而懂得与自然和谐共生。

靠着里边石坝生长的一丛丛毛竹,似乎看不到一点点变化。翠绿的叶,在寒风的吹袭下,只是略显憔悴。眼前看到的竹,沉默内敛,低调深沉。大地之下,已在孕育新笋,只待时机成熟,就会如利剑破土而出。郑板桥一生爱竹、画竹、吟竹,"咬定青山不放松,立根原在破岩中。千磨万击还坚韧,任尔东西南北风"。今天,我深深刻刻感觉,这不正是国人的性格、中华民族的精神么? 寻春,在竹这儿,还得俯下身子,贴近泥土。春的脚步,只有竹听得最真。它们才是严冬里最暖的风景,春的使者!

春,真的快到了。

春,真的已经到了!

云之语

云有语,语多彩且多情。诗仙李太白"云想衣裳花想容",虽然说得婉转,实际说的就是云有语。试想:云思云想,没有云之语,谁能知之?

云之想是美女之想,和花媲美,是那么的艳丽,又是那么的含情脉脉。自古有云:女为悦己者容,又云女要衣妆,由此可见,云是怀春美女了。春天的云与怀春的美女一样,总是有点高远。所以唐朝诗人陈师穆在《立春日晓望三素云》中言说云"缥缈中天去,逍遥上界分。鸾骖攀不及,仙吹远难闻"。细品之下,感觉这不是说云,分明是在说玉皇大帝王母娘娘家的七仙女,神龙见首不见尾,犹抱琵琶半遮面。陈师穆认为虽然有点遥不可及,却也能可思可想,只要用心咂摸,"霞色自氤氲"。

云在九天,九天之云语能达凡间,如美女,虽羞涩,仍有莺声悦耳,燕语呢喃。入凡耳,生凡听,展示云语之神奇。云语神韵在乎云的灵气、灵异。万里晴空,碧蓝如洗,眼睁睁,不见丝丝缕缕白云。无云?非也!王籍《入若耶溪》诗曰:"蝉噪林逾静,鸟鸣山更幽。"云无现非云无有。君不见:微风吹拂轻轻飘逸而去的白色幽灵,就是我们屏气凝神、怕喘息吹飞了的美云。美云美得若有若无,于有无心之失,稍纵即逝,于有心之人,入魂入梦,如诗如画,盘踞心宫,萦回心身,挥之不去! 美云在天,天高云淡,云淡风轻,金色阳光刺穿莽莽苍穹,拥抱人间万象,昭示天之旷远,秀出旷达不羁。与大地的静谧、人间的祥和、心灵的安逸交相辉映,共谱天地人间之神曲! 难怪杜牧云:"尽日看云首不回,无心都大似无才。可怜光彩一片玉,万里晴天何处来?"

人间半晚,满天彩霞,燃烧在长空与远山之间,归雁扇动翅膀,敲响了夜归的钟声。"潭暮随龙起舞",伴随行人匆匆忙忙的脚步,在给这精彩的一天做着总结,以浓墨重彩之笔诠释生命的颜色。连"干将、莫邪,难与争锋"的一代英豪李邕也挥毫泼墨,"彩云惊岁晚,缭绕孤山头。散作五般色,凝为一段愁"。

云柔云美也有云之怒。怒云浓且厚,厚且黑。正如高尔基在《海燕》中描摹的:"一堆堆乌云,像青色的火焰,在无底的大海上燃烧。"压顶乌云,令天地失色,浊浪涛涛。云怒,天亦怒,海亦啸。狂风暴雨亦追踪而至。足见云是不轻易怒,怒能冲冠,怒能得天地、大海、风雷、雨电相呼应。

云得森罗万象之势,成就了云之宏大和壮丽。"影虽沉涧底,形在天际流","捧月三更断,藏星七夕明"。如此气魄,非项羽不可以争辉,非神魔无以比拟。我爱云,爱云之瑰丽,爱云之灵动,爱云之张扬,爱云之高贵,甚至爱云之一怒。但我更爱云的宏伟大气!

云水总相连。有歌唱道:"水是云的爱,云是水的魂。水是前世的云,云是来生的水。"云与水"前世今生美丽,美丽的轮回"。水是水,水非水;云是云,云非云;水非云,云非水;水亦是云,云亦是水;是耶? 非耶? 非也! 是也! 前世是前世,来生是来生;前世的轮回是今生,今生今世的轮回是来世来生。一首《云在飞》唱出了水的甜,云的柔;唱出了云水之欢,唱出了心的灵动,唱出了人生你我的三生约定,唱出了真情的无悔和等待。总之,云浓也美,淡也美,柔也美,刚也美。美在天上,美在心中,美在有语,美在无语,美在有语胜无语,美在无语胜有语!

雪夜漫步

夜深了,雪光将夜色照映通透,通透得宛如踏入童话故事情节中,又恍如置身于骄阳之下,仿佛返回到了童言无忌时代,仿佛看见了、摸到了、嗅出了、品尝到了母乳的白、柔、香、甜……控制不住自己激动的心,不满足于窗前赏雪,顶着严寒出门,行进于风中,行走到自己心的愉悦里。

河边公园,异常寂静,静得几乎听不见雪落的声音。我分明听见了春天小草萌芽、花苞绽放,听见了盛夏蝉鸣蛙叫、蜓舞萤亮,听见了金秋稻香菊黄以及冬雪与腊梅争锋;还听见了和煦阳光轻抚万象、漫天风云变幻、人情冷暖交替……一片片,一团团,一簇簇,在公园路灯的照映下,晶莹剔透着,缥缈着,甚至变幻莫测地舞蹈着。莫测不是不可测,许是我们没想到要用心去探测,许是我们害怕用心去探测。如果探测出雪的温度高于室温,高于环温(各种环境之温),甚至高于人的体温,是不是会引发科学尤其是哲学的巨大变革?莫测是不可测,如果测出氧离子超标,地球会不会醉氧?如果测出了负离子超低,人类会不会缺乏阳刚?如果测出了情商超高,少女少男会不会变得狂躁,又要回到远古时代?如果测出了情商趋零,会不会影响繁衍的兴致?……与其这样冥思苦索,不如让自己变回童心未泯,堆起一个雪人,摘下两粒红果为眼睛,采下一串冬青叶子为辫,装扮出一个美丽的白雪公主,让到此一游的人就像来到了水晶宫,来到了白雪公主的宝殿。继而让每一颗躁动的心变得空灵起来,融化在雪的世界。

静夜,总会悄无声息地传来天籁。今夜,心智为之迷幻,迷幻让我变得年轻、有力,自觉高大、帅气!帅气的样子可以征服全世界。连沉稳的老树也要年轻一回,伸长枝条,张开怀抱,召唤着许许多多的雪粒,仿佛千树万树盛开的梨花在春光里明媚。大地也是那么含情脉脉地打量着我,就像我依恋着纯洁得有点梦幻的雪夜。真的好想和她腻歪在一起,就像亚当、夏娃一般赤诚相待。

公园靠近河边的栏杆立柱上,积起的雪花像一盏盏路灯,矗立在河岸上,为步履照明。熠熠光辉里,跳跃出一串串变幻着五彩的音符,令雪夜绚丽。放眼河道,大雪铺满了两边的草地,臃肿的模样让我仿佛看见了怀孕的仙女腹中孕育的春天。河水宛如处子,流淌得那么舒缓,舒缓得就像京剧的长吟。沿河站立的一棵棵杨柳的枝条,也似新嫁娘般轻柔地扭捏着,以扭捏掩饰着内心的惴惴不安和期待,好像它也怕动作太大,惊扰了正在成长的春梦!

仰首无际的雪夜,耳畔忽然回响起一个伟人的词句:"北国风光,千里冰封,万里雪飘。""大河上下,顿失滔滔。"这词句似乎与眼前的雪夜有点矛盾,意味却是那么接近。

清高的竹,许是对雪服输。佝偻着腰,在雪花的缭绕中,似乎不堪重负,让人感觉不到虚心有节的骄傲。站立在竹旁的几株梅树,光秃秃的枝条,就像调皮的孩童,仰视着夜空。不知道是不是已经承接了雪的告示,为春天孕育芳华?

雪在小广场边一条弧形的大理石小道上写出了一幅天书。这应该是上天为凡间送来的春联,寓意瑞雪兆丰年。她以神来之笔,为奉祀她的每一位子民赠送神奇、灵验的祝福。这个行动总是显得有点诡秘,诡秘得有点费尽心机,有点眼花缭乱,更有点让人浮想联翩,甚至夜不能寐。

漫步雪夜公园,吱吱咔咔的脚步,敲击着夜的身躯,是不是也敲醒了她的孤独、寂寞和无眠?我静静地倾听着自己的心跳,感觉这每一下跳动和树群、和大地同步,莫非是要和雪夜弹一曲绿色小夜曲,为生活的每一个晴天丽日祈祷?

冥冥之中,飘来了一位红裙仙女。她走到猫耳刺旁,仰着脸,凝视着叶片里的颗颗红果,轻轻张开双臂,好像要将它们拥入怀中!片片雪花,好比一只只小小的夜莺,围绕着她飞舞、歌唱。慢慢地,她也加入舞蹈中,为这静谧的冬夜带来鲜活的生机。

此时此刻,我真真切切、快快乐乐、反反复复地听到了雪被下小草拔节的声音……

房子变奏曲

从记事起,老家的房子历经了四次变化,每一次变化都是时代发展的必然决策。

我出生时的老房子建于新中国成立初期,是爹奶新建的瓦房。每根桁条、每根椽子、每块砖、每堆泥、每片瓦,都凝结着他们的心血和汗水,同时也是他们的骄傲。老房子建在老屋中间,两间正房外加一间厨房,厨房建在一间正房的外侧,另一间正房和厨房围成了一个小小的院子。院子一角栽了一棵桂花树,树不是很大,树枝也不茂盛,每到秋天,桂花的清香却也让全家心旷神怡。院墙墙根处种了些"洗澡红",每到夏天黄昏时,争先恐后地开放,开得红艳,到次日早上七八点时花朵才合拢。每当花朵绽放时,我们就要被母亲找回来洗澡,洗澡水倒在粪桶里,第二天清早用来浇花……

老家房子不多,人口越来越多。爹爹奶奶、父亲母亲、我们兄弟姐妹六人,这一大家子,晚上睡觉就是个问题。

姐姐工作后每月工资二十元钱,但和读书的我一样从家里带米带腌菜吃,省下的钱大都交给父亲。几年下来,父亲手头有了些积蓄,就想着改善居住条件。在和邻居反复商量后,将他家的两间旧房子并过来。这两间旧房子太老了,雨大时房顶墙角到处漏水,但青砖上顶,根基很结实,父亲决定对之进行简单改造。为省钱,父亲不准备改造墙壁。奶奶担心夹心墙里有毒虫咬了孩子,父亲方才同意拆墙。果不其然,墙拆开后,蛇、蜈蚣、老鼠很多,打死了一些,跑掉不少。

父亲将改造后的一间房子改作堂屋,也就是客厅,客厅正对老屋的一面开扇大门,来客就不用从厨房进出了;另一间加了阁楼,给奶奶和我睡(打小就跟着爹奶,此时爹爹已经去世了,我就跟着奶奶睡)。

老房子变宽敞后,父亲还是有着难以言说的无奈和不甘心。

十年后,我大学毕业工作了,弟弟高中毕业没考上学校回到了老家,成为父亲最好的帮手。此时的国家政策发生了根本变化,改革开放的春风吹绿了乡村城市。父亲带着弟弟,凭借勤劳攒下一笔钱,再次产生了建新房子的念头。

家乡有句俗语,"房子是人住的,不是人做的",意思是说盖房子十二分辛苦。为此,我劝父亲迟几年再建房,好存点钱从经济上帮他。

父亲说:"你兄弟俩都老大不小了,过几年成家都要花钱,你有工作,我不要你帮,也不帮你,我就帮你老小(弟弟)盖个新房好娶亲。"顿了顿,父亲又说:"其实盖新屋不仅是为你老小,也是为了完成我和你爹的一个心愿。老屋太阴暗潮湿,又拥挤,你爹盼着搬出去,盼了多少年,愿望没实现,他就从老屋永远地走了。临终前他手朝外指,只有我明白他的心意。上次我就想卖老房子找个宽敞的屋基新建,但迫于形势,我只好买下邻居的老房子改造。"

这次父亲想把屋后邻居的老房子买下,就地改造。因为只要拆了他们的老房子做院子,我家一溜四大间正房间间通光透气,宽敞明亮。留恋老屋的邻居原本打算出去建新房,听说父亲要买他们家老房子,反过来提议要买我家的老房子。经过一番商讨,老房子卖给邻居,父亲将新房址选到了离老房子一百多米远的一处高坡上,建起一座正五间加两厢的独门小院土坯房。新房落成那天,他那黑瘦憔悴的脸上,洋溢着无法用言语形容的快乐与幸福!从此他逢人就说邓小平好,"包产到户"好!

是的,"包产到户"圆了两代人的建房梦!圆梦的感觉总是那么让人陶醉!

改革开放的列车加速度前行,当父亲还陶醉在梦中时,开始有人家建楼房了。从父亲打量人家新楼房的眼神中,我仿佛听见了他内心的誓言:我也要建!

此时的农村打破了"以粮为纲"单一农产品种植结构,追求多种经营方式。从此,父亲也开始多种经营:板栗、蚕桑、茶叶……用他的勤劳和智慧,一点点地积攒着希望。当听我说单位集资建房,手头只有一万元,还差两万时,他嗫嚅着对我说:"你一万块给我,我帮你在家里做栋楼房!"

我告诉他:"这里离单位太远,建了我也没法住。"他充满希冀的眼神瞬间黯淡下去……但父亲并没有消沉,六十出头的他像个小伙子一样,憧憬着他的楼房,为着梦想殚精竭虑。

忽然有一天,一向身体结实的父亲告诉弟弟,他最近全身发软无力。自学中医的弟弟给他做了初步检查后,立即将他送到县医院做全面检查,遵医嘱,做了胃镜并切片化验,结果证明了弟弟及医生的判断：胃癌晚期，已扩散到肝、肾。

我一面找医生探讨治疗方案，一面寻找买家，准备卖掉还未交付给我的集资房，为父亲准备手术费用。

敏感的父亲很快就知道了自己的病情，他为自己做出了保守治疗的决定，并阻止我卖房救人的冲动。经过和医生的反复探讨，我拍板支持了父亲的决定。

那天，我好不容易说服从没在我的小家住过一宿的父亲留下来，我深知让他动心的理由还是楼房。那时我租住在一栋小别墅里，虽然旧了，虽然很小，但是楼房。

从没住过楼房的父亲终于有了亲身体验，早上起来，高兴地说他昨晚睡得很香。不久，我的集资房毛坯已建成，每一套都已落实到人，我领着父亲来到还没清理建筑垃圾的集资楼房里，虽不是他亲力所建，但产权是孩子的，他依然兴奋地看着，指点着，久久不愿离去……随着新农村的建设发展，当年父亲和弟弟造的土坯房也变成了漂亮的小洋楼，楼房的愿望儿子们帮他圆了！

父亲带着满足，也带着一丝遗憾离开了这个世界。我时常会想：如果他看见了弟弟新建的楼房，看见了近二十年老家的发展，遍地的高楼直耸云天，盖房就如小孩搭积木般容易……他会怎样兴奋啊！

品茶悟道

世之万物,无不有道。品茶当无例外。唐代陆羽一部《茶经》,历史、文学、艺术、生物、地理、人生哲理,凡自然和社会,多有论及,涉猎之广,所论之博,文化底蕴之深,非一茶字了得。

宋代理学大师朱熹格物致和,诚意正心。授徒讲学,常常以茶喻理,独树一帜。

在"春来映竹抽新芽"的茶季,仕途坎坷的刘禹锡受贬朗州,友人邀其至西山寺饮茶,立于"木兰沾露香微似,瑶草临波色不如"的茶丛之间,一扫仕途之阴霾,在主人"采采翘英为嘉客""自摘至煎俄顷余"的深情厚意中,写出了最负盛名的《西山兰若试茶歌》。

"自与湖山有宿缘"的才子画家唐伯虎,倾囊买船,怀揣茶饼,流连于湖光山色之间,悟道于清泉飞瀑之侧,品味于琴韵乐曲之中。超然于象外,至心、物两忘之境界。

我辈凡夫俗子,难能品茗而得理,也不因理而品茗。但忙累之余,啜茶静心,也不失为浮生一雅好。红尘恶浪,心难免几分浮躁,几分怨怼。唯生存计,谁又能真正脱俗归雅?

偶读《神农食经》,有"茶茗久服,令人有力,悦志"一说,思之良久,心有所动。人生如茶,沸水泡之,汁浓味醇;人生真谛,热情泡之,久悟得道。茶方入沸水,急饮之,汁未出,水又烫,恰如人之无积累而急于求成,唯余烫伤一途,难品茶之真味。反之,茶冷,亦不可饮,饮之胃寒。《茶经》云:"如冷,则精英随气而竭。"恰如人无付出而怨岁月不公,心乏激情而欲成就伟业。一言蔽之,品茗悟性,茶道如人道也。

曾经得朋友之邀约,我和孩子们来到包家石佛寺茶场看茶、赏茶、品茶。建于山腰石坡上、松杉竹林之间的茶园,远看如一幅碧莹莹的绿毯,悬挂在青山绿水之间。热情好客的主人,带领我们走进茶园,走近他的神茶。

这是一株并不高大、和周边茶叶似乎没什么区别、生长在石缝里的茶树。在主人指点下,我们看到了它的神奇:本是同根生,却长出不同色泽的叶,一半碧绿,一半嫩黄。主人自豪地向我们讲述神茶的故事。

他先背了一段流传在两省三县的民谣:"三天门下一棵茶,仙人能看不能拿,若人尝饮香茶味,千里迢迢不想家。"由此展开话题。

汉武帝南巡至吴头楚尾之地,突觉胃部胀痛。太医束手无策。就地寻医问药,听说三天门有棵神茶,能治百病。于是派人前去采摘,无奈神茶长在高山陡崖石缝里,唯有得道高僧方能采摘。一番忙碌,汉武帝饮了此茶,顿感身轻气顺,精神抖擞。龙颜大悦,吩咐当地官员,每年采摘,进贡皇宫,神茶成了贡茶。

后来战乱,有何氏,乃富贵人家,为躲避仇家追杀,千里逃难到三天门,藏于大石下,暗暗祈祷。躲过此劫,塑石为佛像。何氏逃过劫难,塑像建寺,此地得名石佛寺。寺中大法师为让神茶造福更多百姓,天天祈祷,求茶神移神茶到方便采摘地方。功夫不负有心人,茶神终于将神茶从三天门悬崖峭壁移到今天位置。为了保护神茶不被偷走,当地村民在神茶四周遍栽茶树,藏神于平凡。

据说在大别山中有三棵半神茶,一棵半在岳西县境内,石佛寺仅是半棵。我们看到的神茶,一半清香四溢,一半味道平常。茶亦如人,半神半鬼。

河边看柳

周六清晨,难得的静好。无雪、无雨、无风,当然,也没有太阳。散步河边,此时已是"八九燕来"。没燕,站在柳枝下,光秃的柳条搔到我头上。倒回去看柳,看柳的结节。没有结节泛绿,只有从柳树上飘下来的柳叶,紧紧地贴着柳树下的泥土。"叶落归根"吗?

公路上,一辆辆小车从东南西北开来,又向西北东南开去。车牌号有皖A、浙B、粤C、京D……总之,全国各省市区都有,他们也是回来过春节,陪父母的吗?"每逢佳节倍思亲"吧!估计也有是回来看子女的,报上不是说很多很多留守子女出现问题吗?要赚钱就得外出务工,就得忍痛离开子女。子女交给爹奶,交给外公外婆,甚至交给其他亲戚和邻居。社会要发展,发展就得抓经济,初期的经济就是实业,甚至是技术含量低的企业生产。这些低技术含量生产难免伴生污染,所以大中城市的污染十分严重,生存环境恶劣,有了钱的城里人往山里跑,往乡下跑,呼吸乡下的新鲜空气。

乡间山坡上建一栋小楼,一半租给城里人,他们和乡下人一起坐在桌前吃农家土鸡、土菜,赞叹着农村绿色的生活。

外出务工的农村人来到城市里,啃着泛黄或白得耀眼的馍,拉水泥,拉钢筋,建高楼。高楼对过的学校门口,一群群小天使和父母说"再见",然后像小燕子一样飞进了学校。

学校高楼上挂着一座大钟,当指针指向八点,相连的电铃准时响起"嘀嘀"声音,音响里立即播放"同学们,上课时间到了,请立即到教室上课"。工地上农民工也听到了钟声,本能地向家的方向看了看。

大雁在工地不远的湖里扇了扇翅膀,头也向着农民工看的方向看了看。生物钟告诉它该起程了,可是脚下的水温好像还低了点,它交替着,单足站立在水边,逡巡着水面的眼睛不知道是不是在搜索水下的鱼,鱼儿也只是慵懒地游动着,前面有条蚯蚓在水下随波逐流。它只是擦边而过,好似对这个世界的一切都失去了兴趣。

坐在水边握住钓竿的那人拉了拉冲锋衣的领子,鼻涕还是禁不住地流了下来。天上的云也一片片地散漫开来,一如山间的野花芬芳四溢。

钓钩没钓鱼,不知道是不是姜太公的直钩。姜太公钓的是周文王,钓的是天下,他钓什么?钓鱼,追逐鱼的美味?钓山水,钓山水中的快乐?还是就这么坐在水边,钓一钓流逝的光阴?

这个水库与外面相连的是一条山间土路,已让豪车压成了两条轨道。轨道中间的泥土把豪车的底盘磨得锃亮。我骑着一部"永久"自行车,车辆把轨道压得锃亮,能反射天上的太阳,戴上放大镜还能看见云层中的月亮。

这里的水边也如河边一样,生长着柳树,这里的柳树没有柳丝,只有钓客的钓竿和线。柳丝编成了鱼篓,用来装鱼,有时鱼也从这篓里蹦出去,蹦进水库里。

灶台下的火烧得很旺,旺得就像钓者的眼睛,也像我搜寻柳条结节时的眼睛。

河水总归多了起来,漫过河心里的那一丝枯草。流过河岸边的水,也总是被柳树偷些去的。河水也清亮多了,不仅能倒映柳树,也能倒映着我。

我想飞走,飞到一个柳树开花的世界里,坐在柳荫下,看安徒生的童话故事,一个仙女坐在树杈里,嗅着花香。一只黄鹂对着我唱歌,我吐出一串诗歌把仙女和黄鹂缠住,逼她们帮我写作,作品全部送进学校图书角里,专门给留守孩子们阅读,一如王摩诘,诗中有画,画中有诗。

手机查询出了问题,不然为什么只能查到贺知章的咏柳诗?印象中杜甫也有咏柳诗,不知道是不是因为杜甫社会问题的诗写多了,咏柳诗被编辑拿走了。

我喜欢李白,可是李白好像写不好咏柳诗。我喜欢刘禹锡,可他偏偏写什么"尽是刘郎去后栽",难道非得等他来栽吗?这河边的柳树没有一棵是我栽的,可是我不仅可以恣肆地看,看了不过瘾,还可用手、用眼来抚摸,谁能管住我?

拿瓶酒来,我喝一口,喂柳树喝一口,喝高兴了,我心花怒放,柳树春暖花开。亲亲切切、甜甜蜜蜜,刹那间,又是一个艳阳天!

遛狗记

人送女儿一条土狗,黑溜溜的,只有肚子和四爪是白的。狗可爱,但我不愿意养,怕狗落毛,怕狗身上的寄生虫,怕下雨天它身上的腥味。女儿喜欢,当成了宝贝。

我虽不喜欢,但只要女儿把狗带回家,每天早晚,遛狗就成了我的一项工作,我也渐渐发现狗的聪明、灵敏、忠诚等等特质。

狗的聪明应该是与生俱来的,遛一次后,它看见我出门,就走近我,亲近我。如果这时还不理它,它就跳起来往我身上爬。等把拴狗绳一拿,它就欢快地在我身边绕圈圈,似乎在表达它的快乐。绳圈套上它的脖子后,它立即半蹲着身子,一动也不动地等着我拴绳扣。开门后,它一溜烟地挤出门,跑到楼梯口站着不动,头斜侧着朝门口看着。当看见我穿好了鞋子,关好门,它才哒哒哒地下楼梯。每下一层,它就稍等一下,感觉一下我的脚步声是否跟上来。如果我站住了,它就站着不动,当听到我的脚步声走近,它又哒哒地冲下又一层楼。到了楼下,小家伙就撒欢儿地跑,甚至我只有慢跑才能跟上它的节奏。

狗爱干净,从不轻易在家大小便,出门第一件事就是找块空地解决问题。它的记性也很好。每次出小院大门口,它在门柱上嗅嗅;路上,看见树木、电线杆、灯箱等东西,它都会嗅嗅,这时候拉它是不会走的,不知道它是留下自己气味还是靠气味记住这里。有人说,将狗丢在百里之外,它都能找回家。

狗总喜欢到处嗅一嗅,不仅仅记忆力好,有时在路上碰上骨头、大便之类,它也往前凑。看来俗话说的"狗改变不了吃屎的本性"还真是有些许道理。

狗好色。在路上,如果听到远处传来别的狗叫声,它往往就会停下奔跑的脚步,聆听声音来的方向,偶尔,也想拽着绳子往声音的方向跑。如果看到大小差不多或更小一点的狗,它就狂吠着往前冲;如果是异性,总要互相嗅嗅,亲亲热热地互相舔舐一番。这时候你想拉它走,必须用力才能分开,分开后,它还会一步三回头,恋恋不舍;如果是同性,见面就有可能撕咬,必须及时将它们分开。我笑着对女儿说:"你养的这货,重色轻友呐!"

狗也怂。远处有大狗走来,它总会昂起头盯着,然后默默地往前走。有时,它会往回跑,甚至拼命地往回跑,估计察觉到了危险。遇到这种情况,我要么随它往回走,要么跟大狗拉开距离。如果碰上对方是个力量不大的女主人,手里狗比较威猛,又有主动追击小狗的倾向,这就以一个词来形容我和狗当时的状况:落荒而逃!

有次,又遇上了这种情况,准备往回走时,对方认出我了,主动高声笑着说:"老大,我们什么时候得罪了你呀,看见我就跑。"

我开玩笑说:"中间夹着这俩狗东西,让我们有缘没分啊。"

"呸,狗嘴里吐不出象牙。"

"哈哈,你嘴里有,当心谋宝的猎人啊。"

就这么玩笑,俩狗就咬到了一起,当然是我遛的小狗吃了亏,灰头土脸地回了家。

在女儿家有次去遛狗,狗很快乐地跑在前面,穿过高速路桥,快到匡河边,它忽然拼命地往回跑,因为要拉着我跑,每一步都用尽了吃奶的力气,像条拓荒牛,两条前腿根部肌肉都鼓了起来,爪子抓在地上,吱吱有声。我一边随着它往回慢跑,一边回头看,也没有看见有什么危险。这种情况遇上了两三次,到现在也没弄清楚原因。

狗怕人。前几天也是在匡河边,我带着狗准备过桥,对面走过来一对母子,小男孩大概不到10岁。狗忽然拼命往回跑,我感到莫名其妙。跑开了不到100米,它就慢了下来,我朝后瞟了一眼,看到那妇人领着小男孩有说有笑地走到了河岸边的小亭子里。为了一探究竟,我故意将狗绕了一圈,溜到了亭子边上。狗看见那对母子,又拼命地朝边上的草地上跑。那对母子既无异状,又无凶戾之气,狗为什么会怕他们呢?

狗怕人也欺人。在路上,如果遇见了捡破烂的,它就追着叫。正应了那句俗语:"狗眼看人低!"

狗还能分辨出亲疏。有两次,我带它出门,下楼后遇见女儿女婿,就往他们脚边奔。无奈,只好让他们去遛了。看来,狗还通人性。

读书偶想

我读书是消遣,为了给自己平凡的生活添一点内秀和灵气。

新近又翻阅余秋雨的《文化苦旅》,比第一次读时更多了一层感叹。感叹他的学富五车,惊叹他的博闻强记,慨叹他的精辟深邃。循着他的笔播散的一路鲜花,我仿佛看见了他青春盛开的芳华;沿着他思绪奔驰的轨迹,我依稀感受到他思想的脉搏;读着他命运浮沉的历史,我真切体验出他灵魂的深邃。

从六七岁开始,专业读书 15 年,工作读书 30 余年,平生都在和书打交道。到现在也没有读出个思想来,倒常常有一种强烈的被时间、空间遗弃的感觉,总找不着心灵之家。"日暮乡关何处是?烟波江上使人愁。"也许就是我的心境。

读书总是有目的的。好像是为了自己生活得好些,读得万卷书,货与帝王家,目前似乎也没有跳出这个窠臼。抱独居士吕坤认为人之念头,与气血同消长。

40 以前是个进心,识见未定,而敢于有为;40 以后,是个定心,识见既定,而事有酌量。现今已 50 出头,却识见未定,又不敢有为,虚度光阴自问愧对生我育我的父母,愧对几十年翻动的书本。动起有为念头,自问又无以与皇家交易。人到中年万事休,50 过头,当是步入老年无异,虽不肯休,又扛不住命,扛不住运,更扛不住书到用时方恨少之窘。

有人云命本在天。又曰君子之命在我,小人之命亦在我。"君子以义处命,不以其道得之不处,命不足道也;小人以欲犯命,不可得而必欲得之,命不肯受也。但君子谓命在我,得天命之本然;小人谓命在我,幸气数之或然。"命运由上天安排,无论君子、小人都知之,也都不在意。君子行事以德为标准,合乎天理,追随礼义,不在乎命运好坏。小人则为了个人欲望,不顾命理,而赌命运的偶然变数。其意既浅显又深刻,这也是读书之所得。可在读史时又遇惑矣。岳飞为求统一,违命抗金,十二道金牌逼迫下,"出师未捷身先死,长使英雄泪满巾"。而一意求和、偏安东南一隅的赵姓皇帝,为了皇位不被父兄抢走,背天理,却行好运,好活善终,一生春风得意。秦桧之流,顺帝意,谋小安,得私利,视苍生为弃履,视国家为无物。让君子之心常苦,小人之心常甜。

古人有行万里路、读万卷书之说;也曾到陕西观兵马俑,立于始皇陵,感叹秦始皇生前雄才大略、专制残忍,更愤恨其焚书坑儒,毁灭文化,制造愚民政治,希求从他始,祖祖辈辈永远统治下去。死后陵墓穷极豪奢,仿效人间日月星辰,以阴阳五行转换,死后再治阴间。此举惊诧古今。再也无有读书明理的畅达之快意,唯余震惊狂怒之恨心。"扬州十日""嘉定三屠""南京惨案"可以与之相提并论!

外族的入侵是屠杀,内祸的殃民也是屠杀否?有人云,亡百姓苦,兴百姓苦。一言蔽之,百姓者,该苦之人也。难怪处于穷乡僻壤的父母,总要我读书,原来是想我读出个黄金屋和颜如玉。当然今天不读书也有生活可过,但读书腾达之念头依然。虽然我未读出个理儿,不少乡村小儿都未读出个理儿,但读书的理念却顽固地刻印在乡村百姓头脑中。

三毛曾说,书读多了,容颜自会改变,许多时候以为读过的书已经成了过眼烟云,其实却仍然潜在于气质里,表露于谈吐上,展示于胸襟度量中,自然而然会显现在日常生活和文字表达上。对读书的执着、追求和痴情,应该说是一个人提升修养的必由之路,是人之素质不断提高的动力,也一定是中华民族希望的所在。看来书还是要读下去,不论是为消遣,还是为了明个理、讲个义。

涓水湾纪行

县作协组织部分会员去石关国家体育训练基地采风,有幸同行。一大早,车子沿盘山公路进发,穿过一个宝瓶口,抵达目的地涓水湾。

一进基地大门,迎门路边矗立着一块巨石,上面刻有基地简介,虽不悠久却很丰富多彩的历史。大家纷纷站到巨石旁留影,分享历史带来的回忆。

基地院内主干道两旁,高大的雪松站成笔直的两排,仪仗队似的迎接着我们。松针不断飘舞着落下,把中间水泥道铺陈上一层厚厚的黄色地毯,让我们感受了一回接待国宾的礼遇。随行的两个孩子,抓起一把把金色的松针不断洒向天空,像花雨,潇潇洒洒落下来,几个朋友受不了童趣的诱惑也加入其中。一把把飞舞的松针,一阵阵飞扬的笑声,我们立刻变得十分的年轻;两位女会员迅速向前跑去,又一齐回首,像模特走台,款款动人地向我们走来,大家纷纷拿起相机,一片咔嚓声中,拍下她俩的俏丽英姿。

路的南边是一个宁静的池塘,太阳、云彩、松柏、垂柳……远处的山,近处的树,赤橙黄绿青,一齐倒映在水面,远影近景,层次分明。水边几株柳树,一条条柳丝悬挂在水面。柳下几位垂钓者轻轻挥杆,拂动柳丝,打破宁静,水面柔柔地泛起几道涟漪。不知道为什么,一位忘记了朝代、姓名的诗人咏残阳的一首诗不合时宜地浮现在我的脑海:"一道残阳铺水中,半江瑟瑟半江红……"忽然那位已逝伟人的一句名言也矛盾地冒了出来:"你们……好像早晨八九点钟的太阳,希望寄托在你们身上。"当年全民学习这句话时,我们还是少不更事的孩童,如今已是两鬓花白,在这冬阳高照的早晨,我不禁慨叹:人生易老,青春已逝!

路北边,是几栋错落有致的五十年代末的建筑,如今路边一栋已经拆除了,只留下一块纪念碑——"石关会议旧址",篆刻在黑色大理石上。这块碑记录1961年6月25日至7月19日在这里召开的全省三级干部会议简况。

转过这片空地,靠山处有两座毗邻的二层小楼,是当年省委领导在此避暑的办公楼。这几栋小楼在50年后的今天看来,已不及附近的农家别墅了。

大道尽头,是几个很大很大、状似礼堂的训练大厅,是国家柔道、举重、摔跤队的训练馆。暑期陪老同事夫妻俩来时,这里正热火朝天地练兵,国家队、省队的队员在此训练,其中多人是世界冠军、奥运会冠军。他们既是常规训练,也是为了备战全运会。我们看了不少时间,发现就那么几个枯燥乏味的动作。日复一日,在此静僻一隅,"致虚极,守静笃",一练三四个月,他们已是世界冠军,见过大荣华,享过大富贵,却能做到"知其荣,守其辱",深明"自胜者强"之理,在国际赛场上赢得了"胜人者有力"之风光。

时间催动返程的脚步。车子缓缓启动时,回首看去,名川胜景总是安于静僻之处,成功立业之士总能对寂寥甘之如饴!

忆江南

遗失了的感觉,在春暖花开的季节里,怎么也触摸不着。

风,从长江吹来。带着些微腥气,掠过尖尖的百牙塔,划过齐山的石灰岩,渐渐地消失在大罗山河畔。我曾随着这股微哨出音符的风起舞,也轻抚过青山之脉,亲聆过绿水低吟,"亲爱的,我却怎么找不着回家的感觉"。

从沟壑纵横的大别山来到一望无垠的长江之滨,我感到天之高,地之雄,如此大的天地,方悟眼界之不够用。一股从未有过的冲动,像澎湃的洪流冲撞着心房,我感到了胸的膨胀和激荡,眼前仿佛出现了"壮志饥餐胡虏肉""跃马扬鞭上翠微"的岳飞,耳畔响起了李白"天生我材必有用""欲上青天揽明月"的歌唱,怀着对古人的景仰,少年心性可吞象。

滨江处,齐山麓,团结湖畔,一千多个日夜如过眼烟云。难忘的是这里,羞言的也是这里。少年的豪性呢?铺江残阳随浪涌,满腹心思尽东流。

漫步校园,路过老师们的宿舍。昏黄的灯光下,一位年轻老师用他低沉的男中音,轻轻地吟诵着戴望舒的《雨巷》。我听到的是惆怅和寂寥。墙外的田野里,处处是浮躁的蛙鸣。

迎着喷薄而出的朝阳,我想再探听一下昨夜的蛙鸣,耳畔却响起了欢快的朗诵但丁《神曲》的声音:"因为我们越接近向往的东西,我们的智力越是深沉,记忆再也无法追溯它的痕迹……仁慈的阿波罗啊,为这最后一件事业,愿你让我汲取你的威力,配得上接受你心爱的桂冠!"

这是神秘的天籁?是我苦苦求索的感觉?

从江南到江北,从"人间四月芳菲尽"的长江之滨,来到大别山之巅,期冀着一睹"山寺桃花始盛开"之夏景。灵鸟的浅吟低唱中时时透着"幽"味。江南的"闹"哪里去了?生活似乎以无华来装扮了。

山之子,其根在山,其魂在山,挡不住的山之诱惑,散不去的云之情结。江南,我辜负了你的一片深情。轻轻地一挥手,"别了,美丽的天地"。我的感觉在那里魂牵梦萦……

夜雨漫话

　　淅淅沥沥的小雨不紧不慢地亲吻着大地,亲吻着夜幕下的公园;公园里的树、花,还有漫步于公园里的人们,包括撑着雨伞的我!

　　亲吻花朵、绿树和小草的雨,很轻很轻,轻得如丝絮,如羽毛,柔柔的,腻腻的,路灯下,闪烁着晶莹剔透的光。这才是志南和尚的"沾衣欲湿杏花雨"啊!只有飘到雨伞上的小雨沙沙地吟诵着,犹如幽灵的脚步提醒着它的到来,警示着我,不要无视它的存在。

　　今晚的公园很热闹,热闹是不是对夜雨的回报?蘑菇般五颜六色的伞,也是点缀雨夜公园的风景。热恋男女的窃窃私语最适合今晚的安静温馨。不合时宜的朋友间的高谈阔论似乎也降了几个音调,是不是也不想打破这样的宁静?最是惹眼的是一位红衣女郎和一位身着深蓝运动装的帅哥,拎着伞,沐浴着浸透花香的小雨,漫步在公园通幽曲径中。这小雨不像那疯狂的暴雨,这小雨把人洗得更清爽,迸发出更强烈的生命活力。

　　眼前的一幕,记忆的角落里也曾经有过,只是尘封得太久太久。望着妻在蒙蒙细雨中,那一头乌发被雨珠缀满,散着光,恍若漫步天街的仙女。她用湿漉漉的手,抹一把湿漉漉的脸,有种滑腻而又最柔情的感觉从心底升起。还有那轻轻的一个微笑,荡漾出怒放的心花。

　　打着伞,牵着女儿上学,女儿的小脚专拣积水处踩。踩一下,仰起她那快乐的小脸,对我瞄一眼。我想骂她,声音仿佛掉进了棉花里,总是那么的无息无声无力。

河岸的柳丝在微微地颤动,不知是因雨的轻抚,还是风的柔拂。河水点点,向四周晕开去,漾出圈圈波纹。"风吹杨柳枝枝动,雨打长河点点泡。"不知是哪朝哪代的一副对联喻此时此景,我以为甚是恰当。有人曾说"落在宋词里的雨,点点滴滴都醉人"。落在今夜的雨,点点滴滴都醉了我!

记忆中八十年代好像有一首歌《一把小雨伞》,曾经风靡一时,连我这个"歌盲"也记住了几句歌词:"我们俩打着一把小雨伞,虽然是越下越大,只要你来照顾我,我来照顾你,能够在一起我也没关系。"应该是写恋人之情的一首歌,这于我太久远了,正如今夜,我一个人漫步在公园。不过思绪却如雨打河面,不断地发散着。人生之酒是越酿越醇还是越久越淡?

《诗经》里有"生死契阔,与子成说。执子之手,与子偕老"之说,后面又说"于嗟阔兮,不我活兮。于嗟洵兮,不我信兮"。看来人生是玻璃铸成的菱形,阳光下五颜六色,多姿多彩。如今夜的雨,诉说着千变万化的诗情画意。我不应该无端放飞思想,让"丁香空结雨中愁"。要紧紧抓住当下,关注眼前,握紧自己最真的那个感觉。

夜更浓了,雨丝更柔了。收了伞,将那一抹馨凉纳入心灵。

走　路

夕阳将要沉下西山,归鸦迎着残阳匆匆扇动双翅,一个人或一群人,沿着山村公路走路。

一个人走路,思想总有些信马由缰。走着走着不由想起学生生活,校园内小伙伴们走路,蹦蹦跳跳,如今我却蹦不起来了。年轻时散步,好抬个杠,走着走着就走出了豪气,大有指点江山、谁主沉浮的英雄气概。经常把走路当成红军长征,仿佛自己是在爬雪山过草地,跨过大渡河去西北建立革命根据地。现在想想也很有意思。虽然年少好高骛远,毕竟是热血男儿,如今已是中年万事休,家事国事事事求清静,刚一闪国事念头,就立马感到自己幼稚无知,再也无"肉食者鄙,不能远谋"和天下事舍我其谁的狂妄。不知我是成熟了还是老了。

走路异于散步。《释名·释姿容》说:"徐行曰步,疾行曰趋,疾趋曰走。"原来走路是快走,是疾行,还有一个很好的古雅之名:疾趋!也难怪李白有诗:"走马红阳城,呼鹰白河湾。"把一个"走"字用得雄姿英发、诗意盎然。这倒是和年轻气盛时散步一致。今天我辈难能用典雅的名词为走释名,也不能为走诗兴勃发,那就不妨用双脚去书写、去表达。每天,从小山城的四面八方,加入一支支走路的大军,几年如一日,以一种超常的毅力,执着于走路的功效,快乐于走路的成效,把这简单、单调、枯燥的事作为一种崇高的追求,当天上的太阳沉下时,心中的太阳在他或她的追求中冉冉地升起。这是否也是一种优雅?

在妻及其朋友的感召下,我也加入了这一大军,渐渐地我被满山的翠绿吸引了,被漫山弥漫的松针和不知名野花的清香陶醉了,被穿林而出的清凉山风感动了。肉体凡胎被这自然的世界融化了,常常在无意中分不清是我行进在蜿蜒的山路上,还是山路环绕着我在旋转。走路已不是走路,是行者的心与自然在律动,在共鸣……

人生是一种感悟,幸福是一种体验。卢梭说:"人性的首要法则是要维护自身的生存;人性的首要关怀是对于其自身所应有的关怀。"自爱是人类天生唯一无二的欲念。卢梭又说:"为了保持我们的生存,我们必须自爱。"走路是运动,是一种自爱方式。走路者都在体验着生命在于运动的快感。这快感既在乎健康,更在乎行者活力,因为脚步声透露着行者的心灵:虚弱的,健壮的;野蛮的,文雅的;功利的,超脱的;疲累的,愉悦的……扪心自问,我属于哪一种?为了健康走路抑或为了自爱走路?为走路而走路抑或不是为了走路而走路?

有人说,人在这个不确定的世界中唯一能把握的是自己的一颗心。纵观世界风云,我深深感到在这个不确定的世界上,可以把握的是自己的一颗心,而最难把握、常常不能把握的也就是自己的一颗心了。走路这么一件简单的事都可犯糊涂,为衣食、为儿女、为升官、为发财、为功名、为美色……人岂不更要犯迷糊?难怪慧能大师说:"世人自色身是城,眼耳鼻舌是门。外有五门,内有意门。心是地,性是王。王居心地上,性在王在,性去王无。性在身心存,性去身心坏。

佛向心中作,莫向身外求。自性迷即是众生,自性觉即佛。""自心地上,觉性如来,放大光明,外照六门清净,能破六欲诸天,自性内照,三毒即除,地狱等罪一时消灭,内外明彻,不异西方。"反观自照,一念到家。

原来走路就是走路,何须迷惘于你、我、他(她、它)?

枯柳重生

衙前河畔有一个小公园,公园靠河边有许许多多的柳树,那一点点细叶像绿莹莹的小精灵,随着一阵春风一场春雨,从一条条柳丝的结节处钻出来,慢慢地展开,真切感受着"不知细叶谁裁出,二月春风似剪刀"的精髓。

有棵柳树,不知是因为太老了,丧失了生命的机能,还是因为病了,摧毁了生命的生机,抑或如白居易所言"为近都门多送别,长条折尽减春风"的原因,光秃秃的枝干矗立着,在风雨中像一杆苍老的猎枪,直刺青天。

忽然有一天,不经意一瞥间,我看到主干上的树杈处长出了一丝毛茸茸的绿叶,细碎的绿叶在粗大的枯干上,显得那么的弱小。难道死去的老柳不知不觉中"几回折尽又重生"了?怪不得白居易说它"倚岸埋大干,临流插小枝""无根亦可活,成荫况非迟"。

对我的惊异和猜疑,同伴说不是,"是种子落在上面长出的小苗"。

驻足细看,可不是吗?一株小苗借助枯树正在顽强地生长着,我为生命的坚强感到震惊,感到震撼。

由此我想到生活中形形色色的人,有的脆弱,有的卑微,有的简单,有的短暂,有的坚强,有的高尚,有的伟大,有的永恒。一如这枯柳和枯柳上生长的绿色生命。

曾读过郑板桥《竹石》一诗:"咬定青山不放松,立根原在破岩中。千磨万击还坚劲,任尔东西南北风。"这是郑板桥题画诗,以赞美岩竹的坚韧顽强,隐喻自己藐视俗见的刚毅傲骨。

人不可有傲气,但不可无傲骨。有傲气流于浅薄,无傲骨趋于低俗。人有傲气或无傲气,易于做到。人做到有傲骨很难,没有点真才实学,没有点容人容事之雅量,没有点看淡名利得失之品质,是无傲骨可言的。竹之傲骨,也只有郑板桥等大师才配享有,我等平凡,无傲骨但有点骨气应是努力做人的准则。看这枯柳上的小苗,命运将其种子落在了远离土地的树杈上,它也能不屈不挠地长出来,给人间带来点绿色,我以为是十分难能可贵的。尤其在这寒风凛冽的严冬,以娇弱之躯迎风而立,为萧条之冬带来一点点绿色,难道不是一种精神?难道不是鄙视寒冬的傲骨?

枯柳之不屈与抗争,也是令人叹为观止之举。生命本已死去,却拼出最后一丝努力,为小苗生长奠基,也将自己的生命在小苗身上得以延续,让枯死的生命重生。所以唐朝诗人裴悦赞曰:"思量却是无情树,不解迎人只送人。"

人如柳树,本体迟早会老去的,但精神可以不朽,事业可以传承,教育做的就是让人类代代传承的事业,需要"蜡炬成灰泪始干"的精神,我以为更需要有凤凰涅槃的精神,就如这株枯柳,拼却残躯培绿苗,化作春泥好护花。

不如吃茶去

大学毕业那年,学校让我们回家待分配。坐便车,到佛教圣地九华山一游,因耽于分配去向,心中闷闷不乐。朋友们均去游殿逛景,我只立于一佛像前发呆。老和尚见了,问:小施主,有甚心事?我见他甚为慈祥,说了心中的忧虑。老和尚听了,淡淡一笑。

"小施主,一切自在造化。且请吃茶去。"

"吃茶去?吃什么茶去?"老和尚看着我不解的样子,轻轻摆了摆手。

十年后,春游天柱山,同伴来到三祖寺抽"签",我抽出一下"签",心甚不安,求问一和尚师傅,答曰:"超然象外,签无好坏。"师傅看我似有所悟,又谈了一会佛理。临别时,他赠我一言:"万物不萦于心,且请吃茶去。"我若有所思地点了点头。

一个偶然机会,读到一副回文联:

趣言能适意,茶品可清心。

意适能言趣,心清可品茶。

我心非佛心。物我两忘、心灵空明是何等境界?"相逢相问知来历,不拣亲疏便与茶",但求茶中细咂味,能于苦中品甘甜,也是一种难得的层次吧!

一好友,工作、生活在岳西茶乡来榜。每年,他都要送我两斤好茶。晚饭后,坐于书桌前,沏上一杯好友亲手制作的好茶,看着袅袅上升的茶雾,嗅着淡淡的兰花般的芳香,慢慢地,浮躁的心也就静了下来。功名利禄,荣辱得失,悄悄地游离于象外,读一本好书,写几行文字,心里再也没了纷纷扰扰的世界……

生活中,我是很少品茶的,白开水喝得多。好友的茶,沏上后,很少真正用味觉去品,更多地用视觉、用嗅觉,严格地说是用心在赏。直到两者融为一体,才偶尔啜一口,至此,我也才品出了"心清可品茶"之味。

好友的茶已品完了,心里的茶味却愈来愈浓,生活中的茶品过了,意念中的茶什么时候才能开始品一品?

想到这里,忽然记起赵朴初先生的一首诗:

七碗爱至味,一壶得真趣。

空持千百偈,不如吃茶去。

教书情结

教了十几年的书,一朝说不教就不教了。离开站了十几年的位置,离开了一张张鲜活动人的面孔,这心里真还有点空落落的。

1985年,第一个教师节,这正是我走上讲台一年之时,面对全班50双明亮的眼睛,50张生动的面孔,50位将为人师的中师生,我激动得语不成句。"今天,教师节,9月10日,我们共同的节日,太阳下最光辉的节日……"那份崇高和神圣,那份伟大和自豪,令我热泪盈眶。学生们先是善意地笑了,继而给了我,也是给他们自己报以热烈的掌声。

改事教育行政,离不开学校。督查,考评,包括迎来送往,都和学校连到了一起。每每走进洁净的校园,听着琅琅的读书声,我的心总变得异常空明、宁静。只要可能,我总禁不住要到教室去,不能站到讲台上,也要坐在教室里,感受一下课堂气氛,体味师生之间融洽的真情。

实在是禁不住讲台的诱惑,平息不了内心的渴望,我向电大领导提出了兼课的要求。幸得同意,使我能够再抚黑板,一嗅粉笔的馨香。不知是否受了我的感染,教书的妻每到暑期,也是那么地烦闷。来了几个学生,摆上一本书,她的双眼就亮了,声音出奇的清脆,甜蜜。也许是家风如此,还是小学生的女儿,说起自己的理想,竟然是当个小学老师。

我的朋友多是教书的。有位好友,是省出版单位领导,又是大学校友。曾经任教多年,但离开讲台很久了。兴许是在教书的行业里,在学生的身上,才能找着爱,找着自己的灵魂,他居然生起了离岗后支教的念头,近年来越来越热切。我说,来岳西吧,为大别山的孩子们做奉献!

其实我何尝不是这样?虽然从来没有离开教育,但离开了课堂,离开了学生,心常常被课堂、被学生牵挂。也许是上苍的安排,在父母给我起名字的那一刻,日后的人生之路已给划定了。不然,我为什么如此地痴迷于这条路?

教师节断想

1985年的9月10日,一个平平常常的日子,却给了一批平平凡凡的人一个节日——教师节,鼓起了多少人"为一个大事来,做一大事去"的雄心。由这一个节日,我也仿佛看到了一丝成就事业的曙光!

"从今而后,我们将有属于自己的节日。"当我自豪地面对着一批中师生——我的首届学生说出这些话时,学生们笑了,我也笑了,笑容和着泪水挂在脸上。然而,就为这一天,我站了整整十二年的讲台。直到今天,有过多少次离开教育的机会,我也没有选择放弃。因为,我已深深地爱上了这份事业!

教师是职业,是职业就有追求。教师是事业,是事业就要创新。伴随着第二十个教师节的脚步,新的课程改革已经走来,它以全新的教育理念昭示着教育之春的来临。它将把我们的学校变成真正的"学"校,而非"教"校;学生将成为真正的自主学习的主人,而非被动学习的"教"生,教师将成为教学之师,而非教书之匠。

一个又一个9月10日匆匆走过,一次又一次地审视这份执着,我总为了曾经历过的教师生涯感到自豪。每当我跨进教室,看着一双双明净清澈的眼睛,心之帆冉冉升起,求索之船又要远航;每当感到烦恼和厌倦,学生们的笑靥,就是驱散阴霾的阳光!无怪乎陶先生说,"捧着一颗心来,不带走半根草去"。因为每一份追求,都赢得了丰厚的回报;每一次探索,都令人倍觉精神富有。

有人说,教师是春蚕,牺牲自己,成就学生。

我说,新时期的教师不是作茧自缚的蚕,而是翱翔的雄鹰,带着一群雏鹰,搏击蓝天!

有人说教师是红烛,点燃了自己,照亮了学生。

我说,新时期的教师决不会"蜡炬成灰泪始干",他们是太阳,每天都是新的,照亮学生,光耀社会,展示自己!

有人说,教师是园丁,以自己的辛勤和汗水,培育了满园春色。

我说,教师更是智者,他们不仅创造了"满园春色关不住,枝枝红杏出墙来"的辉煌,而且在春意闹的枝头,也站立着他们的身影!

映日枫叶别样红

2020年底,受无锡东林中学校长、东林教育集团总校长叶映峰邀请,岳西县教育局党委安排我带领几位优秀的教育干部去无锡参观学习。

叶映峰校长是从我县原岩河乡一个偏远的小山村走出去的,如今已成为一位全国知名校长、全国特级教师,她先后获得江苏省特级教师、无锡市有突出贡献的中青年专家、江苏师范大学文学院教育硕士兼职教师、全国中语会首届"圣陶杯"课堂教学大赛初中组一等奖等荣誉。毋庸置疑,叶映峰是全国教育界的专家。作为名师,希望结识她的人自然很多,也意味着社会活动会很多;作为全国知名教育专家,她的足迹遍布大江南北成千上万的学校;身为校长、总校长,她承担着超负荷的教育行政工作,忙碌是她的常态。我们是她的家乡人,"近水楼台先得月",此趟临时性活动虽然很快成行,但也深知这次接待是她从已经安排好的工作空隙中挤出来的时间,活动结束后她要牺牲更多自己的休息时间。

下午5点后,无锡的街道开始了繁华城市少不了的拥堵。长长的街道,放眼望去,只见车不见路。叶校长在我们出发后就把位置发来了,她说她下午要参加一个已安排好的大型活动,还为可能的迟到向我们预先致歉。同时,让她爱人储老师早早地在预约地点等着,负责接我们去预定好的酒店。当我们到达酒店时,她却已经在路边等候。她的真诚与热情,让我们感受到了春天般的温暖与舒心。

酒宴是家宴,只叫了一个在无锡闯出了一番事业的曾经的岳西县教育界的同行,她的小老乡。酒店和菜肴都是叶映峰夫妻俩事先反复斟酌,根据家乡人喜好咸辣的口味,结合无锡地方特色,精挑细选的。既要让家里人吃好,又要让家里人吃上当地特色风味,真是难为他们夫妻俩了。

饭后,穿过百米小巷就转入了大运河边,这里有无锡最美的夜景。两岸五光十色的灯光为大运河镶嵌上两条金光璀璨的玉带。在叶映峰夫妇的陪同下,漫步"江南水弄堂,运河绝版地",仿佛徜徉在天街仙境里。历史悠久、闻名遐迩的清名桥,金碧辉煌、庄严肃穆的南禅寺,小巷幽深、深藏故事的南长街牌坊……一路上,叶校长很想多向我们介绍一些关于大运河两岸的情况,但和她谈教育时的滔滔不绝、妙语连珠恰好相反,她显得有点吞吞吐吐,看来她对近在咫尺的大运河知之甚少,这和她忙碌的工作状态有关。由于她第二天上午要亲自给我们做学术报告,下午要去合肥出差,所以提前告别,走时再三嘱咐她爱人陪好我们。

叶映峰为我们预定的宾馆叫君来梁溪饭店,曾是无锡市政府招待所。这里是一组民国时期的花园洋房。房子是民国"面粉二王"王禹卿的老蠡园,三栋洋楼分别为英式洋楼齐眉居、法式洋楼天香楼、美式洋楼春晖楼。院中是一中式花园,有小池塘、假山树木,一座小巧的西式拱桥横跨池塘,一条长满青苔的林荫小道贯穿其中,小道两旁有着近七十年的杜鹃和上百年的雪松、樟树。花园虽小,但和洋楼一样，精致典雅。每栋楼房、每间居室、每株花草树木、每块砖瓦石头，都有着深厚的文化底蕴。流动的空气中飘逸着时光遗留下来的传说和典故。本以为这样的宾馆房价会很贵，哪知道宝玉只需豆腐价。

早饭后，一位校领导来接我们，步行几百米就到了大名鼎鼎的东林中学。校园不大，里面的建筑也很普通，甚至比不上我们县里的许多学校。一进大门，就能看见学校创始人侯鸿鉴先生的塑像。

侯鸿鉴(1872—1961)，字葆三，号梦狮、铁梅、病骥、沧一。从小立志匡时救国。1903年赴日本留学于弘文学院师范科，悉心研究教育，编写《革命教育》一书，并加入同盟会。1905年，为实现女子教育夙愿，"倾两年编译与教授之薪资八百八十金，出售家藏古物和夫人夏冰兰首饰，租赁水獭桥南首廉宅14间，创办私立竞志女校，设小学、师范，自任校长。1907年附设幼稚科，开无锡幼儿教育之先河；1908年初，再添中学科，招生20人，成为无锡第一所中学。竞志女校办学成绩卓著，成为我国近代最有影响力的女校之一"。

廉宅主人是廉泉，字惠卿，号南湖，无偿出租住宅给侯鸿鉴办学。华修梅，女，字萼仙，以私财主持竞志校务五年之久，后任北京崇实女学监学，毕生尽瘁教育事业。

竞志女校的校训是"勤、肃、朴、洁"。力行不怠谓之勤，律己唯严谓之肃，摒绝粉华谓之朴，荡涤旧俗谓之洁。侯鸿鉴不仅选定了校训，还设计了校徽，谱写了校歌。

梁溪区教育局长潘鹰，十分赏识叶映峰，听她说家里人来了，专程赶到学校，陪同我们参观校园，我们还在侯鸿鉴先生塑像前合影留念。

校园中间有两棵高大的银杏树,树下是镌刻着"银杏情"三个大字的一块大石头。银杏旁矗立着一棵质朴无华的朴树,已经近两百高龄了。朴树边上有一口古井,据说有上千年历史。古井旁边刻着两个大字"涵泳"。这也是叶映峰的教育理念。

操场后面有栋楼上撰写了一副对联:"风云百载,端正铸成竞志魂;俊彦一心,沧桑不改东林梦",这副醒目的对联将学校的前世和今生紧紧联系在一起。

为更深入地了解东林中学,我们兴致勃勃地参观了校史馆。一到门口,蔡元培先生"开风气之先"五个金色大字迎面而立。这是蔡元培先生为纪念无锡竞志女校办学三十周年而题。能得先生如此评价,可见校史之辉煌。

一校毕业生水平反映了一校办学质量。校史馆大篇幅介绍了从竞志女校到东林中学的优秀校友,有革命家、科学家、艺术家、作家、教育家……我曾在阅读中见识过他们的光辉形象。教育得法,学有所成,功在当代,名留青史。东林校史,令我们肃然起敬!

参观校园,让我们感受到巨大的视觉冲击。聆听讲座,我们再次受到灵魂的洗礼!叶映峰做了题为"谈谈教育发展规划"的讲座,让我们耳目一新。她谈学校特色,是从竞志文化、涵泳德育、学问课堂、国际理解等方面说起的。她以学校两棵老银杏树为载体,打造出了东林中学涵泳德育,做到一草一木皆精神,一枝一叶总关情,抓住核心,涵泳东林灵魂。她说"学问课堂",从南通市课堂改革,牵出了东林中学的"学问课堂"建设,从而拉开了江苏省"学问课堂建设"的大幕。她将梁溪区教育局三年课堂行动计划"深度学习,思维课堂"建设与教育部长吹奏的"课堂革命"号角紧紧相连,引出"课堂教育改革是教育改革的核心"这一主旨思想。她告诉我们"课堂是教育的主战场","课堂一端连接学生,一端连接着民族的未来,教育改革只有进入到课堂层面,才真正进入了深水区"。我接触到不少专家,聆听过不少报告,阅读过不少教育改革文章,像她这样直击课堂,紧抓教育的核心要点,深入浅出地剖析课堂、建设课堂,让我有醍醐灌顶、茅塞顿开之感,也让我找到了东林教育质量经久不衰的根源。

报告一结束,她就上了车,办公室同志从食堂里为她拎来了一份盒饭。她和我们挥手告别,就匆忙地出差了。

根据叶映峰安排,下午我们来到东林教育集团另两所学校参观学习。这两所分校曾是无锡市的薄弱学校。并入集团管理后,叶映峰没有简单地将东林中学模式复制到这里,而是根据其自身特点,量身打造特色课程。

我们首先来到了无锡惠山北麓的山北中学,学校开设的惠山泥人和锡绣选修课程让我们印象深刻。接手山北中学后,叶映峰就带领管理团队深挖学校人文资源。他们依托惠山千余年的泥人历史、无锡的锡绣文化以及享誉全国的无锡老北塘文化,开发一系列特色校本课程,让优秀的历史文化进入了山北中学的课堂,让沉闷的课堂因之有了灵气,让单调枯燥的传统教学有了特色,学生、教师、学校在这过程中共同成长。

另一分校广勤中学,是以心理健康教育为突破口,办出了特色,办出了成绩。这里的特色让我们改变了对心理健康教育的认识,看到了它的力量。

为使我们学习受益最大化,叶映峰为我们联系了宜兴的两所学校,一所是城南实验小学,另一所是九年一贯制乡村学校。两学校办学各有特色,尤其是湖㳇九年一贯制学校,我们认为它是无锡市乡村教育最靓丽的珍珠,是一所给我们带来震撼,又让我们产生心灵共鸣的学校。

"江南阳羡,湖㳇山水形胜",湖㳇是一处山美水美的休闲旅游胜地。"东汉初起,茗韵流长",茶圣陆羽别业著《茶经》。"金沙古寺,供春学艺",祖壶紫砂传世。这里文脉悠久,世代重教兴学,湖㳇九年一贯制学校李开宏校长因之总结发展出"养正"特色教育。"山之坚毅,乃养正之精魂;水样柔情,乃养正之气韵;志在烟霞,乃养正之神采;世代崇文,乃养正之禀赋;乐善求真,乃养正之心质,惇德尚义,乃养正之器宇;革故鼎新,乃养正之圭臬。"我们在这里听取了李校长以"养正"为主题的教育报告,观摩了由"养正"特色开发的课堂,受益匪浅。

结束参观学习后,甚少有雪的江南,瑞雪飘飘,或许是为叶映峰的真情感动;也是个吉祥之兆,预兆着叶映峰和她的同事、同行们事业更兴旺。是不是也预兆着我和同事们取得了真经,终将事业有成?因学习带来的心理压力,顿时为之一轻。瑞雪兆丰年!丰年就在我们心里,在我们的脚下,在我们奋斗的前方!

爱,何处相逢

不知不觉间丢失了爱,我拼命地追赶,希望在天黑前找到她的芳踪。可是,无论跑得多快,就是看不到她的一丝踪影,空气中嗅不到她留下的体香,路边的小草摆动着绿茵茵的小手,仿佛在告诉我没见你的爱人来过。

我坐在夕阳下的树荫里回忆,回忆我们走岔的路口,蜜蜂也在我耳畔嗡嗡地叫着,帮着我搜寻逝去的蛛丝马迹。

是我走岔了方向?沿着蜜蜂指引的路径,沉醉入野花的芳香?可是理智告诉我,每个有野花的路口,我只是在路口看了看,没有深入,也就无所谓误入!因为没有你的体香,我的嗅觉就嗅不出花香!是你走岔了方向?可是你怎么会走岔方向?最近的路径中好像没有岔路。

岔路生长在哪里?在我不经意间,宽直的大道难道会偷偷生出一条岔路?这条路通向哪里?深山、密林、峡谷?还是外面纷繁、热闹、灯红酒绿的街市?记忆中的目光能否捕捉到你幽怨的灵魂?你怎么会有朱成玉先生"那样哀伤的目光,凉了月亮,冷了檐角;短了相思,瘦了梦想"?

你需要什么?锦衣玉食?我们曾经食难果腹、衣难蔽体,我们微笑着走了过来,几代人都微笑着走了过来,在贫困中我们娱乐,每天伴着太阳唱着快乐的歌,简单的生活,让我们苦中有乐!简单的生活,让我们看太阳每天都是新的!

傅雷说:"人一辈子都在高潮、低潮中浮沉。"曾经,我们的生活一直在低潮期挣扎。你没有嫌弃,你没有离开出走,你甘之如饴!可是现在我们有了吃的,有了穿的,有了一套不大但属于自己的安逸之所,你却走了,悄无声息地从我心里走了!走得那么突然,走得那么匆忙,走得那么令人费解。难道真要如庄子所言:"相濡以沫,不如相忘于江湖?"

佛家说:"蛇吞其尾!"你要这样吗?古龙说,人生有许多道理,本来就要等到我们透不过气来时才懂得!今天的情形,是不是因为我还能透气而不明白?这可是自强其外,负累其身啊!

曾经有一个禅师让一个背负沉重心结的人迎着朝阳,在海滩上写下他心里的所有怨恨和诅咒,然后让他在傍晚涨潮时回来看。只见万顷波涛从远方呼啸而来,扑向沙滩、扑向海岸,很快又返了回去,带着沙滩上的枝叶与文字。禅师指着写满怨恨文字的沙滩问那个香客:"你的恨还在吗?"

有人说面子和底子本是一样东西,面子要依赖底子,底子就是面子;没底子的面子是面具,一揭就掉,掉落地下就碎,碎了就再也装不回去了。换言之,有底子的面子是撕不掉、打不碎的。底子是什么?是爱,是亘古不变的真爱!人生没有漫长的几生几世,只有区区数十年。茫茫人海中,感情碰撞是多少修行的缘分。千年修得同船渡,万年修得共枕眠。不论怎样的磕磕碰碰,无论多少的委屈伤痛,我以为都没有理由转身。柏颜说相爱的两人,本就该承受爱情赋予的欢喜和伤痕!

爱人,让你的爱生活于你的心上!让你的爱生活于灵动的世界。春天,我们在温暖的草地上,听嫩绿枝头花蕊的勃发;盛夏,让我们在花海里徜徉,听花谢的声音!花开花谢都是大自然馈赠的景观,悲欢离合都是人生旅途上必经的奈何!中年原是一道坎,压在心头的不仅是工作,还有一个大家庭;不仅是父母等老人,还有儿女及侄、孙。放肆无力,放下尤难。

白居易说:"老来多健忘,唯不忘相思。"俗话说,人上了年纪,眼前的事记不得,过去的事忘不了。其实每个人真正忘不了的唯有年轻时那段刻骨铭心的真情。每一个眼神,每一个细微动作,每一句幼稚的话语,每一阵傻傻的笑声,总是那么难以忘怀,那么回味无穷。

善能禅师偈云:"不可以一朝风月,昧却万古长空;不可以万古长空,不明一朝风月。"刻板与疯狂并存,理智与朝气同在。理智思考、游戏心情才是健全人生。专心喝茶才知茶之香醇,无心睡眠,才懂得睡眠的香甜。努力了,成败放之于心外,心才不会受缚!

"金针双锁,全心即可;有句无句,千花万朵。"容得下山水,容得下纤毫,就像抱着女施主过河的禅师,该放下就放下,心中不可有一丝纤尘。

在山水中走岔的人可以找回来,在心中走岔的爱必须自己走回来。走回来看天空,天高云淡;走回来体味轻风,金风送爽;走回来爱你所爱,心柔意长。我就这样静静地站着,站在这个你一眼就能看见的路口,做一尊石像,把你永久地等待;做一座灯塔,为你把航程照亮;做一座城池,请我的女皇把它统治!

回来吧,爱一定会在这一个路口相逢!

太阳每天都是新的

侄女一家邀我去看日出。凌晨 2 点半起床,3 点准时出发,6 岁的小外孙女也一起去。4 点半不到,我们驱车赶到了牛草山上。

弯月如钩,天空,散发出清冷的光。月光下的牛草山是那么安静,只有观音寺里的钟声悠闲地叩击着夜的清凉,传得很远很远。天上的月是沉默的,也是冷峻的,俯视着山上这一群快乐、爱美的人。是在嘲笑凡俗之人的狭隘,还是在怜悯凡俗之人的无知? 也许他就是沉默的老父亲,用沉默去关心、去爱护芸芸众生。爱得笨拙,爱得深情。也许她是美的化身,用清冷明净柔和的光给今夜的牛草山,给牛草山上的观音寺,给观音寺前的追寻者一份超长的和谐和宁静,以他的简朴和随意,诠释着最美、最善的真谛。

观音寺前的空地上,露营者的一顶顶帐篷像蘑菇一般,五颜六色地从地面生长出来,里面不时钻出探寻的脑袋。场地边缘走动着一些扛着长枪短炮的人,静静地看着东方那一抹幽暗的云。山腰上,高大的风电和它巨大的风扇也一样安静,是不是也和这山顶上许多人一样,静静地期待着那一刻? 只有对面山坡上长长的灯光,像溪流一般潺潺流淌着,一会儿流向东,一会儿流向西;在一处山腰的转弯处,一会儿又折向南,一会儿又射向了我们站立的牛草山。

侄女和她两个同事的小孩兴高采烈地从车里出来,在寺前的车辆及帐篷间来回穿梭,呼朋引伴的叫声笑声打破了山顶的宁静。空气仿佛开始醒来,脚步声开始在场地周围响了起来,风扇也缓缓地转动着,搅动起凌晨的生机。

东方的太阳久久不露脸,只是隐隐约约从天际的云层里看到一点点细碎的淡红颗粒。我是一个没耐心的人,不再执着于某个点的痴迷等待,放眼四面八方。西南方向的远山峡谷中,缓缓地涌动起一片片乳白色的云,把这里的山染得更碧,把天映得更蓝。犹如一幅幅泼墨丹青扑入我的眼帘,映入我的镜头。远处山顶上站立着一座座风电,宛若一个个威武的仪仗兵,昂首挺胸,荷枪而立。近处一座座电机,就是那高傲的哨兵,守卫着这一片如画山水;又如一位将军,举着望远镜向远山眺望。脚下是那弯弯曲曲的盘山公路,就像牛草山弹奏的一曲晨曲音符,舞动着动人的节拍,飘向远方……

东方云端终于镶嵌了一丝金边,映衬着远山,白云如大海般涌动。终于黄豆大小的金珠从天际弹了出来。一点点地生长,将东方染成红艳艳的一片。山顶上人们的目光齐刷刷地转向东方,向着与新生儿一样的红日行注目礼!看到这初升的太阳,不知道为什么,我脑海里最先蹦出的是张若虚《春江花月夜》里的"海上明月共潮生""滟滟随波千万里",也许是潜意识里很想看一看何处春江日出更明艳?猛搜脑海,寻得半句白居易的《暮江吟》,"半江瑟瑟半江红"。细细一想,写的却是夕阳。虽然太阳每天都是新的,可是有新意的描写太阳的诗句可不多。宋太祖赵匡胤有首《初日》:"太阳初出光赫赫,千山万山如火发。一轮顷刻上天衢,逐退群星与残月。"多了点帝王的霸气,少了点诗情画意。还是白居易的"日出江花红胜火"一句最合我此时此地的心情。

  我不断地按着快门,记录着日出的一点点变化,不经意中一只小狗和一个红衣小女孩闯入我的镜头。孩子、小狗和太阳,组合成今天早晨最美的日出。这就是牛草山凌晨冷月的追寻吧?

  太阳每天真是新的!

畅游篇

偷得浮生半日闲

五一受学生之邀,偷闲到位于石关、主簿交界处的二祖山作半日行游。

上山时,学生倚仗驾驶的是四轮驱动越野车,选择了一条新开的土坯路。刚经历过一场春雨的洗礼,路上大坑小洞,沟壑纵横。学生到底不愧为户外运动高手,充分展示了他攀爬腾挪的功力。坐在车里,如坐过山车、荡秋千般,心一直在嗓子眼边含着,感觉惊险、刺激,又有些害怕。因为是在学生面前,还要故作镇定,硬撑出一副大无畏的气概。我想,如果不是安全带的约束,自己极有可能会飞出窗外。

难得他敢开会开,也幸得我敢坐会坐,车终于停在山脊平地。尽头又是一座山,一溜长长的石阶,像玉带从天铺下,飘逸起伏。我们就循着这玉带攀行一千多级台阶,来到二祖山上的二祖庙门前。

山门前一棵大松树,冠如华盖。留神细看,这冠盖并非松枝组成,乃是青蔓缠绕着松枝,宛如一顶仙人编织的王冠。不禁记起电影《刘三姐》里一段唱词:"山中只见哎,藤缠树啊,世上哪见啊,树缠藤哎。青藤若是不缠树嘞,枉过一春呀又一春……"

真心相恋就相缠,看来这不仅是人生法则,也是自然界的法则。一对男女长成两棵风景大树,即便靠得最近、长得最美,如果互不相缠,也终究不会让人生出"相拥至耄耋"的感叹和赞美。

二祖寺的寺门简陋得就像二十年前普通农户家的大门,窄小,斑驳。"二祖寺"三个字横写在大门上方,其中"寺"字还被摄像头遮住了。但门两边黑色木板上雕刻的一副对联却气势磅礴:"八百里扬子江涛声呜咽,二祖静坐观世态;十万顷大别山松波涌动,千峰朝拜问兴亡。"

进得山门,围着山崖的是一溜七字形平顶房。右边是生活用房,正面是供佛的大殿。殿不大,供奉着多尊形态各异的佛像。进得殿来,面对菩萨,突然深深感到:只要人心如佛心般开阔,就没有房舍大小的区别。

大殿边上有一八角木亭,建于悬崖之上。四周的苍松笼护着木亭,迎客松般伸展热情的手臂,欢迎着远方客人。亭前一株根部裸露地面,犹如人之一足,树干挺拔,好像卫兵立于门前;侧后一株好似书童清秀灵动,长伴于斯。八角亭上有副回文联颇为有趣:"雾锁山头山锁雾,禅夹道教道夹禅。"莫不是指此处乃禅道共修之地?只有禅院不见道观,如今已改变了旧时模样否?

向前是一道沿石壁凿出的向下蜿蜒着的台阶,宽敞处建有几间木屋。木屋此时是闲置的。我想,盛夏时节带上睡袋,三五好友在此赏景清谈,肯定不失为人生一大享受。

沿石阶向下约百步,有一洞穴,约两米见方,据说此处就是二祖慧可最早静修之处。洞里供奉一尊佛像,不知是否就是慧可大师。慧可大师是佛教中国化真正意义上的第一人,是否来此传道,从其当时年龄以及此山远离人间烟火、无道可传等情况看,可能性不大。但说大师前往司空山途中,为美色异景来此仙游一番,倒也可能,因为人不可能拒绝美好。

　　面对佛像,恭恭敬敬地行了大礼。因为我心里认定这尊菩萨就是慧可大师。大师百岁高龄来此传经布道,弘扬佛法,其精神、精力、意志、毅力是世之楷模,人之典范,非顶礼膜拜不足以表达敬意!

　　寻遍庙宇,没见到真正的僧人,只有两个居士在此为菩萨添香敬水。据说曾有一和尚在此修行,木屋就是他建的。大概是因为此地离民居太远,山上过于清冷,后来还是走了吧。耐得住寂寞,守得住本心,非智者、强者,实难为之。有意志、毅力者未必能成大器,但成大器者必有超人意志和毅力。

　　午时刚过,雾慢慢弥漫到山顶,山、树、庙、人渐渐变得模糊起来,二祖山、二祖庙又披上了一层神秘的白纱。一切都在虚无缥缈之中,缥缈之中我仿佛看清了一切……

游图们江

一次学习机缘,走近图们江。一条浅水漫脚的小河,如家乡绕城的衙前河一般,白沙碧水。虽然普普通通,没有特色,却让我倍感亲切,勾起我想赤脚走一走的欲望。

河两岸收割后的田里,留下一堆堆稻草。一个又一个村落,依田而建,红砖碧瓦,独门小院。导游小姐介绍说,这里全是朝鲜族,家家种田栽参,户户殷实,都是小康人家。放眼望去,不少院落里停有小车。看来导游所说不虚。

前往图们市途中,我们走进一户朝鲜族人家,精明的女主人把家里收拾得干干净净。一见客来,忙不迭招呼我们上炕,炕桌上很快就摆出几碟小菜,斟上自酿的甜酒。品尝之,确实甘甜爽口。女主人随之和我们闲话起来,热情地介绍同村村民和自家的生产生活情况。感到他们生活说不上有多富裕,但也衣食无忧,基本小有节余。趁此谈兴正浓时,女主人适宜地端出她家珍藏的"林下参",向我们推销。吃了喝了谈了,嘴就软了,同行中有懂行的人也认为参质不虚,大家群起买之,做了她不少生意。我也买些,送给生病的老岳父,他说营养效果很好,远胜县内药店的人参。

看河对岸,河边一样的田,坡上一样的地,山边田畔一样的人家,总觉得山有点荒芜,屋场有点荒凉。导游小姐说,那就是朝鲜民主主义人民共和国的地域。在我们要求下,车子在图们江一处立有界碑的地方停下了。

江,准确说是河,河边有道很高的铁丝网。导游说是为了拦阻那边因缺衣少食乘夜深人静之际来这里偷盗粮食或是冒险偷渡的村民。因为太近,河窄水浅,偷渡过境就如邻里串门,抽袋烟般方便。

借助相机的长焦镜头向对岸看,看见有俩人到地里收玉米秸杆。也许是因为在劳作,穿着和我们70年代村民一般,一人是灰色上衣,一人是洗得有点泛白的军便服。干活时显得很懒散,不知道是否因为疲惫或是少活计。

朝鲜山多地少,又位于高寒地带,家族世袭统治,传统"大锅饭"政策,导致粮食紧缺。导游小陈的姥姥娘家就是朝鲜民主主义人民共和国人,他们走亲戚来时,只要是能吃的东西,给什么,都当宝贝疙瘩带回家。

到达图们市后,经哨卡同意,我们走上了横跨中朝两岸的图们江大桥,一座有点老旧的水泥大桥。大家来到大桥中间分界线的朝方一侧拍照留念。有位同志一时兴起,走过分界线大约一米远,对岸桥头河岸边上立即走出一位年轻军人,举着望远镜向他看。不知是否是监测他有没有越境。

在满语中,吉林为"吉林乌拉",意为沿河的城。先指一座城,后来指这一片土地。在它东边的尽头,静静的图们江从长白山走来,陪伴着吉林走向大海。东北是满族兴起的地方,他们取得天下之后仍格外重视这块土地,即使当时的东北只是一片辽阔的蛮荒之地。在最初入关的满族先知看来,关外富庶虽不及江浙、辽阔不及新疆,但明朝的残余势力蠢蠢欲动,满族未必能坐稳天下,一旦失利就可退回关外,继续在白山黑水上做王。1664年清军入关后,开始对东北实行封禁,着手设立边墙。据《柳边经略》记载:"(老边)西起自长城,东到船厂(今吉林省吉林市),北自威远堡(今辽宁省开原市境内),南至凤凰山(今辽宁省凤城市)止。设边门二十一座……每门设苏喇章京一员,笔贴式一员,披甲十名。"边墙全长一千九百余里,由盛京将军管辖。康熙十六年(1677),清政府又先后在今辽宁省境内修两条边墙,被称为新边,由宁古塔将军(后更名"吉林将军")管辖,周围千余里境内遂成"禁中之禁"。清政府在东北设边墙,置哨卡,限制汉族、朝鲜族、蒙古族人关外狩猎、采参。若需要进入边外禁地,则必须持其所在地方政府发给的印票,限时、限人出入。不得不说这是一个具有战略眼光的决策,但随着清朝坐稳江山,这个决策的弊端逐渐显现。二百多年后的1858年,势已倾颓的大清国没有退回关外的打算,俄国人却起了侵吞东北的心思,他们通过《瑷珲条约》和《北京条约》,从大清国手中抢走了约一百万平方公里土地。当图们江的江水流过防川,穿过一座低矮的铁桥时,吉林地域至此戛然而止,站在观海楼上,日本海变得可望而不可及。一个多世纪前,吉林成了"枕着沙滩听涛声"的省份。

江对岸是朝鲜的南阳市,借助国门上方安装的大望远镜向对面看,南阳市显得像我们内地稍大点儿乡镇政府所在地。楼房不高,马路较窄,流动人口不多。墙壁上有不少标语,没有看见广告。导游小姐说她带团去过朝鲜,对方导游说,美国是世界上武力最强大的国家,中国是世界上最有钱的国家,他们朝鲜是世界上福利政策最好的国家,上学、看病、住房都由国家负责,个人没有经济压力。言语之中,也充满了自豪感。

　　沿江返回,我一路琢磨:一样的人,一样的天,一样的地,为什么就产不出一样的果?看来,在国家大的发展方向上,千万不能走错路,偏一点也不行。

行走在江南

飞转的车轮从山间小城一路狂奔。中午时分,停歇在与人的心灵相碰触的地方。

九华禅声,醒悟心灵

九华山乃佛教圣地,四大名刹之一。只因其伴随着祖国前进的步伐,契合时代的节拍,便吸引了这一车访客。

第一次到九华山,是大学毕业还未拿到派遣通知书时。一个偶遇的乡下大客车,把我带上了九华山上。同车的同学、朋友拜过几个佛祖大殿后,兴致盎然,爬天台去了。我就在一个大殿停下了脚步,和一位大师就行善去恶、祈福去灾、占卜前程等问题进行交谈。大师就人间善恶大小、福寿灾难、富贵前程的一番话语,虽读了十几年的书,却还是似懂非懂。不过我记住了一点,善良心待人,平常心处事,就这一点,影响了我一生。

教育人有没有佛心,该不该有佛心,佛心是什么,又以什么方式体现出来,这一佛心与教育人的良心、职业敬业心是什么关系,与教育的目的、党和国家的教育方针有没有契合点……对此类问题我思考过不少,看了不少的书,也写过两篇文字试图探索一下,总感觉似有所悟,又似是而非。今天,看过殿前的许多红男绿女,看着他们虔诚地烧香拜佛,心里久思不得的问题又涌上心头。有位佛学大师说,拜佛不如拜自己,自己就是佛。向佛祈祷不如向自己的内心祈祷,只要心存善念,人人心中有佛。

善男信女真心信佛?只要细心聆听祈求,全以功利求于菩萨,满足尘世欲望。佛求内心宁静,舍弃尘世纷繁。以入世欲念,祈求出世者荫佑,是与佛教之义背道而驰。

教育是普爱众生的工作,需要奉献,常言道菩萨心肠。可见,教师须有博爱之心,方如菩萨一样得到社会尊重。教书育人、爱生如子(弟)、无私奉献,自会得到广大学生家长敬爱。

佛教强调的"悟道"与教育强调的学生为主体、"自主学习"、"不断探索"本义上很相近,"顿悟"与"灵感"互通。我还觉得,佛教的行善积德、不打诳语与诚信、友善,本义一致。对佛教不可迷信,也不可全盘否定,当去其糟粕取其精华,将有益于社会主义价值观宣传教育的方式方法予以发扬光大,对社会的发展、人类文明的进步是有益无害的。

参观过九华山,心似乎更为平静,对教育的本义似乎更多一点理解,对社会主义核心价值观更多一点领悟。相信同行者也有了更新的认识。

南湖红船,太阳升起的地方

嘉兴有名,是因为一艘船,一艘小小的木船。这艘普普通通的木船就游弋在"轻烟拂渚,微风欲来",有"秀水福地"之称的嘉兴南湖。一群年轻人,一群肩负着历史重托的年轻人,让这条木船走上了一段不平凡的历程。给了这艘木船一个不平凡的名字——嘉兴红船。在这里,中国共产党第一次全国代表大会通过了中国共产党的第一个决议;选举产生了党的中央领导机构;庄严宣告中国共产党诞生!革命的太阳从这里升起来了!简单的工作纲领,很小的组织架构,犹如星星之火,燃遍了中华大地。不到百年时间,中国共产党发展成有九千多万党员的世界第一大党。

红船精神是2005年习近平同志任浙江省委书记时首次提出的,并将其概括为:开天辟地,敢为人先的首创精神;坚定理想,不折不挠的奋斗精神;立党为公,忠诚为民的奉献精神。

红船精神是中国早期马克思主义者在建党实践中形成的伟大革命精神,集中体现了中国共产党的建党精神。是中国革命精神之源,昭示着中国共产党人的初心。是激励党顽强奋斗、不断发展壮大的强大精神力量,是中国共产党立党兴党、执政兴国的宝贵精神财富,也是新时代坚持和发展中国特色社会主义的坚强精神支撑。

我们一行在展馆外集体合影留念。合影后逐馆参观,认真聆听讲解,然后来到湖心岛参观红船。我们深刻认识到中共的产生及从弱小快速成长壮大的历史必然;我们深感中国共产党前进的步伐也是广大非党知识分子实现抱负、展现才智、为国为民贡献力量的必由之路;更加坚定了大家团结在中国共产党旗帜下,齐心协力图发展的政治自觉性。

周恩来，时代楷模

学习考察参观的第三站是浙江绍兴，周恩来总理故居。

在展馆，看到一份周恩来于 1943 年 3 月 18 日在重庆红岩村手书的《我的修养要则》，那天是他 45 岁生日。同志们为他祝寿，他没有出席，而是简单地吃了一碗面条就回到办公室，写下这份 7 条共 217 个字的修养要则。虽是写给自己生日箴言，我以为更是写给中共全体党员干部的修养准则。

《我的修养要则》第一条是"加紧学习"，后六条谈工作、生活、为人等。他在 1946 年曾说过这样一段话："我在铁岭入了小学，6 个月后又去沈阳入学，念了两年书。从受封建教育转到西方教育，从封建家庭转到学校环境，开始读革命书籍，这便是我转变的关键。没有这一次离家，我的一生一定也是无所成就，和留在家里的兄弟辈一样，走向悲剧的下场。"

1914 年他在南开中学作文《一生之计在于勤论》写道："欲筹一生之计划，舍求学其无从。"在黄埔军校时说过，"一个人对于世界万事万物，对于人生各种问题，要想看得透，就得志于学，勤于问，敢于闯"。

《我的修养要则》第三条强调"习作合一"。第六条明确提出"永远不与群众隔离，向群众学习"。

重温周恩来同志《我的修养要则》，对于我们如何在新时代社会主义发展道路上做出新业绩，就是一盏指路明灯。对于他重视学习，以身作则，活到老，学到老，更是我们的楷模。唯有学，才能适应新时代；唯有学，才能永远不老。

周恩来不仅是学习上的楷模，更是工作的榜样。1974年，他的身体已经出了问题，而他1月至5月间，每天工作12至14小时9天，14—18小时74天，19—23小时38天，连续24小时工作有5天。从1974年6月1日住院到1976年1月8日逝世，在他生命最后587天中，约人谈话220人次，最长时达4小时20分；公开会见外宾62次，港澳人士3次，每次时长都是1小时左右，最短一次15分钟；开会32次，去院外看人5次，同中央负责人谈话161次，与中央机关有关负责人谈话55次。这期间他动大手术6次，小手术7次。

1980年8月，邓小平对意大利记者法拉奇说："周总理是一生勤勤恳恳、任劳任怨工作的人，他一天的工作时间总超过12小时，有时在16小时以上，一生如此。"

展馆有段文字对周恩来同志评价最贴切："周恩来是近代以来中华民族的一颗璀璨巨星，是中国共产党人的一面不朽旗帜。他身上体现着中华民族的传统美德，洋溢着浩然正气和独特的人格魅力，更是不忘初心、坚守信仰的杰出楷模，是对党忠诚、维护大局的杰出楷模，是热爱人民、勤政为民的杰出楷模，是自我革命、永远奋斗的杰出楷模，是勇于担当、鞠躬尽瘁的杰出楷模，是严于律己、清正廉洁的杰出楷模。"

参观展览馆过程中，心很凝重。周恩来，没有子女，全国的晚辈都是他的子女，因为每一个人都受惠于他的无私奉献；没有任何物质遗产，但全国人民都从他的精神遗产里汲取力量，推动我们国家高速发展。

齐云仙境

刘禹锡说:"山不在高,有仙则名,水不在深,有龙则灵。"齐云山就是一座不高的山,有名且名传千古,名播四方,就在于山上有庙,庙有神仙。

齐云山的神仙修行得道,始于唐朝乾元年间。道士龚栖霞云游至此,为此处"一石插天,与云并齐"的仙霞地貌所构建的美景吸引,再也迈不开云游的脚步。洞天福地栖真岩就成了栖霞真人修行宝地,宝地成就了栖霞真人,真人成名了宝地。江南大地,从此多了一处名山胜景福地。歙州刺史韦缓又于元和四年建石门寺于石桥岩。山中添景,锦上添花。

名山因人而名,人又因名山而聚。齐云山现存碑碣537处,摩崖石刻多达305处,早在北宋南宋时期就有石刻留传下来。明朝石刻竟多达283处,遍布全山著名景点:真仙洞府、一天门、紫霄崖、廊崖、石桥岩等。难怪乾隆皇帝题之"天下无双胜地,江南第一名山"。山上有座望仙楼,俯看横江。这副对联如今就挂在这座楼的大门两边。最近去时,楼上一着素白衣衫、白纱蒙面女子,正投入地吹奏一首动听的乐曲,犹如武侠小说里的仙女,令人神往。

齐云山又称白岳,据说因遥观山顶与蓝天白云平齐而得名。星期天,好友一时兴起,午饭后直奔江南,要一睹与云天相平齐的神山。站在山下仰观齐云山,对我们这些生活生长在大别山中的人来说,真的没有半点神奇之感。不过记忆中明朝万历年间太守崔孔昕二度登临齐云山所作《再访齐云岩》,不仅不敢藐视,还勾起了盎然兴趣。

"西入天门步上台,茫茫石径依云开。遨游浪迹归何处?跨鹤扬州今又来。"诗甚直白,有特色。今人评曰,只因崔太守与齐云山有了心灵的对话,才倾情写出了这千古赞颂的诗碑。

齐云山与湖北武当山、江西武功山、四川鹤鸣山并称中国道教四大名山,心中对此甚是疑惑。走在橘红色的砂岩石垒砌的台阶步道上,面对不断迎来飞檐翘角的古朴小亭,疑惑不断消失,期盼却由此生长起来。当一面火红色的赤岩矗立面前,我才真的认识到齐云山之奇,也才真的懂得那些道长为什么对此恋恋不舍,那么多文人骚客在此流连忘返。栖霞真人以"鬼斧神工"评价此山,甚以为然。

黑虎岩,石崖很高大,手机拍不下全貌,只能在几处刻有字迹处留恋。"天开图画""齐云胜景""玄天妙境",掩映在绿树丛中一处盛景,得益于站在对面高处的拍摄。岩壁上凿了许多的小洞窟,上刻"天开神秀"四个大字。在照片的同一个平面上,有许许多多游人,却在四个大字的面前显得十分瘦小。只有生长在岩旁的几棵大树已与山齐,其长势欲与天公试比高。

站在山腰俯视,许许多多白色民房,显得那么渺小。旁边的大田里的农作物,不知是何种植物,被修剪排列成了八卦图。像两条鱼般的两仪,清晰异常。犹如大地明亮的眼睛,看着山,看着天,看着风云,看着游客,看着天下苍生。

山前有条河环抱齐云山,犹如山之彩练,蜿蜒起舞。河上有道桥,是我们上山之路的起点处。于明万历十五年,由时任徽州知府古之贤所建。为九孔十墩石拱桥,桥墩船形,卧于横江之上。桥南端有二柱冲天式石牌坊。桥建成后,古之贤擢升为广东按察使,故曰登封桥。清康熙五十七年水毁重建。清乾隆六十年再度水毁,再次重建。桥长150米,宽8米,高10余米。流水清澈见底,鱼儿悠游其中。

齐云山桃花涧边桃花涧上还有一座桥,建于明嘉靖帝三十四年,早于登封桥32年。桥长18米,宽3米,石筑栏杆。相传当年杭州绅士谭仁义,背患痈疽,久治不愈,生命垂危,遂上齐云山求神。当他因疲劳在桃花涧边小憩入睡后,梦见一真人取涧底灵芝为他治疗,醒来忽觉背部清凉,次日即消肿退热,第三天蜕下一鳖壳状干痂,从此病体痊愈。感恩神灵救命,捐银1850两在此造桥,取名"梦真桥",寓意梦受真人之活命大恩。他逢人便说"梦境本虚无,白岳显灵真"。不知何时,这桥成为莘莘学子赶考前必到的吉祥桥,以期梦想成真。

上山之路甚是悠闲,亭台飞阁沿途相伴,仙关寨、步云亭,一溜十三亭,亭亭玉立,朱漆彩绘,绘出一个个动人故事。双龙戏珠,嫦娥奔月,月下黄狗卧花荫。

还有许多洞窟和石岩雕刻让我流连。汪华的忠烈岩就是徽州百姓为感恩其在隋末起兵,保境安民而立,并尊称"汪公大帝""太阳菩萨"。高大威猛的"寿"字岩雕,据说是慈禧太后因其子受不了她的控制而早逝,夜夜入其梦境,扰其清梦,故刻寿字于此,镇住梦魇。

山上楹联甚多。有楹联生动刻画了齐云山之仙山美景:"齐云可揽无边月,白岳常在壑畔生。""松间明月烛青天,身外浮云涧紫霄。"可见齐云山是一个超凡脱俗之境,无仙也灵之地。

古运河畔乡情深

对无锡的认识源于一副少年时期读过的名联:"无锡锡山山有锡,长沙沙水水无沙。"今天我来无锡时已过"知天命"之年。高铁刚到无锡站,就看到接站的美女胡总,显得有点娇弱的她开着一辆七座越野车,脑海中不禁冒出了一部电影名:《美女与野兽》。

晚饭后,胡总把我们送到预订的宾馆,财富古运河宾馆,一个名字有点俗套、房价甚为便宜、房间布设充满现代气息的地方。她还告诉我们这里就是古运河,值得好好地品味。虽然旅途劳顿,放下行李,和朋友们还是习惯性地出门散步。

出宾馆大门左转,一溜台阶直达桥面。走上石拱桥,举头向河面看去,只见河两岸大红灯笼沿河悬挂于古色古香的一溜古建筑屋角门前,照映得河水如红日初升。

"啊!还有这么美丽的去处?"至此才懂得了老乡说的"值得一看"的含义,也才真切感受到他们的良苦用心。我们忙不迭地拍照发给还在房间的同伴,急急忙忙找到下河台阶,生怕迟了,这梦一般的夜景会如海市蜃楼般消失。

沿河两岸,是一溜仿古店铺,低矮平房装饰着徽派房檐,让人感觉步入清明上河图描绘的宋城小街。店铺有历史遗韵,诉说着运河的繁华更替,述说着朝代的变迁。经营是现代的,现代的商品、现代的艺术、现代的饮食、现代的营销方式,迎来的也是现代的顾客。

在清名桥,射灯在桥头打出赵孟𫖯的《夜泊伯渎》一诗:"秋满梁溪伯渎川,尽人游处独悠然,平墟境里寻吴事,梅里河边载酒船。桥畔柳摇灯影乱,河心波漾月光悬,晓来莫遗催归棹,爱听渔歌处处传。"

伯渎桥下流淌的伯渎河,是一条悠远的时光走廊。相传,它由三千多年前的泰伯开凿,是无锡历史上第一条人工开凿的河流。在秋霜浸染河水之时,赵孟𫖯来到梁溪、伯渎一带,于游人稀少处独赏美景,眼前呈现出一幅典型的吴地风物画卷。桥畔杨柳摇曳,河中卖酒的船只穿行,惊扰了重重灯影。河水涟漪、明月当空、渔歌传唱,令人流连忘返。此情此景,诗人不禁想起伯渎河上久远的吴人吴事。泰伯奔吴,在平墟、梅里一带开创勾吴古国,点燃了江南文明的火种。无数风流人物其后在此登场,诗人寻觅的,究竟是吴王阖闾攻楚、夫差北上伐陈的历史风云,还是范蠡、西施同游西湖,抑或梁鸿、孟光举案齐眉的温情往事呢?今天,"伯渎桥""伯渎河""伯渎港街"依旧是这里的地标。虽然这诗写的是伯渎河,但将"桥畔柳摇灯影""河心波漾月光"用在这里,诗和桥完美地将古今融为一体。

第二天一大早,我们一行陆陆续续走出酒店,走上古运河畔街道,在一处处有特色的街道上徜徉留影。一处横跨古运河的桥头边矗立着名叫"转角"的六角木楼,风雨洗去了木楼曾经的奢华,沉积了岁月雕刻的沧桑,留给我们咀嚼不尽的韵味。同行的两位女士投入地依偎着木楼留下一幅幅倩影。在雕刻着"南下塘"的古墙边,我们细细咂味着精美的砖雕。猜测着"南下"二字刻得很小,而单单放大

"塘"字的用意,在没有研读历史、寻出历史依据之前,我们的猜测仅仅是游人对历史的玩味。在著名的清名桥边,用手机记录下桥畔几座古楼斑驳的墙面,以及墙面诉说的幽远的历史。在横跨古运河的桥心,我用手机把两位女士嵌进古运河的绮丽风光之中,让古运河的河水串起了过去和现在。

在这么美丽而又让人不断回味的古运河边住宿,真正体现了几位老乡精心周到的安排。品读过古运河,心头泛起的是一股温馨的乡情。仿佛计算过一样,刚到下午3点,办完事才返回酒店,堪称帅哥和美女的两位胡总就来陪我们拉家常,在闲聊中知道了两位胡总曾经艰苦的人生,艰辛的创业之路。

由于家贫,胡总小学毕业就结束了她读书之路,到城里给人家当保姆,带孩子。稍大,来到江南城市到工厂打工,为别人卖服装,小小年纪,挣钱养家。直到认识她的先生,才结束动荡的闯生活的历程。夫妻俩开始创办自己的企业,悉心经营起一个温暖的小家。致富后的她,总是忘不了自己老家,忘不了自己父母亲人。她投入巨资,在老家老宅基地上建造起一座精美的小山庄,既能让父母颐养天年,又成为她夫妻俩接待朋友休闲避暑的好去处。

两位胡总充满坎坷又富传奇色彩的人生经历让我们充满好奇,总想多听点,他们却总是恰到好处地关上话匣,让我们感觉言犹未尽,甚至小有遗憾。得知我们将严格按照行程返回时,他们反复劝说随他们再逛逛无锡,我们感到盛情难却,只得听从安排。又是美女胡总熟练地驾驶着如猛兽般的大车,拉着我们"走马观花"。从地点确定、路线选择、时间把握上,可以看到胡总的精明能干、聪明智慧,也似乎反映出她"陪逛"经验丰富,更让我们体味出他们对家乡来客的分外看重与喜爱。还有一位朋友的弟弟程主任,临行前一定要为我们设宴饯行。为方便我们赶路,特意将宴请地点安排在离高铁客运站不远处的酒楼,自己和朋友们却跑了很远的路。

由于时间紧,车窗里赏景,景的概念的确如过眼烟云。但在无锡闯世界的几位老乡的那一份深情,却越来越清晰,让我无法不形成文字,时常感念于心。

温州之行

因私事搭便车去温州,路行一半,于休宁县龙田乡桃林中心村就餐。学生同学介绍,这里是省级美好乡村,岳西人往返温州时最爱的歇脚之地。

一下车,就被饭店旁的古树林所吸引。县道从古树林穿过,将之一分为二。树林中苦槠树居多,夹杂少量紫柳。每株苦槠植根大地,汲取精华;枝叶向天,承接甘露。株株腰杆笔挺,生机勃勃。据介绍,这里最年轻的苦槠树也有250年了,最老的已经五百余年。多株古树已中空,全靠坚硬的外壳支撑着庞大的枝干。有两棵苦槠紧紧相依,似患难弟兄,共同茁壮成长。

林边有河,河水清澈见底。河上两道桥,石头深褐色,桥龄百余年。古桥配古树,实在是难得的风景!学生的同学小程貌似街头混混,但从他选择此处就餐,可以看出他独到的审美。再次踏上旅途时,我主动找话题和他闲话家常,方知他有一批省书画家好友,真真是人不可貌相!

夜里11点许,小程"指挥",驱车至一家夜宵店。其朋友胡总在此恭候多时。菜是海鲜,酒是陈酿,且有年头。听小程说,胡总初中毕业,在外打拼近三十年,如今是事业有成的大老板。席间,胡总不吃不喝,却热情地劝我们多吃多喝。他的热情好客感染着我们,让我们师生三人要么吃撑了,要么喝多了。我虽滴酒未沾,却为主人的款款深情而"醉",而这才是"醉"的开始。

吃罢夜宵,胡总安排我们住进豪华大酒店。本希望住简朴点,胡总却说这里本是闲置工厂,和朋友合伙租后改成酒店,安排我们住这里,用他的话说是"肥水不流外人田"。如此一说,不好推辞,客随主便。

次日晨,胡总得知我眼睛老花,到他的眼镜店配老花镜和墨镜,遮挡温州的烈日。又为他的好友配了一副变色近视眼镜。

下午,胡总带我们去洞头海岛小渔村吃海鲜。游船是从和他合伙经营油轮运输生意的朋友处借来的。从海湾转入大海,澄澈的海水在阳光辉映下波光闪闪。放眼望去,天边仿佛就在日光的尽头,几百吨的游轮犹如一片树叶漂浮于海面。大海表面温驯,坐在游轮上却感知平静表象下的暗流汹涌。不一会儿,几位帅哥美女就为大海的"内力"所"折服",不敢闹腾了。知海上晕船的厉害,一上船,我就老翁入定般端坐一隅,直到船回港湾,才敢到船尾欣赏金船长的捕捞成果。

他们在离海岸十几公里处开始放网,一网就有水龙鱼、鲳鱼、小龙虾诸多品种的鱼获。

晚宴丰盛,全是海鲜。酒桌摆在海湾岸边,静静的海湾在夕阳下闪着粼粼波光,如面含羞涩的处子。此时虽是休渔期,村里还是默许金船长八十多岁的老父亲在港湾里捕一点自己食用,据说这也是奖励其对海岛发展作出的贡献。我们一行跟着沾光了。

第三天,胡总带我们来到楠溪江,他和几位合作伙伴承包下来准备开发的景点。沿江两岸矗立的青山倒映在明净的水面,好一幅"富春山居图"!几年前他组织全国汽车拉力赛起点处,一只巨大的车轮模型高高耸立,一条仅用挖掘机简单平整过的砂石路紧贴着楠溪江向远处绵延……在如此美丽的山水之间比赛,对参赛选手来说,不失为一次激动人心的自驾游,胜负反而显得无关紧要了。

河边停靠六只木船,这是胡总先期采购的游船。尖尖船头插着不同色彩的旗帜。船身宽敞,靠船帮处固定两排长长座位,中间是一条桌,可放茶水、饮料、零食。船尾是船夫摇桨的地方。几位男士除我之外,在船尾小试身手。"Pose"摆得很酷,可划船全是"蟹招"横行,害得我这个旱鸭子的心一直拎在手上。

楠溪江水与漓江水一般清澈,似乎比漓江更深;两岸的山与桂林的山一般青,似乎更高更险。如果在这里拍段视频,足可以与桂林山水乱真。河流中游有座跨河大桥,桥边一块 10 多平方的巨石伸向江中。巨石后方的山崖脚下有块平地,胡总在那儿依山建起了一栋木屋,木屋一头有一面高大宽敞的石壁,胡总意欲在这里为木屋命名,并将名字刻在石壁上,我脱口说"靠山居"。隋唐演义上有个靠山王杨林,德才兼备,忠君爱国,可惜辅佐的君王炀帝不行。其原型是隋文帝同父异母之弟杨爽。后来一想,靠山王杨林的原型杨爽,虽然文武双全,战功卓著,可惜英年早逝,以此命名似大不妥。故又提议以胡总名字中的一字命名"华庐",只是不知可合胡总心意。

且不管以什么名命之,此山居之所,实是休闲度假的宝地。背靠青山,面朝绿水。持一枝竹竿,垂钓于楠溪之中,与美景为伴,和鱼儿嬉戏,放飞思绪于蓝天白云之间,不亦乐乎!

温州之行，学生及其同学、朋友的热情招待，令我感动莫名，其中有位程总不得不说。他出生在店前白鹿河畔山头上，刚上初中父亲就去世了。孤儿寡母，常常衣不蔽体，食不果腹，差点辍学，后在老师和学校关照下艰难读完初中后南下务工。当他创立了自己的企业，手头稍有宽裕时，就主动联系当年的班主任，资助家乡困难学生，且已坚持很多年了。这次他的老师是第一次来温州，程总放下手头许多业务，每天一早就来陪着老师，凡吃饭购物，他抢着买单。

一路走来，感受最深的是，这些在温州事业有成的岳西人，无一例外都有一共同点：孝顺！为了照顾好父母，他们不仅在生活上尽力创造条件，在父母有病时，更是随时丢下手头生意，响应父母的呼唤。一位老板说他父母双双脑血栓，行动不便，病体经常出现状况。过去耽误了不少生意，近年大家知道了他家的状况后，反而照顾了他不少生意。

这些接待我们的企业家，打破了社会"有钱就变坏"的"常规"，用他们自己的话说："不嫖，不赌，不喝酒。"这可是一群初中毕业就出来闯生活的人，能做到善良、孝顺，又守规矩，真正令我们十分敬佩。

返程复至休宁龙田歇息。漫步古树林，株株古树如同善良、正直、坚韧不拔的智慧老者……我仿佛明白在温州打拼的岳西人为何爱选择在这里歇脚了。

九寨行

九寨总是有点特别。第一次去时，没有发现特别之处，第二次去时还是没有发现，那究竟又是在哪儿呢？

知道九寨不是因为去了九寨，更不是因为爱九寨，而是因为看了一部电视剧，一部在所有电视剧里没有人敢轻视的电视剧，它叫《西游记》。当《西游记》片尾曲响起，首先映入眼帘的就是唐僧骑着白龙马，带着三个徒弟行走在水天相接处的画面。据说这个画面就来自九寨沟诺日朗瀑布，中国最宽的瀑布。其宽度270多米，凭谁看了都想实地体验一下，所以同学给我制造了一个机会，我就禁不住诱惑前往了。

飞机飞上万米高空，无边无际的白云让我想起了四川阿坝州藏族歌手容中尔甲的《神奇的九寨》一歌："在离天很近的地方，总有一双眼睛在守望……"从飞机舷窗不断朝云海张望，想搜寻那双神奇的眼睛，用它去寻找神奇的森林、梦幻的海子。虽然飞得很高很高，不知道为什么总感觉离那双守望的眼睛很远很远，越来越远。

飞机平稳降落在成都双流国际机场。这里年旅客吞吐量超5000万人次，然而我不是那5000万分之一。第一次是在汶川大地震前一年的五月份。那时人好像也很多，但肯定没有我第二次（汶川大地震三年后）去的时候多。当日，出机场坐上旅行社的小巴就往城里赶，赶到路边一个小饭店,准备弄点吃的。吃的没来,同学家里的电话来了,他的母亲去世了。才下飞机又上飞机,高高兴兴来,悲悲戚戚走。也许就是因为这个不吉祥开头,第二次九寨行又出现了悲伤的事,市局一个科长从九寨返回成都后就没能回家。有个县的一个科长回家后没几天也追随他去了。人生无常啊。

去九寨沟的路很不好走,出了成都平原进入山区,弯多且急,路窄且陡,车多常堵,路上会车,经常一停一两个小时。沿途山上全是深灰色的干土,偶尔看见几丛绿色,藤藤蔓蔓居多。公路多沿着河岸走,从山崖上凿出来,在机械化程度不高的年代,投入大,困难重重。这路从车窗朝前看,像是一条长不见头的灰色腰带,绕在半山腰间。我们就这么绕呀绕,绕了一天才走到川主寺。当年红军爬雪山过草地,就在这附近的毛儿盖住了很长时间,然后进入草地。川主寺边上有个古城叫松潘,当时住了胡宗南大军,红军去不了。川主寺是交通要道,离松潘太近,也去不了。

我来了,是在长征经过这里八十多年之后。现在这里已是红军三军会师纪念园,是最重要的红军长征纪念地。纪念四川人民为中国革命做出的巨大贡献,纪念红军在四川艰苦卓绝的革命征程,纪念中共中央在这里召开的、影响深远的多次重要会议。十分遗憾的是,导游没有带我们走进纪念园参观学习,错过了了解中国革命中最浓墨重彩的一笔。虽然没有感受红军、感受革命征途的艰辛,没有感受川民对红军、对革命事业的无私奉献,却感受到了川民的纯朴真诚。

晚饭后,和好弟兄们在附近店铺闲逛,仿说几句四川话,让店老板误以为我们是乐山市人,是他乡亲来了,十分热情地邀请共进晚餐。得知我们吃过晚饭,就拿出珍藏多年的最好青稞酒,还有自己卤好的牦牛肉。盛情之下,和他共饮起来。不胜酒力的我居然超常发挥,酒不醉我情醉我,让我真正体会到川民的深情厚谊,对他们前辈的革命激情也似有所感。

第二天出发去九寨沟,中途还到少数民族居民点看了,晚上上藏民家参加篝火晚会,吃全羊宴。游客的脸上全是快乐的笑容,热闹兴奋包围着大家。欢笑又最能互相感染。欢声笑语是那一夜的夜话,陶醉沉迷是那一夜的情怀。

去九寨沟看景的人真多。起了个大早,还是没赶上更早的排队人。等我们来到第一个景点时,转经筒已经让前面的游客摸热。我是第一次摸转经筒,也不知道怎样摸转才正确,更不知道为何要摸转经筒,只是觉得许多人排队摸转经筒挺有趣。

山沟里,满沟低矮的杨柳树下流淌着清澈冰凉的水,没有河道,怀疑生长柳树的地方过去应该是梯田,如今成了河道。如同我的家乡,在梅雨季节因山间小溪水量突然大增,溪水挤进树林中。白雪皑皑的远山在朝阳映照下,反射着清凉的光,让这里的山、水、风都带有淡淡的清凉,柳的绿意也是清凉的。

九寨沟的原始森林太高大了。高大得仰首看它就如同看天,看树冠很难,看天要容易多了。一条条金丝般阳光,透过枝枝丫丫的缝隙直射我的眼睛,仿佛在阻止我看树冠。不敢看天,那就看地。地上零零星星,可见片片积雪,连片的积雪去了哪儿?是不是我路过的地方流淌着就是积雪化成的精灵?抬眼望向前方,山崖上还是白皑皑的一片。"此时相望不相闻,愿逐月华流照君"?

走出原始森林，沿着一溜七八个大水塘，在这里叫海子，她们让蓝天白云躺在怀里，让这里的天地、山水有了靛蓝底色，竹、木、花、果以及飞过水面的蝴蝶、小鸟，也仿佛是酷爱碧水蓝天的画家。她们在一起，共同绘出神奇的九寨长卷。但她们一个个，又是一幅幅独立的画面。

　　和蓝天一色的海子，纯净得好像通透的空气。水底的小草，纤毫毕现。游动的小鱼，每一摇头，每一摆尾，仿佛就在伸手可及的咫尺之间。有个海子，中间有一棵枯死的、倒沉在水中的大树，浮出水面的腐朽处，居然生长出一棵小柳树，微风中轻轻地摆动着枝条。让我联想到中华民族世代更替的文脉，从不因为一个朝代的灭亡而停下她繁荣发展的脚步。

　　雪山上的水，经过一个又一个海子，终于流到诺日朗瀑布之上，在这里漫出，形成缓缓流动的河滩，晶莹剔透的水从绿油油的草地流过，稀稀落落的，有些小草顽强地站起来，将头伸出水面，和着水的节奏，舞蹈着。水越过草地，从崖顶奔腾而下，形成壮观的瀑布。

　　瀑布边上，古树高大，绿荫如盖，将瀑布掩映在绿树之中，百米开外只闻其声不见其形。瀑布虽然没有黄果树高大雄浑，却宽阔温柔，犹如母亲的怀抱，游子总是那么流连忘返。第二次到这里，看到这经受大地震的瀑布，中间倾塌了一大片，好似风烛残年的母亲在病中，让我心痛。但不知道现在如何了？想必应已修复，且会更胜从前，更加魅力四射。

天堂寨

一时兴起,欢快的车轮,一路向西南,狂奔天堂寨。

通向天堂寨的路,有很长的一段在罗田县境内,一直顺着河堤走。黑黑的柏油路平整又柔软,富有弹性又不颠簸。公路两边绿树成荫,树后是一片早稻田,已有收割机在收割成熟的早稻,脱粒后将稻草打碎还田,使田变得更松软、肥沃。从车窗吹进来阵阵稻草的馨香,让我仿佛闻到父亲在田间收割时散发的气息,这是饱含收获和喜悦的气息,让人兴奋。

靠河一面的公路两边树木显得尤其高大,高大的树木与广阔的河床如画卷般呈现眼前。河床很高,堤岸高出河床不多,河中水草极为茂盛,涓涓细流蜿蜒流淌水草间。每到拦河坝水就大起来,看来水流涵养于沙里,深藏于草下。萋萋绿草,黄牛散布其间,如桀骜的贵族,高雅的白鹭盘绕身边,那些黄牛丝毫不为之所动,仍漫不经心地低头吃草,视白鹭如无物。这幅路与河、田,牛与白鹭共处的画面,远胜桃花源中仙境。

美好的开头,让我对天堂寨充满无限的期待。三个小时的奔波,来到天堂寨金寨县西南方向景区入口,一块宽敞的大别山中盆地,旁边是当年刘邓大军驻扎过的山村。入口设在两山之间的河边,潺潺流水,清澈透底,倒映着青山,倒映着绿树,倒映着灰蒙蒙的天,一幅

"山雨欲来风满楼"的景象。

进景区门,坐上专车,山、水奔驰而来。山绿绿葱葱,水一路欢歌。经过几千年甚至几万年的山洪冲击、溪水洗礼,河中的石头也被纹上了斑斓色彩,大大小小、颜色各异的石头铺满河床,似一幅幅泼墨写意,让人深信是神笔马良挥洒而成的。

顺着山谷河道修建的公路,到景区最高处停车场,至此就得步行上山了。时间近午,虽非饥肠辘辘,胃还是按时发出了信号。美丽大方的农家乐主人,热情地向我们介绍她家的菜品,推荐自己的手艺,同行的老大哥在她的感召下,率先走进店门。我调侃老大哥一定是将她看成自己的儿媳或女儿,产生了到家的感觉。

主人把我们迎进店门,就钻进厨房一阵忙碌,很快端来土鸡吊锅(当地特色菜品),其他菜也陆续上桌。菜如其人,色香味俱全,她自信地问味道如何,我们高兴地给她点了一个大大的赞!

放眼停车场,周围山坡全是农家乐,家家生意火爆。这里可是景区啊!主人一句"我家原来就在这里",让我甚是思量。哪个景点不是将原住民迁出去?这个景点却尊重民意,不强拆,富民又方便游客,我不禁对景区的管理理念心生敬意。

饭吃好了,雨却不合时宜地下了起来,且越下越大,出于安全考虑,我们还是决定返回。

来到游客集散地找车,无意中我看到一个指示牌:刘邓大军千里跃进大别山指挥部。一番寻找,终于在停车场靠山边找到一座古宅,青砖黑瓦,煞是气派。站在大门朝前看,远山如翠碧围墙,环绕在古宅前方。近处是方半月塘,半径与古宅等宽。塘内浮莲如绿绸团扇,轻扬在墨绿色的水面。偶尔有几条调皮的鱼儿,撞破半月塘的静谧,荡漾的波纹,活跃了天地的沉闷。

古宅大门口新撰写了一副对联:刘邓妙举,千里挺进,横纵黄淮大转折;军民联战,万马奔腾,风卷南北主沉浮。横批"扭转乾坤"。对联将刘邓大军千里跃进大别山这一解放战争初期决定国共战略局势变化的重大历史事件,用短短几十个字浓缩其中。只是"刘邓妙举"四字值得商榷,因为这一战略决策是中共中央的决定,并非刘邓妙举,刘邓提出自己意见是可能的,其主要角色还是这一英明决定的执行者。

古宅内设立五个展厅,展示很多具有历史意义的老照片,图文并茂地反映当时国共之间的战略态势、高层的战略决策及刘邓在大别山艰苦战斗经历。展厅内还恢复布置当年邓小平、李先念、李达等生活起居室,让我们看到当年刘邓等共产党高级将领为了新中国的建立同甘共苦、置生死于度外的革命历程。

这里的古宅,因为是革命历史遗址,修缮得很好。来到离此地不足千米的另一处古民居,却破败不堪。门前场院上,鸡鸭漫步其间,我们好不容易避开禽粪,进入古宅中,宅门厅堆满杂物,门窗已朽。几处小天井里,花草青菜共生,周边墙上雨水溅到的地方布满绿茵茵的青苔,眼前景象让我不免生出感叹:与岁月长相厮守的古宅,不知会不会随岁月带来的风雨飘摇而逝?

带着惋惜走出古宅,被门前一弯月牙形水塘及塘边几株古树所吸引。古树生机勃勃,月牙塘坝新水清,几只鸭子在水面欢快地翻着斤斗,似乎又让我看到了古宅新生的明天!

风情谷里寻风情

和好友夫妻俩从合肥回家,路过六安"大别山风情谷",乘机去看一看。

一到景区大门口,只见对面山头上冒出一股急流,沿着陡峭的山坡,飞奔而下。旁边巨石上雕刻了"国家地质公园"六个大字。如果不是很细心观察,很难看出这一切是人工打造的景观。我上网查一下,瀑布有个很气派的名字:"九天瀑布"。瀑布下面的水池很漂亮,也有一个叫得响的名字:"莲花池"。

进了景区大门,迎面是一座更高的山。山顶上有道更高大的瀑布扑面而来,在阳光照耀下,犹如仙女的婚纱,从天而降。瀑布中间有个坎,上紧下宽,飘洒逸动。不知为何,瀑布被命名为"叠瀑",少了点诗意。为什么不能叫银河呢?与门前相对应多好啊!让人自然而然想到李白的"飞流直下三千尺,疑是银河落九天"。

瀑布旁边的石壁上刻写着七个鲜红的大字:"九十里山水画廊",不知这九十里从何而来。瀑布下方是一条清澈见底的河流,放养的景观鱼和自然生长的小河鱼,在河中惬意地游来游去。河道前方高坎处,是一道高高的拦水坝,坝上建有徽派建筑风格的长廊,廊上正中雕刻有三个大字:"风情谷"。高坝出平湖,湖中的水更清澈,倒映着两岸青山,水中的青山蓝天更美丽。只不过山上都是丛丛乔木,少见高大灌木。奇怪的是山体表面粘贴着的全是鹅卵石。鹅卵石从何而来？上网查询，也没找到答案。

沿着水库边缘，修建一道长长的栈道，栈道是露天廊坊，靠山一面遍植紫藤，假以时日，紫藤再茂盛一些，将廊坊的顶棚铺满，将是盛夏休闲乘凉的好去处。三五好友，或一家几口人，靠着廊坊，对着碧水青山，消夏谈心。如果允许垂钓，支一枝钓竿，戴顶斗笠，不失为神仙游。

湖名"香草湖"，又是一个浪漫色彩地名。湖水尽头，有人造的艺术造型：一是"映月卧观音"，另一个是"福寿神鳌"。库尾建有一处宽敞的大木结构长廊，叫"莲香廊"。这里摆放了许多原木条桌凳，供游客歇息消遣。碧波荡漾，凉风习习，是一个很好的休息场所。结束游玩返回这里，不期而遇朋友的同事，我的同行，他们一大家子，应在本地教书的女儿邀请，也来这里游山玩水看美景。世界很大也很小。

转过木廊坊，走了一段上坡路，经过望郎桥，远远的，听到有人在唱黄梅戏，循着这歌声，来到一个广场。广场上稀稀拉拉的有一些木亭，坐着少量游客。边上饭店的敞篷餐厅里客人很多。或是一家，或是几家拼在一起，吃着美食，聊着感兴趣的话题。也有人看着对面山坡上的一处大舞台，也就是花戏楼，饶有兴趣地观赏着当地演员不俗的表演。好听的黄梅戏，就是从这里发出来的。还有一帅气的男演员，吹奏着动人的乐曲，既酷又很棒。好友就是一个音乐发烧友，能唱会谱曲，对这里的节目给予很好的评价。

越过戏楼往山上走，来到古民居遗址。古民居地方小，不知道搭上棚子能不能住得了人，山壁洞窟也很小，人半蹲着都有困难。我觉得应该是野人生活区,他们如猿猴般,身手敏捷,飞檐走壁,如履平地。累了有个小山洞,躺下就能睡;饿了有野果,吃了能果腹。如果说是古代文明社会人类,说实在话,住在这样窄小的山洞里面生活,应该难以生存。

再往前走,就是风情谷最好的景点叫幽魂迷谷。迷谷不长,但十分逼仄。又高又胖的人穿行极不方便,低矮狭窄的通道,一不小心就会磕碰到头。迷谷的一个洞口上方,刻了"鸿运当头"四个大字,用在此处,非常恰当。出口处,藤蔓布满山崖,寂寞的野果,盼着游客的亲近,洞是野人的家,貌似野人居。从这里爬出来的人,却不是远古爱品野果味道的那一群人了。

风情谷这个地方最大的优点是台阶不需要用石块水泥来砌,只须用人力凿出来即可。整个山体用我们家乡的乡土话描述,叫作"黄泥夹乱石",坚固程度比混凝土也逊色不了多少。外貌看上处就像大河滩涂。这里的山我推测是万年之前地壳变动时大河滩隆起,经过千万年的沉淀风化,变成今天的模样。

爬上一处山岗,有三条道,一条向左上山,一条向右横穿,一条向下的坡道。据说向左、向右还有太平寨岩居遗址、奇石天门井、古城墙遗址、云台峰、悬崖千年木桩、悬崖神韭菜等景点。由于上山迟,此时已过午,肠胃在抗议,朋友夫妻俩已是气喘吁吁,于是选择向下返回的路。山坡光溜溜的,如果不是凿了台阶,根本不敢移动半步。边上一条峡谷,幽深逼仄,一眼看不见底。小心翼翼地靠近边沿,也没拍到谷底可看的景,只能从植物的枝叶间仔细分辨,寻找从谷底生长的追求太阳的生命。

沿山脊向下，路修在陡峭的峭壁上，途中小道边有几个山洞，洞壁上有烟熏火燎痕迹，有人在此烧火做饭，或是生火取暖。对面也是峭壁，拦腰挖出一条羊肠小道。小道上方的峭壁上有好多个山洞，明显看出人工开凿的痕迹，洞边有个牌子，介绍说这洞就是古坛墓窟和泥棺群景点。待我们走到近前一看，所谓古墓，看上去一点也不古老。泥棺上的黄泥怎么看也像是新近才涂上去的。如果是古墓太古老，需要整修，也应修旧如旧。如果仅仅是古墓址，为旅游需要恢复古老模样，也应以假乱真。现在看上去有点不伦不类。

据标牌上文字介绍，泥棺是放置在峭壁岩洞内的，现在看见的一个泥棺，考证认为，泥棺上所用泥土，绝非皖西大地所有。那嫩黄色的泥巴从何而来？没有考证结果。在此高山的半山崖洞内修建如此造型特别的泥棺，又是何人所为？所葬又是何人？为何如此葬？这些问题都曾一度引起考古界激烈的争论，成为继巴蜀悬棺之后又一历史之谜。

走过泥棺洞窟之后，下山的路更陡了。抓住路边树木，一步一滑，来到上山的那个路口，至此完成我们旅游观赏和探寻。但是，有很多疑问。这里的山体是如何形成的？泥棺又从何而来？它们依然牢牢地萦绕在我的脑海中！

钓山水

古人云：君子乐水。窃以为水能洗涤灵魂，故，君子乐之！

曹雪芹说：女儿是水做的。因为女儿柔情、柔美、玲珑剔透乎？

古生物学、自然辩证法上都说：水生生命，生命衍变，进化为人。原来人是从水中来的。女儿是从水中来，男儿也是从水中来的。因此部分臭男人也就有了些许灵气。

生理学说：人是羊水养大的。羊水破，婴儿出。羊水只有母体中才有。所以佐证了曹雪芹女儿是水做的一说。

现代医学又说：婴儿在水中分娩，更安全，母亲更少痛苦。哦，生命之初，人就应该和水亲近，生命才更和谐。

看来我钓鱼非为钓鱼，乃是为了亲近山水。

山呢？山为阳，水为阴；男为阳，女为阴；白天为阳，夜晚为阴。阴阳合一，水乳交融。故有山为水之形，水为山之魂之议。

有山，有青山，才有水，有取之不尽用之不竭的绿水，才有风平浪静时倒影水面的峰峦翠叠和白云缥缈，也才有绿树、青山、牧童横笛、老牛引吭高歌时的水墨神韵。苍山翠竹与麟凤龟龙相戏为趣，白鹭飞禽与鲢鳙鲫鲤相伴为乐。水是旋转的舞台，舞出醉人的旋律；水是多彩的屏幕，变化了万千世界。

看来，钓鱼不仅仅是钓水，也是钓山，更是钓得水墨丹青。

李太白在采石矶钓明月,从此羽化成仙,遨游天国。钓明月也是钓于山水中,在天乃为摘。可见,摘与钓,也是有渊源的。

我钓山水,实因山水钓我也。每有闲暇,心不安,神不守,山水牵我魂也。约三五好友,擎一根竹竿,坐于山水之间,心宁神静,每每有鱼儿游过眼前,这思绪也就自觉不自觉地作庄子思:鱼乐?人乐?人非鱼,安知鱼之乐?人非我,安知吾不知鱼之乐?

姜子牙直钩钓君王,钓未来,钓天下。我一介凡夫,钓一尾小鱼,悬于竿端,做张牙舞爪状,宣泄久抑之心情,不亦乐乎?及回,与妻儿共尝之,天伦之乐,其乐融融;放生,欣赏鱼儿匆匆离去的优美转身,悟舞蹈之精粹!是留是放,全在乎一念之间。留也好,放也好,都有不同乐趣萦回心头。

乐于心,发于声,得意处,歌也就来了:让我们握紧钓竿,以歌声劈开波浪……调子是仿制的,歌词是自造的,快乐是钓者的,更是山水的!

古寨新歌

吃过早点,去道元古村。这里与青云峡同属黄尾镇云峰村,只不过是在不同的山寨之中。

车子进入古寨村落前,先映入眼帘的不是山坡上的古村,而是高耸在牛草山山顶的风力发电机。巨大的风扇,搅动着蓝天,在朝阳下旋转起一个个巨大的光圈,发出呜呜的声音,宣示着它们的骄傲。

车子停在民宿门前,步行到一处两层木楼古居。内部已进行加固,外部的修整是修旧如旧。古居的主人应该是勤快人,室内干净整洁。楼上楼下十来个房间,看得出过去应该是大户人家,也是精明能干的人家。外墙上挂着几个蜂蜜箱,一群群蜜蜂,飞进飞出,酿造着农家甜蜜的生活。和女主人的交流就从养蜂开始,让我们深切感受到农家的辛苦和快乐。

踩着废旧枕木铺成的道路,吮吸着刚刚扬花的稻谷飘出的清香,儿时在稻田里扒泥鳅的场景不由自主浮现眼前。每当秧苗扎根或稻谷收割的季节,总是扒泥鳅的快乐时光。不过新稻扬花时节,父母决不允许下田,怕影响了含苞稻谷的生长。

稻田下面是几块荷花田。荷花暂时只是稀稀疏疏开出几朵,枝叶也不葱茏。去年的枯枝还有不少,倔强地矗立在田间,可以想象出当时的繁茂。水是从人工将山沟垒砌成的水塘中引入的。望着水塘清澈透明的泉水,受不了诱惑的友人伸手接一点尝了尝,大声说道:"道元甘泉,有点甜!"

荷花田是层层梯田,水从田埂上溢出流下,将一条条田埂变成一道道瀑布。半个山坡半面瀑布群,阳光下,幻化成一幅幅五彩缤纷的水墨画。

田中荷叶下,偶尔有小鱼出入。细细看去,贴近水底,还有几条黄鳝和泥鳅。鱼主要是小马口和鲫鱼。从鲫鱼不时翻滚露出的黄色肚皮看,应该是野生的。有活物就吸引豚鸭的追逐,几群豚鸭就在这荷花田中窜来窜去嬉戏,捕食水生物。

山下是一条蜿蜒曲折的河流,倒映着梯田和青山绿树。对面河岸树丛中,隐现着一条栈道,一队队游客穿行其间,或仰视蓝天白云,或俯瞰青山绿水,怡然自得。

站在田埂上,朝上来的方向放目望去,一桥飞架在河谷两岸的青山之巅。玻璃栈道在晨风的吹拂下,微微晃动;桥面在阳光照射下,放射出银色的光芒。栈桥是河边栈道的延伸,玻璃栈桥是整条栈桥的点睛之处。深知几位老小帅哥和美女都有恐高症,我便"十分热情地、慷慨大度地"邀请他们去栈桥上兜风。这么好的提议,早已料到无人敢来响应,于我私心里,感觉此次古村行有点遗憾!

荷花田边上有几处古村落,古村民居都将之从外部修旧如旧,内部加固,这也许是镇村的统一规划,也许是旅游业的需求。这里再也没有凌乱和脏乱。农宅里没有看见年轻人,只有几位上了年纪的长者在准备早餐。交谈中,老农告诉我们政府和开发商为了改善这里的环境,分别投入不少资金,大家也在开发中得到一些稳定的收入。

他们期盼着开发得更好些,希望孩子们因此不用外出创业,在家就可以就业。他们尤其期望儿孙同堂,再现大家庭一起生活的场景。

从农户家出来,忽然发现一轮红日倒映在荷花田中,犹如党和国家的好政策落户到农家。美好的季节里,古朴的道元古村,被温暖的阳光照耀得热浪扑面!

青云峡漂流

青云峡,黄尾深山中的一条峡谷。开发中,做了一些画龙点睛的设计,让这条如青龙盘绕的河谷,顿时充满了活力。

彩虹桥,一道横跨河道的拱桥,两边喷出的水雾,将桥身拢入怀中。在阳光照耀下,辉映出七彩光芒。

水幕墙,河两岸相对喷射而出的几道水龙,在空中划出道道优美的弧线,冲向对岸。水珠自然地洒落,水天一体,形成一道道幕墙,悬挂在河道上空。

水磨,一列列白色似火车状的小小水车,如银蛇盘踞在大磨盘般的封闭轨道上。在水力推动下,沿着轨道滑划着一个个圆圈。乘客兴奋的笑声,让山河都充满欣喜。

大水碓,利用杠杆原理,借助水的重力,让乘客飞起降下,刺激得红男绿女惊叫连连,山河也不时为之惊悸。

一串沿河而上的脚步,在一道拦河大坝前戛然而止。大坝内的平湖是漂流的起点,因中午不期而至的暴雨,增大了漂流的不安全因素,原定下午的漂流活动,顺延到第二天上午。

山区的水来得猛,也去得快。当我们再度来到平湖起点时,昨天翻滚着浊浪的河道,今天已清澈温顺多了。

挑选一个大橡皮艇,两个属"虎"的小老头,一前一后握着桨当船夫。一老哥和一美少妇居中并坐，成了艇上的"贵宾"。我们四人都是第一次划橡皮艇漂流，既新鲜刺激，也有点莫名的恐惧。坐上皮艇，河水随着负重的增加，不断地涌进艇内，很快淹过脚背，漫到腿肚下。冰凉河水的浸灌，让我们感到清爽，让我们对即将启动的漂流之旅充满了期待，身上也不自觉地生起鸡皮疙瘩。两个老头的心，不知道是否也和我一样，感觉到了青春般的跳动，仿佛又回到青春年少之时。

皮艇终于启动了，沿着山边凿出的山洞顺流而下，不断在洞壁上左右碰撞。随着山洞内水道坡度加大，撞击越来越多，也越来越重。前方的水上亮点不断增大，艇漂出了洞口，划过一个弧线，一道很清澈的下陡坡水道呈现于眼前。至此，皮艇犹如受惊的野马，狂怒地奔驰而下，在接近河道的一刹那，河水由艇前冲击而来，激起一米多高的浪花，我们一起冲进浪花中。猛然而至的冲击，让三个老头倒吸一口凉气。美少妇的本能惊叫刚刚发出了声音，冰凉的河水就恰到好处地飞入她的口鼻眼中。皮艇开始三百六十度大旋转，转出飞溅的浪花。

回头相视一笑，已无一人不湿身了，尤其是美少妇在水的浸润下，更显其身姿婀娜，无可争辩地成了艇上最靓丽的风景。

皮艇在河道上不断向前飘去，两只"老虎"笨拙地挥舞着手中的小小桨柄，艰难地划向前边的水坝。那专为橡皮艇而建的陡坡水道，一次次上演着冲入波浪之中的惊悚和刺激。河道上空，远远近近传来一阵阵女士和孩子们因惊吓和激动而发出的高亢叫声。艇上美少妇在每一次浪花奔涌而来前拥抱着我们的老大哥，将脸贴在他的后背上,躲避着浪花。浪花一过,她银铃般的笑声和断断续续传出的只言片语,表达着她的兴奋和快乐,也带活几个老头的心。皮艇在磕磕碰碰和欢声笑语中漂过水碓,漂到大水磨下。

水磨盘上,"小列车"在奔驰着,喷涌的水流在河道上空形成一道道圆圆的瀑布,我们不失时机地冲进瀑布中。靠近粗大立柱处的瀑布似乎来得更凶猛些。不知为什么,艇划到这里,却不再移动了。任由怎么努力,甚至将上半身探出艇尾,奋力用桨撑着河水中的石头,也不能移动半分。瀑布一阵阵劈头盖脸地浇下来,我甚至喘不过气。看着河道边的羊肠小道,心里萌生出弃艇而去的念头。望一眼在瀑布中左右躲避的老大哥和美少妇,强压下弃艇想法,硬撑着奋力划动着手中的桨。皮艇终于移动了,在那周边转了一个圈。再来看看,忽然感觉手很疼痛,原来是大拇指上已经磨出一个水泡。直到结束漂流的行程才知道,是前面那只"虎"在使坏,用桨撑住水中石头,使得小艇停止前进,让我们三个充分享受青云峡河水的浇灌带来的难忘的"惊喜(洗)"。

穿过大水磨,河道变得平缓多了,但"两只老虎"的不协调,不断让皮艇在跌跌撞撞、磕磕碰碰、"进二退一"中前进。在一处大拐弯处,终于走到水幕墙下。皮艇至此突然原地打转。对冲的喷泉,让我们又一次品尝暴雨带来的"惊洗"。浑身一阵阵起鸡皮疙瘩,凉气倒吸一口又一口。"虎弟"掌握下的橡皮艇旋转着前进,二十米的行程用了二十多分钟,终于以蚁行速度走出水幕墙,然后一路顺利地来到彩虹桥下。

当皮艇轻轻松松穿过桥下的水幕,大家回望彩虹桥的时候,"谁持彩练当空舞"的感觉油然而生。此时觉得河水中泛起的朵朵浪花,竟是那么的可爱。一首耳熟能详的动听歌曲,毫不犹豫地飞出心坎:"绿水载白帆,两岸花万朵;大桥跨南北,游龙如穿梭。"青龙峡的河水波连波啊,"浪花里飞出欢乐的歌";青龙峡的夏天多迷人啊,"唱不尽我们心中的歌"!

菊　说

麻姑山，江南丘陵中的高山，山很荒凉，少树缺石，记忆中是一个没有风景的地方。据说山上有座麻姑庙，是为纪念救苦救难、普度众生的麻姑仙子所建。在这里学习一年半，似乎没有看见麻姑庙宇，否则也要为善良的麻姑拜上三拜。

山上虽然没有仙子之庙，却生长着许许多多野菊花。山下还有一所为许许多多贫家子弟改变命运、搭建成才成功之桥的高校，这所依托农场建起的半截围墙圈起来的大学，安徽劳动大学，是我读了一年半的母校。这是因为刘少奇要建立"两种教育制度，两种劳动制度"的大学而设立的一所半耕半读大学。几经周折，到1971年才改为综合性大学，11年后又改为农学院，18年后终于结束了她短暂的人生！她的离去，轻柔而又低调，就像诗人徐志摩所说，"挥一挥衣袖，不带走一片云彩"。其实，那里也许本就没有她的云彩。当然，一样也没有我的云彩。

离开麻姑山后，我再也没踏足过那里，因工作原因虽然去过几次宣城，终也没能勾起我对麻姑山以及麻姑山下叶家湾的思念。

不知是否老了的缘故，近来倒是常常梦见那里。一个模糊的山影，摇曳在我的梦境中。尤其是九月重阳，山上大片盛开的金黄、淡黄色的小花，让我仿佛闻到了那浓浓的中草药般的香味。两山之间矗立着一座高高的大坝，坝内一泓清澈见底的水，是全校师生的饮用水，倒映着苍松翠竹、白云青山。

野菊花，一种开遍大江南北、荒瘠山地、肥沃田野的小花。不妖不娆，开得低调、平凡，总是在人视而不见的地方出现。这泓水也如麻姑山上的野菊花，默默无言地服务着全校师生。

寝室共八人，有两个老大哥，他们俩一个当过兵，一个下放过，吃过很多苦，尝到了人生酸甜苦辣。他们视我们为小弟，每逢周日，带着我们到学校周边走走看看。第一次登麻姑山，游水库，就是他俩带着去的。那是第一次零距离欣赏麻姑山的野菊花，意念中我将这一丛丛一簇簇的金色小花连上深秋，连上劳大，连上了许许多多同学。

我们在安徽劳大入学读书，却毕业于安徽师范大学。三十年间虽然大多数人单位有过变化，但都少有例外地从事着注定终生不能大富大贵的教育事业，默默无闻，做着辛勤园丁，装点着收获的金秋。我们正如那生长在旷野中的小小黄花！

不过，历史上这个平淡无奇的小花却在一个民族最兴盛的朝代未亡将亡时着实火过一把。

"待到秋来九月八，我花开后百花杀，冲天香阵透长安，满城尽带黄金甲。"写诗的黄巢，是一个落魄又充满无限欲望的才子、诗人，还有他的《题菊花》，"他年我若为青帝，报与桃花一处开"，一般无二的豪气吞云，帝王霸气暴露无遗。菊花成了他直抒胸臆的媒介，而他又以诗和作为带火了这默默无名的小花。以菊花自喻，不畏强权，傲霜而立，欲以一己之力改变命运、改朝换代，其气魄为我叹服；为达目的不择手段，杀人如麻，此行此举，为我不耻。其帝王之梦昙花一现，也许是苍生之幸。

更早还有一个不为五斗米折腰的落魄文人,做过小吏,终挂冠而去的大文豪陶渊明却是懂菊赏菊之人,"采菊东篱下,悠然见南山"。

没考证过他悠然所见的南山,我却走过他挂冠之后采菊的"南山",长江边上的一个小山包,当地人为纪念他,仿古搭建几间当年陶先生居住的住房,虽然简陋,但立足当年,实是奢华。小院内外,遍植菊花,有金黄色的,有淡紫的,有纯白的,有黄中带红丝的……我正是在菊花将开未开之际去的,庭院之菊正大放光彩,大大的花朵,迎风招展。我知道,这些花绝非当年陶先生所采之菊,而是现代人培植出来的更有观赏价值的花品。心虽已然,心又不然。如果陶先生泉下有知,不知做何感想?

"今生几丛菊,花色又新变。披甲老铸金,西风任酣战。群芳争媚春,晚节孰为殿。结契浑忘言,应为人所羡。"陶先生将菊花与人格人品相并论,盛赞其高雅有傲骨。充分体现他的志士气节,君子品德,隐士风范。我不具有也不喜欢黄巢的杀伐之气,却对陶先生的淡泊名利、与世无争的处世之道心甚景仰。

记忆中有位师兄也是一个有傲骨又低调的人。他来自"文革"中非常出名的郭庄大队。他针对当时红遍安徽的大队书记、县委书记、省委书记郭宏杰的违法行为,进行坚决斗争,后被打入牢中,仍不改其志。郭被打倒后,师兄作为反郭英雄,以四十多岁年纪,考进安徽劳动大学。一次偶然和他聊天,感觉他就是一个质朴的农民,看不到半点英雄气概。如果不是其他同学介绍,做梦也梦不出他的英雄形象。也许,这就是我曾经的母校,安徽劳动大学给我们留下的烙印,如麻姑山上的野菊花朴实而坚毅。

近来有朋友带我到乡下看菊花,广阔田野中,金色的暖阳照耀着一望无际的金菊,镜头下,田埂上,花丛中,大人、小孩、帅哥美女,赏菊大军的笑脸比花还要灿烂。巍巍司空山尖,就像一面大旗呼唤着远方的人们来此赏菊采花。他们以司空当南山,留下一幅幅精美绝伦的赏菊图,虽多了许多的美图丽影与欢声笑语,可也少了点陶先生赏菊时的诗情,少了麻姑菊花的低调。

田中的菊花大片大片地、无比妖娆地盛开着,不知东流小山上陶先生采过菊的地方,菊花是否也开了?麻姑山上的野菊今年是否还像当年一样盛开着?三十多年前从麻姑山下奔赴四方的老师、同学们今又在哪?不知是否还有同学或拄着拐杖的老师来到麻姑山赏菊?

想象着,东方刚刚泛白,陪伴着陶先生走在乡间小路上,迎着风霜。他看到路边一株株金黄的野菊,不禁停下脚步,默默地凝视着那散发着沁人心脾药香味的小花,许久许久,他轻轻地采下一朵,放到鼻尖,闭上眼睛深深地嗅一口花的幽香,向着家乡浔阳柴桑,缓缓地吟诵着:"采菊东篱下,晨光犹熹微。繁霜拂我帽,零露沾我衣……"每每想起菊花,想起陶先生咏菊诗,这个画面总是不二之想。慢慢地咀嚼着他的浪漫,他淡淡的乡愁,或些许的幽叹,联想着已经成为历史的安徽劳动大学,大学后面的麻姑山,漫山遍野的野山菊和伴随野山菊芬芳生活学习工作的老师、同学……

家乡的小桥

老家门前有条小河,河上小桥是由三根很大的石条搭建成的。记事时起,这条小桥就是联系我和学校的纽带,是父亲到河对岸播种和收获的生命线。

小桥建在小河最窄处,北端架在石山山腰上凿出来的石头平台上,再凿了一条小路和门口大道相连。南端是人工砌筑的石坝。石条每根十几二十米长,顶头是四五十厘米见方的长方体石柱,重量肯定每根有好多吨吧。在缺乏绞车、起重机的年代,真的想不出是用什么方法架上去的。1969年发大水,有根石条南端一头落到河里,那时太小,也不知道怎么样又架上去了。四十多年来,经历了多次洪水的冲击,尤其是2005年"九二"洪灾,小河沿岸的田地被冲刷成大大小小的漕沟和一片沙滩,小桥却稳稳当当横跨在小河上,似乎比大江大河上那些钢筋混凝土构成的现代化桥梁还要结实些。

上小学时,除非发大水,平时上学就近蹚水过河。但我好玩劣,经常过河上学时不上学,把书包往河边草丛里一塞,顺河而下去石缝中摸鱼。桥下水深点,石缝多,鱼就多,常常在此摸鱼摸得忘了上学,经常被从桥上经过的父亲抓个正着。抓住了,细细的竹枝抽在腿上,疼得眼泪流满面,却不敢出声。吃亏多了,学乖了,每当忙完农活的父老乡亲有人回家时,就紧靠桥墩,盯着桥背面,竖起耳朵,听着父亲的声音走过桥去。我就在桥的遮掩下，少挨了不少皮肉之苦。桥成了我的避难所，童年也因此多了一些终生难忘的乐趣。

小桥是当年在洪水来临之际联系老家与水田、学校、小商店等的唯一通道，它与老家父老乡亲的生活息息相关。这桥没有栏杆，不足五尺宽的桥面，难免挑担错开让道时，把人或畜挤到桥下去，奇怪的是从来没有一人一畜伤亡。为此，家乡父老乡亲对它有着超乎寻常的感情。有次回家，母亲十分郑重其事地说，家里几个大佬（长辈）正在商议建座河神庙，征询我有什么看法。基于对小桥从童蒙时就牢牢确立的纯朴之情，也愿意冥冥之中有位神通广大的河神护佑我的父老乡亲和这座古老的石桥，我不但全心全意赞同，还将身上仅有的几百元钱给了母亲，希望能以母亲的名义捐助支持。心中只有爱子的老母亲却以我的名字捐了。女儿看见了，笑话我说，挂你的名字，捐那么点儿钱，河神会瞧不起的。

前几年家乡的小河上又修了一座石拱桥，离我老家的房子更近了，过河耕作、办事更方便。走小石桥的次数更少了，有时几年也不经过一次，它在梦中却不时出现。少小离家常常回，近年来回家，只要能逗留半天一天，我总想去小石桥上走一走，踩在石桥上的脚仿佛总能感受到家的温馨和童年的快乐！妻笑话我说，老头子在找稚嫩的感觉，在找"乡音无改鬓毛衰"的古人诗意。

小桥总是把我和家乡紧密地联系在一起！为此，我曾附庸风雅，为家乡的小桥写了一首小诗。《小桥》："两根石条/像两条铁轨/驾驶着小山村的历史/从屋场延伸到田间、坡地。/父亲扛着锄头/像扛着一面旌旗/把一家子生活高高举起/他跨过小河/播种希望/收获惊喜。"

听 心

钓翁之意不在鱼

周末,朋友邀我到怀宁,找了个野荷塘钓鱼。钓技不如人的我不愿意钓养殖鱼,其因是没挑战性,钓到也没成就感;何况钓养殖鱼既花钱又不好吃。

坐塘边树下,手握钓竿,耳朵里全是雀跃在枝头的黄鹂鸣叫声,倍感幽静,难怪诗人说"鸟鸣山更幽"。此时,仿佛已融化在这幽静的世界里,能听见自己心的跳动,忘记了手上还有一根钓竿……见我出神的样子,朋友"夸奖"我真不容易,钓竿竟然没有被鱼拉走。事实是钓了一个多小时,一条鱼都没咬钩,钓竿自然无拉走可能,只是钓翁之心却被静谧的环境拉走了。

同行的高手鱼获颇丰,见我这里没动静,提醒我换位置。我找个有水草的位置,重新打窝,约莫半小时后,开始有鱼咬钩了。午饭前大约收获了两斤多鲫鱼。看来鱼一如贪官,逐水肥草美处而居,见诱饵食之,不顾生死。

我钓鱼的历史甚是久远,上初中就开始尝试钓鱼。没有台钓,更没有路亚之类假饵钓法,只有一根水竹竿,偷妈妈纳鞋底的麻索和针,于高粱秆最细处截几节穿到麻索上做浮飘,挖几条蚯蚓,在河塘湖库畔,高举竹竿,猛力一甩,把竿线抛向前方,等着鱼儿上钩。虽不是直钩,多了一条蚯蚓,其大模样也与直钩钓鱼的姜太公相似,只是所求迥然不同。他钓天下,钓真命天子,我只钓水中鱼虾。他终于钓得文王,我却因钓技不精,甚少见到收获。断断续续钓了几十年鱼,钓具在升级,钓法在变化,钓技没进步,收获仍不佳,不过钓兴依然如故。钓着了鱼,乐;钓不着鱼,也乐。钓翁之意不在鱼,在乎山水之间也!

午饭时,有学生告诉我们荷塘附近有建于战国时期的古城遗址,勾起马上一睹其风采的渴望。我不想再坐在塘边垂钓,连忙放下鱼竿,拉着学生就要出发,连鱼也不要了。

孙家古城

说是城,既无围墙,也无街道,更无商场。远远望去,一圈森郁的竹木将广袤的田野隔开。来到村口,也就是城的边界,两块古朴的石碑分立两边,均为安徽省人民政府立。左边一块立于2004年,上书"省重点文物保护单位",中间是"孙家城遗址"五个大字,字迹十分模糊,背面简介已不清楚;右边一块立于2013年3月,黑色大理石上书"全国重点文物保护单位",中间同样篆刻着五个大字"孙家城遗址"。这个碑多了一个碑座,碑座上刻了保护范围和建设控制地带。东南西三面以城墙为界,北面以大沙河为界。

城墙在哪里?经朋友指点,终于从那一圈生长茂盛的竹木之地看出了端倪,原来竹木生长的地方就是古城墙所在地,今天看来仅是一圈高于地面不足三米,很多处不足一米的土堆。新碑背面简介清晰:"遗址位于安徽省怀宁县马庙镇立岗村孙城和费屋两个村民组,是目前安徽省西南部发现的面积最大、追溯时间最长、文化序列最完整的一处遗址,现存面积约25万平方米。"25万平方米?如果是正方形,每边只有500米,跨两个村民组,那只有多少人?能有多大地盘?慢,且请继续看下去。"遗址地处薛家岗文化分布区域的北缘,文化堆积以约6000至4000年的新石器时代和商周时期为主,并有少量汉至六朝时期的遗存。"新石器时代距今约6000年,汉至六朝至今2200至1400年。从这个时间推算,历史遗存长达几千年,这里文化积淀有多少?文化遗产有多少?考古发掘的价值有多大?我们一群外行也不禁为之惊叹不已。

常言:不说不像,一说就像。我们再来细看那一圈竹木之下的土堆,这土堆绵延几千米之长,围合成一个长方形或椭圆形状,土堆内外均是平整的田地。从外看,土堆高出田地约2至3米;从内看,土堆高出田地约1至2米。细细想来,这不可能是大自然的造化,只可能是人类堆土筑墙、筑墙建城留下的遗址。

举目四望,这绵长的土城墙,不禁为老祖宗坚韧不拔的毅力和惊为天人的创造力所折服。在建筑现代化水平很高的今天,筑起这样一圈土城墙不是很难,但在肩挑背驮、人力夯击的远古,这该是多大的工程!从今天尚存不足三米高的土墙基础看,古城是个宏伟的工程。当年的城墙肯定是为防外族入侵而筑,高度应该有十米以上,工程的浩大毋庸置疑。

沿着"城门"大道来到城中心,这里竟有不少二层农家小别墅。路两边各有一位老奶奶在家,一位在捡菜,一位在喂鸡鸭。和她们聊了聊古城,村子所在土地下的土罐、土盆、土碗之类,她们说不知道,没见过,也没听说谁挖到过。我想,村民对这些东西的研究价值不清楚,即使挖到了,也好些年了。早些年看到还以为是不吉利器具,要么扔了;要么留下了,也只是用作喂猪喂鸡的器具,年头久了,也怕是早已毁坏了。当大家知道其价值,估计也是近二十年的事。一是少了,二是不准挖了,即使是偶尔遇上也不能随便示人吧?

穿过村落,来到城后的大沙河,这里是桐城市与怀宁县的界河。此时是枯水季节,河道很窄,水很浅,夏天洪水来临之际,河面该有三十多米宽。桐城那边的河岸很高,孙家城这边低不少,当年建古城时,想来河水较大,能够起到护城河的作用。立于河岸上的古城墙也应该很高,否则敌人只需立于对面河堤上,从上向下射击,城不是一攻就破?

从河滩往回走,路上加重了步伐,想通过自己的脚,感知几千年前祖先们的力量和他们生活的温度,感知古文明留下的厚度。

也许历史太过遥远,也许我们太过浅薄,也许……也许没有也许!

听　心

离开孙家城,在另一个更小的村子里有了更多更深的感受。这个村子叫作查湾,是个面朝大海、春暖花开的地方。

多年前,查湾一座普普通通的平房里生长着一个瘦弱的男孩,这个男孩叫查海生,笔名海子,一个去世后让中国诗坛为之一震的巨人。

我先后两次来到这里,都是得意门生、《海子诗刊》编委会副主任汪光平陪同的,且都是在黄昏时分踏进这座平房。许是因为海子的诗能震撼心灵,让灵魂共鸣,让思想闪光,此时此刻我们才能真正感受到海子的伟大。

这座平房曾是海子初恋的见证。1985年春节,海子在这里写下《活在珍贵的人间》《你的手》等情诗。还在这座平房里,1986年春节,他写下《坐在纸箱上想起疯了的朋友们》等抒情诗。1987年春节,又是在家中,创作了《给安庆》《两座村庄》等诗篇。

参观中,一位朋友声情并茂地朗诵海子的成名之作:

　　从明天起,做一个幸福的人
　　喂马、劈柴,周游世界
　　从明天起,关心粮食和蔬菜
　　我有一所房子,面朝大海,春暖花开
　　……

诗读完了,朋友富有磁性的男中音久久回荡在我耳边。眼前仿佛出现了海子那快乐、幸福的笑脸,他站在一座海边的小房子前,吟诵着"我的脸/是碗中的土豆/嘿,从地里长出了/这些温暖的骨头",高喊着,"我只愿面朝大海,春暖花开"。他那黑黑的、长长的、有点凌乱的头发,在海风中飘逸……

海子的母亲,一位和海子一样瘦弱的老人,淡淡笑容里隐藏着深深的伤痛,那是任凭怎样也永远无法抹平的伤痛。"十个在春天复活的/海子的母亲/三月的风,喊醒的衰草/喊醒了油菜花/你岁月的唇间蠕动着/不死的乳名。"在看到海子母亲的那一刹那,这首致海子母亲的诗闪现在我的心头。于母亲而言,一个坐在天堂里戴着再多光环的儿子,永永远远也不能替代一声乳名就能唤回的鲜活生命!

才从孙家古城和历史结束对话,又来到查湾听海子歌唱,心被一种渴望溢满:"我也很想骑上白马/西风中,劈柴、喂猪、饮马/千万里,我追寻着你的足迹/千万里,我寻找着/你的爱/你的恨/你的精神支柱。"

《听心》的旋律忽然响起在我耳边:"闭上眼,我想看见你,屏住了所有的呼吸。我怕你,走错了轨迹,做了心跳的标记。"可你为什么还是"摸索了离去"?

闲话司空原

山本应是山,却以官职名之,可见是有故事的地方。

司空山就是这样的山,就是这么有故事,说了几千年直至今天,是故事多多。

太湖县志记载:世传周朝"淳于司空居此",山因之得名。淳于氏得姓于周朝,原为姜姓,因封于州邑,名淳于国,定都于淳于城,春秋时亡国,后代为纪念之,以国名为姓。至战国时,有淳于髡,能言善辩。有联赞曰:"子擅纵横,讽谏显通宵之饮。"齐成王时为大夫,此职是否为司空之职我无研究。从县志记载看,只有他最有可能来到此山。战国时期与淳于髡可能为同族同宗的齐国博士淳于越,秦朝时任仆射之职,史上名声甚隆。因为建议实行分封制,与秦始皇观点相左而免职;为保储君,回乡途中为扶苏代言,泣血上书,谏阻焚书,招来杀身之祸。书虽然仍被秦始皇烧了,但于中华文明发展是舍生取义之壮举。山如因他得名,窃以为会是多么的崇高!无奈事实上与淳于越任职年代不对,更与其人生经历不符。

否定了淳于越,是否淳于髡就真的隐居司空原了?史书上也没有看见任何记载。不过还是希望他曾来过,更真诚希望他在此隐居。史记淳于髡也是一个于齐国强民富有大善之人,是他让齐王走出酒色,走向励精图治之路。同时,他又是一个幽默滑稽之人,解决难题于轻松搞笑之中。如果司空山因他而名,不失为司空之幸!

胡适曾在《楞伽经考》中说过:"思空山(又作司空山),在安徽太湖县西北。"如此说来,司空山为思空山,是因佛成名。不过思空为名境界太低,仅是"横看成岭侧成峰,远近高低各不同;不识庐山真面目,只缘身在此山中"。而此山之南的田头乡有四望山,两山一西一东,相距甚近,曾经都是佛教香火旺盛之地。细品之下,总感觉两山之间有着某种程度上的内在关联,四望山或许就因四空山而得名。我以为以司空山之谐音"四空山"为名较为准确,暗合四大皆空之意。

二祖慧可遭朝廷迫害离开都城而避难于司空山,"凿仙窟以居禅,辟重阶以通术",从此有了享誉古今的二祖禅刹,有了"天堑长流,望江山鱼跃鸢飞,冲开皓月;地维卓立,看风峦蛟腾凤舞,顶戴苍穹"的司空圣景,也就有了三祖、四祖、五祖、六祖之薪火相传。以司空为四空,因佛命名,因慧可大师成名;依托圣地,劝世间芸芸众生行善积德,以至教化万方,不失为一方之幸。

自古名山僧占多,明代《广舆记》称司空山"崖深谷遂,别有洞天,称东关第一峰"。还有"司空扼蕲黄,天柱蔽英霍"之称,此山东望如"达摩传法",南瞻如"慧可安禅",西观如"弥勒听经"。朴老有诗赞曰:"名号司空实不空,分明妙相显高峰。乡人报道如神卧,哪识安禅制毒龙。""安禅制毒龙"一说,是明禅释佛之至理,是行善一方、播福音于众生之谓。难怪明朝太湖县令言此山时有"酒酣下视浮云过,笑语分明在帝前"之说。

就是这样一个佛教圣地,一千多年来,这里仅是万方通衢之地,是香火鼎盛之地,是兵家必争之地,是李白避难之地。虽有佛祖"一日不做,一日不食"的教诲,虽有佛门"施主一粒米,大如须弥山,若不勤办道,披毛戴角还"的感恩戴德的施法布道,这里也没有成为老百姓生活的福地。新中国成立之后,在中国共产党领导下,这里独特的地理位置发挥了作用,很快成为我县西南经济重镇。改革开放之后,这里经济状况、社会事业、人民生活更是发生了翻天覆地的变化。企业兴旺、经贸发达,道路宽敞,街道繁华,正初步形成两横多纵的城镇布局。

司空山下司空村,久沐仙气、久享佛恩而未富裕。但自从得到党的阳光雨露般的好政策,得到店前镇党委政府有力有为的施政和县教育局的大力支持,面貌日新月异。一条条水泥路,如蛛网通向深山中每一个农户,一幢幢小楼耸立于深山峻岭之中;光伏发电,特色农业蓬勃发展。昔日司空村真是四空村,要啥没啥,四望皆空。今日的司空村却是店前镇率先脱贫致富的典范。挂职、驻村干部深入每一个农户,摸底数、商脱贫、促发展。村情、组情、户情,了如指掌;生活、产业、需求,了然于胸。正如百姓所言:他们对农户情况,尤其是贫困户情况,比户主还要清楚。

包户干部勤入基层,深入农户,像亲人一样走访、帮扶,共谋脱贫之策,共商致富之道。有困难找镇村、找帮扶干部。父子不和,母子有隙,帮调解,一次不行两次,两次不行三次……贫困户有人生病,帮联系治疗,帮买药,帮办卡;孩子升学,子女结婚,老人做寿,奉上红包;遇上大事,摊上难事,出现意外事,马上可见镇村及帮扶干部之身影,急群众之所急,忙群众之所需。我结对的贫困户老黄说:"哪个再要讲共产党不好,讲政府不好,讲干部不好,是莫(没有之意)良心!"

虽无华丽的词藻,却是质朴真情。各级组织及干部,虽没有佛家劝善之词,却撸起袖子、俯下身子为老百姓谋福利!我以为,新时期、新扶贫政策、扶贫工作,与司空山一样高大,与司空山的历史同辉!

峡谷石画赛敦煌

狮子河大峡谷位于岳西县头陀镇境内。进入狮子河口看天然壁画,是从看花开始的。

户外车队直开到狮子河口外一处农家门庭,在热情好客的女主人引导下,停车、续水、歇息。端着茶杯观赏主人门口一株盛开着金黄色细碎小花的桂花树,吮吸着桂花的清香,陶醉于其中。女主人见状,指引着我把树上几朵开得最浓艳的花蕊采撷下来,放入杯中。"茶中放点桂花最香甜!"她笑着说。女主人的热情好客感染了我,让我对接下来的狮子河峡谷之行充满了期待。

走进狮子河口,山,就像雄狮饮水,让河流绕道。一潭碧水,犹如处女静静地等待着她的英雄初吻。往前再行,又一巨石进入眼帘,赭红色的石头,圆润光滑。细细打量,犹如河马饮水,惟妙惟肖。一狮一马,相伴把关,不知河流中有何至宝。

看过河马,步入河谷,河床石壁虽是同一块石头,却有着不同色泽:一半米白,一半暗红,色差明显。举目前望百多米长,几十米宽的河口道路也是如此。河道看上去应该是一块整石,石面却长出了许许多多的尖牙利齿。上千年抑或是上万年的洪水冲刷,却没磨平打光,难道这就是锤不扁、砸不烂的"铜豌豆"精神?我甚感惊奇、惊叹。石之奇,石之硬,可见一斑!

河道边的山上有一天然石洞,据说革命时期,红军曾在此栖身,躲避过敌人的追捕。

初入河道,走在左边,走过最宽处简陋的步道穿向河中心,一行五十多人散布在步道两旁的石头上,或坐、或立,拍了一张"全家福"。这是一张"岳西户外"与"淮南户外"唯一的"全家福"。我非户外协会会员的活动参与者,至此才知道,这个"大家庭"是两地共同爱好者的临时组合。

步道从河中间穿过,转向右边石壁。一部分人就从右边步道向前走。这条小道建在石壁上,道旁有些不知名树种,张牙舞爪,甚是有趣。另一部分人沿着河床走。这河床很有特点:又是一块巨大整石,一边淡白,一边泛黑,就像两块裁剪整齐的巨大布匹无缝粘接在一起。一条长长的粘连线直通上方河潭而去,他们就沿着这条线,逢石攀石,遇水跨水。

我非廉颇,虽能饭,却无体力更无胆量攀岩涉水,只能沿着步道前行。不过眼睛却时不时瞄向这部分人,说明心态尚年轻,有羡慕强者的潜意识。也就是这种意识的牵引,让我发现河床对面的石壁上生出了许许多多壁画。有的如飞龙在天,有的如貂蝉拜月,有的如骏马奔驰,有的如猛虎出山……不能零距离感知,却也目不暇接。虽然间隔较远,镜头所限,手机还是拍下一个个生动镜头。

沿着步道走出一段路后,终于下到河谷,希望能抚摸石壁画。河床在这里突出,向下形成小瀑布。仍然只能远观,不能亲近。不过获得意外之喜:河边一棵带刺的老树,犹如蛟龙出海。老树贴河道生长,向上部分已全部腐朽,只有贴近河面沙滩部分皆为新皮,根部靠着石头，伸向沙滩，深扎河床。就像一位老农睡在沙滩上，双脚弓起叉在河里。树看上去不大，却苍老古朴。

路不断上行，景总是不断出现在河对面石壁上。河床中一幅幅图案，就是神仙绘就的一幅幅画卷，随着河道的延伸而不断展开。尤其在一个石洞处，莫非是玉皇大帝把敦煌洞移来一座安置于狮子河岩中？抑或是孙大圣搞怪，抢来一窟偷偷放置于此？也许是王母娘娘念及我们的鉴美之心，命令天兵天将将壁画搬到了我们的脚下。

人行步道边的一片河床，就是一幅精美绝伦的画轴，有飞鸟，有走兽，有树，有云，有歌，有舞。旅游开发商在这里修了几步台阶直通河床，由于石画就在台阶边，感觉河床无处下脚。每一步挪动都小心翼翼，生怕亵渎了这似是天外神仙带来的画卷！

移步换景，总是别有洞天。走完狮子河，阅不尽这石壁、河床中的美景，走一路，看一路，回味无穷。我想，这些壁画说不定就是上天比照甘肃敦煌石窟描摹而来！不然，这壁上的飞天为什么如此神似敦煌的摩刻？要不就是敦煌石刻借鉴了狮子河的天然壁画描绘而成？虽然这天生石画显得粗糙、简朴，却一如河口外质朴热情的农妇。欣赏过敦煌壁画，切换着眼前美景，竟一时分不清彼此，"峡谷石画赛敦煌"的感觉油然而生。

峡谷探奇

周日,朋友把我从书桌上拉到他的车上,理由是"读万卷书,不如行万里路"。才看了几页书,他们却带我一口气从岳西跑到金寨燕子河大峡谷,来回足有三百公里。不惜如此长途奔波,峡谷应该有着巨大的吸引力。

一片凹凸有致的河床上,一块巨石横卧其中,大有张飞"谁来战我"的气魄。巨石面向口外,犹如刀切一般平整,上书六个大字:"燕子河大峡谷"。

前行不远,在百米宽的河面上,一座玻璃栈桥凌空而起,不觉想起了一个伟人的词句:"一桥飞架南北,天堑变通途!"桥头边,绘有几幅仙女下凡壁画,大概是寓意仙女见桥思凡吧。

站在桥头,看着对面绿树成荫和隐现于树荫中的栈道,望望桥下潺潺流水,不禁有点羡慕起他们与妻子携手漫步桥上的浪漫了。

我一个人率先过桥,回头一看,跟上来的都是单飞的"孤燕",那几位男子汉"大豆腐"在桥头战战兢兢试探着走了两步又退了回去。莫奈何,只得沿着台阶下了河道,准备走石墩过河。看来他们也在学燕子从玻璃桥飞向河水里了。猜想设计者和修桥人里一定也有人如他们几个一样恐高,不然,有了这么漂亮的玻璃桥,还修什么步道?

在林荫栈道上会合后,一行七人,听着沿路音箱中播放的歌曲,欣赏着河中的怪石、山上的奇松,说着互相打趣的幽默话,心情如当空太阳,明艳爽朗。中途,我还沿着通向河滩的小路,拣了几个布满花纹的小石头,几个人轮流把玩。

河中水倒映的青山呈黛绿之色。河道中的巨石也有许多被装饰了。其中一块因形似青蛙而以蛙涂色,猛然望去,真为世间有此神蛙而惊叹。相隔不远,另一石背上趴着一只巨龟,龟头长伸,似欲觅食,栩栩如生。不知以石凿成,还是水泥塑就,不及近前细看。

步行两公里,平坦的栈道转向山中,河也似乎从此上山,变成了一潭潭青幽幽的水,一幅幅的小瀑布。每每欣赏过一个瀑布,河道就升高十几米,宽度就要收窄几分。走到最窄处,水花飞溅,一道白练从天而降,大有李白形容的"飞流直下三千尺"之势。右边崖上一道道涓涓细流直飞而下,在逼仄的河谷中交会,犹如伟岸的帅哥和温柔的淑女在此牵手,共赴白头。

山至半途,高坡上一株怪柳卓然矗立。"祈愿柳"是这棵柳树的大名。不知是柳树真能显灵,还是人们希望它显灵,在此依树建庙,黄墙红瓦,甚是招眼。柳树估计已过百岁高寿,主干成人难以合抱。从根部往上丈余,粗看以为树上结满大蘑菇,细看神似猪八戒的大耳朵。树长成这样,不谓不奇,不谓不神。难怪当地百姓建庙祭祀,树上披红挂彩。

离树丈余有一眼神泉,据说雨天不满,旱天不干。听着依神树和神泉做生意的百姓介绍,甚感诧异。同伴们为了沾点仙气,忙着与神树合影,用神泉润肺。我是凡夫俗子,自知难求大富贵,不敢与神树同框。

告别神树,来到天坑,一处三面陡立、向北开口的巨坑。坑深百米,坑底直径五十余米。据地质资料介绍,此坑为距今八到六亿年姜河麻石褶皱构造的轴部,开口方向与轴部走向一致,经多次构造运动和风化剥蚀及流水冲刷等外力作用,形成今天状貌。仰望天坑之顶,一道瀑布如一道彩虹凌驾于坑顶,阳光照射下熠熠生辉;到坑中部四散为雾,疑为山妖将彩虹窃去;至坑底方知是水。至此,水恐怕也就沾上了仙气。

沿着建于悬崖峭壁上的栈道返回,沿途珍奇树种仿佛从天而降。目之所见,无一棵树能准确叫得上名字。自诩在山里长大,从小与树为伍,到此似乎成了树盲。许多大树立根破岩,一如诗人曾卓《悬崖边的树》所言:"它孤独地站在那里/显得寂寞而又倔强/它弯曲的身体/留下了风的形状/它似乎即将倾跌进深谷里/却又像是要展翅飞翔……"我深深感叹树的坚强。

返回之路正是刚刚走过的河道对面的山崖。从高处看下去,河道和林荫栈道直如两道彩练,蜿蜒飘浮在我们脚下,顿生"冬日探奇峡谷中,涉险攀岩风光妙""会当凌绝顶,一览众山小"的豪迈感慨!

天外巨石

原以为巨石山不过就是座高大山岩，山上的石头形状无非有点特色而已。上到山顶，矗立在眼前的却是一个个立于高山之巅的光滑溜圆的独立巨石，尤似河中鹅卵石的放大版，横陈、竖立、侧卧……形态各异，姿势万千。

如此怪石，怎样上的山巅令我费解。求之于书，久寻不得；求之于网，久索无解。难道又是黄山飞来石的制造者铁拐李所为？

位于黄山风景区平天矼的一块平坦岩石上，矗立着一块巨石，这块石头曾进入电影《红楼梦》的镜头。巨石高12米，长7.5米，宽2.5米，重约360吨。如此巨石与底座石头接触面很小，好似天外飞来。传说山下大河边住着一个老石匠和他的女儿。老石匠姓单名福，一生在外修桥无数，老了后回乡，想在家门口河上修座桥。因修桥活太苦、太累，无人愿帮，就连他的两个大徒弟看到上山采石太难，也知难而退，最后只剩下父女二人及小徒弟。为了实现父亲心愿，美若天仙的女儿单小娇，身插草标，捐身修桥。八仙之一铁拐李，感念其父女修桥至诚之心，化身瘸子，摘下草标。单小娇承诺，只要将修桥所需石头运至江边，便愿嫁为妻，铁拐李挥扇运石，巨石如冰雹般降落在河边，单福高兴得大喊"够了，够了！"铁拐李顺手将自己立足处的一块巨石扇向了黄山平天矼上。从此就有了今天令万众瞩目、百看不厌的千古奇观飞来石。

一块奇石留传下千古美谈。眼前的满山怪石,却无一段荡人心魄的历史,实在令人遗憾。

坐索道上山,最先来到山顶的玻璃平台,平台位于巨石之上,在此拍照的成人、嬉戏的孩子很多。伫立平台边,放眼四周远近山峦,陡生"一览众山小"之慨。看看周围许许多多快乐的游客,少了点"山高我为峰"的骄傲。

下得平台,转向山之侧,高高矗立的巨石,犹如一幢幢平地而起的高楼大厦,巍峨耸立,石头表面呈现着真石漆样的淡红色。巨石边缘却似古老民居满是斑驳的黛黑色。虽如高楼,可惜少了热情的主人开门迎客。

穿石缝进入石室,石室美如宾馆厅堂,甚为宽敞,在中间石桌石椅上歇息,走热的躯体坐下不多久热汗自然散去,周身倍觉爽快,此时如能来壶香茗,甚为有趣。要是雨雪天来此,想来亦可寻得风雪夜归之乐。

有处由巨石围成的石院落,似古宅天井,仰视可见蓝天白云,冬夜一定会有风花雪月。两杆毛竹顺着石壁拼命向上生长,已然是一字奇联:"长长长长长长长。"努力向上,使之远远高于一般的毛竹,只为了探头于石顶,争一点阳光雨露。其中一根已"出师未捷身先死"。忽然记起王安石的一句诗:"不畏浮云遮望眼,只缘身在最高层。"

沿着石缝隙向下,来到小小湖泊边。水池紧贴山边,一面修建一个小舞台,对面宽阔处建起观众席,中间嘉宾座位向水中央延伸十来米,一群业余演员在山坡树丛中造型,曼妙着来到舞台上表演,把至此游兴将尽的游客们的情绪再次调动起来。虽没能看见空空道人路经大荒山惊见的"前世今生,无才补天,幻形入世,蒙茫茫大士、渺渺真人携入红尘,历尽离合悲欢、炎凉世态的传奇",还是演绎出巨石惊梦!让我等忽生阅尽美景复还来之感慨!

主簿遐思

城北三十公里有主簿原,传说此地因一人任县主簿始得名,遍查史书、县志,难觅其踪,不得其真。借助网络,得《新唐书·地理志》记:今安徽歙县北二十里"有主簿山"。《新安记》云:"昔寇乱,县主簿率百姓保此山而获全。因名。"《寰宇记》则曰:"主簿山在县西北。昔有黟县主簿巡乡到此,爱其幽奇,遂解印隐居其中,终身不返。"看来三处主簿的得名,都与主簿的职位有关。只是岳西主簿没有歙县主簿的忠勇,也无黟县主簿的淡泊。忠勇仁义,实属可嘉;宁静淡泊,尤为可贵。

汉置主簿,典照文书簿笈,虽职位不高,却都是肱股之职,在教育为权贵专利的古代,主簿应是文人墨客。主簿原的主簿至少也是文化人,在当年是儒生,在今天算得上知识分子了。

五柳先生生平记录曾与郭姓主簿相交且有诗歌唱和。现存世诗二首:《蔼蔼堂前林》与《和泽周三春》。前一首写的是夏日乡居的淳朴、悠闲生活,后一首写的是秋色的清澈秀稚、灿烂奇艳。细续和诗,其中"露凝无游氛,天高肃景澈""陵岑耸逸峰,遥瞻皆奇绝。芳菊开林耀,青松冠岩列。怀此贞秀姿,卓为霜下杰"等生动的秋景描写,与主簿原上黄金山的秋景无二。莫非这个郭主簿就是任职主簿原的那个主簿?如果是,这个不愿为五斗米折腰且曲高和寡的大儒,肯纡尊降贵与之交往的一县主簿必非庸俗之辈,甚或是深得五柳先生另眼高看之人。否则,岂能唱和?换言之,和五柳先生唱和之人,想必也是才高八斗、学富五车、诗文远播、激情横溢,和黟县主簿同属风流偶傥之人。

岳西主簿作为地方行政区划,从1949年始到1959年改为主簿公社的十年间,曾有黄金、南田、白果等称谓,1958年还成立过白果公社。或许因为这三个名称多少有点俗,所以后来改称为主簿。虽无风流才子潇洒记录,也含蕴着儒雅情趣、历史渊源在其中。

主簿原上有黄金山,黄金山属于枯井园保护区。得同行盛情邀请,曾在暖阳高照的5月,约过几个好友来此赏花。漫山杜鹃,花开正浓,似锦似霞,璀璨夺目,吸引大批拈花怜花客、爱好摄影之人。此处亦是大别山北麓,按地理环境辨识,窃以为此地当似白居易的大林寺,此花当似大林寺桃花,虽然"人间四月芳菲尽",山中杜鹃却在此时开。"长恨春归无觅处",天意让我此中来。

站立在为赏花而搭成的高台上,放眼望去,漫山遍野,丛丛片片,肆意展示其万绿丛中一点红之妖娆,热烈,纯粹。其间也有大片的杜鹃飘摇着焦枯的花瓣,落下枝头,又萌生出点点嫩绿如墨玉的新叶。此时、此刻、此景,让我深深感受到绿色的馨凉和生命的成长,仿佛听到花落尘泥、新叶生长的声音,像音乐催促着血脉流动,激荡着心灵歌唱。多年来累积于心的郁闷和心结,似乎也伴着这新生命而消融、释然。陆游有诗咏落花,"零落尘泥碾作尘,只有香如故",我以为这才是真正惜花、爱花之人,是真正的花之君子。为花者,有陆游这样的知音也该高兴、知足。

主簿原上与黄金山遥相呼应的还有一座山,叫二祖山。据说公元561年,佛教二祖慧可率高徒僧粲等在此避难、修行多年,后人纪念因而得名。二祖山朝南有一个大洞,洞中一泓泉水,清冽甘甜,从石隙滴落,弹出天籁般的音韵。洞前,壁立千仞,莫测幽深。山巅四周,棵棵黄山"迎客松"样的松树临风起立,虬枝错节。但这里山峭风鸣,人烟稀少,布道无门,生存困难。或许慧可师徒因此于公元577年再次迁徙,去了司空山。慧可是否真的来到了二祖山修行,历史鲜有记录,从其生平事迹材料上也找不到记载。如果说他因去司空山而路过此地而不是定居生活,可能性较大。不过我还是希望他来过,他来了,此山就有了佛味、仙气。

有人说,在精神的自由王国里,诗,是人类精神王冠上的明珠,诗、宗教和哲学是互相通达的。由此看来,慧可师徒为五柳先生和郭主簿在主簿原的唱和而来也就顺理成章。如此,主簿原不仅诗意盎然,更有仙风道骨。

对话古人,是学习历史,更是获得智慧,让生命新生;寄情山水,是悦目赏心,更是与天地交流,荡涤灵魂。极目主簿原,飘落枝头的花是春泥,千古流传的故事是历史,漫天飞花的美景是图画,岁月沉淀的历史是诗歌。有诗有画,诗画交融才谱成了歌。如歌如梦,如笑如语,才让游客流连。

以史为鉴明古今。如果不是史书记载,我也难以得知主簿的历史如此动人,也无法将如今的主簿与史上的主簿比对。尤其是处在脱贫攻坚大潮中的主簿,山坡上茶园行行,田野中瓜禾逐浪,虽少了文人的风流,却多了农夫的诗意,事业的辉煌!也禁不住学五柳先生"衔觞念幽人,千载抚尔诀"!

品味大歇

品大歇,不如说品汪品峰;知道大歇,是因为知道有个汪品峰。

第一次知道主簿镇有个大歇村,是同事将汪品峰带给我认识了。汪品锋要认识我,是因为他想打造一个研学旅行基地。而我对此有点发言权。

此前知道主簿有古井园,有二祖山,有黄金山,还知道有个501山洞,不知道大歇。而汪品峰第一次跟我谈的不是这些。他没谈大歇,虽然他来自大歇。他谈的是502山洞。围绕着502山洞谈大三线建设、小三线建设,谈502的发展规划。

汪品峰,普通到你在人群中就不会注意到他。一副深度眼镜戴在他瘦黑的脸上,开口说话前,憨厚的笑容铺满了他的脸。当说起大歇,说起502,说起大歇村的近期及远景发展,他的思维异常活跃,藏在瓶底厚的眼镜背后的那一双不大的眼睛,顿时放射出迷人的光彩。从此,我就惦记上汪品峰,惦记上502山洞。

疫情防控前的某一天,关工委的老领导要去主簿镇开展活动,我主动提出陪他们,并请求把大歇村列入了工作内容。这也是我第一次走进大歇,感受大歇,品味大歇,品味汪品峰。

汪品峰给我们介绍了村里的发展概况,然后带我们去看他已开工的项目,502山洞是重点。

一到502，"代号502爱国主义国防教育基地"几个金色大字映入眼帘。金字上方就是进入502的洞口。一位身着军便服的美丽解说员正在等着我们。

山洞的洞壁仍保存着历史原貌。走过十几米直道，洞口右拐，就看见洞壁上挂满着展板，分成好多个板块。

首先映入眼帘的是红色板块，共分四个部分。第一部分"大革命时期"，里面包含有红色岳西简介。介绍王步文、王效亭等革命烈士的事迹。第二部分"土地革命战争时期"，介绍当年活跃在大别山中尤其是曾经在岳西土地上战斗过的著名革命家李先念、王步文、高敬亭等。第三部分"抗日战争时期"，介绍高敬亭为共同抗日，在主簿南田召开的"南田会议"及在青天汪氏宗祠举行的大别山"国共和谈"。第四部分"解放战争时期"，介绍刘邓大军千里跃进大别山的战争概况。

三线建设板块有一个专门介绍大三线建设历史的滚动视频和几块图片展，简介大三线和小三线建设。502山洞就是当年502厂的一部分，属于安徽军工小三线建设内容。开始于20世纪六七十年代，中止于20世纪80年代。

守护平安板块介绍防火、防洪、防震、防地质灾害等内容。这里有一个小小的电影院，介绍了防地震的有关内容。还有风力灭火、水力灭火、飞机灭火体验游戏。我尝试一下，学到一些灭火技术，又在动中学，发挥实战演习的效果。

人防百年板块主要介绍防空、防核战、防细菌战等内容，以及打飞机、"守卫列宁格勒"等动手体验项目，这里可以看见细菌战和美国在日本上空投放原子弹的视频,让我们看见细菌感染和核爆炸对人类生命带来的极大伤害。这一项目对青少年学生的吸引力及教育意义极大。

最后一个板块是捍卫和平板块,告诉人们产生战争的土壤没有彻底清除,虽然我们已经走在新的历史征途上,和平和发展是当今世界的两大主题,但我们不能麻痹大意。忘战必亡,要和世界人民一道,共谋和平,共护和平,共享和平。

走出山洞,又是一处体验基地,有攀岩、开坦克、打高炮等项目。这里只看看,没有体验。

以上项目均是汪品峰通过招商引资,由村两委和合肥一家旅游企业共建,村占51%股份。我们认为这是造福村民、富裕村集体的德政工程。

参观后,我们就洞内人员分流、洞外互动体验、旅客的食宿安排等给村里提出几点建议,汪品峰一一记录在册。

又一次去大歇,是县作家协会到大歇作家村开展活动。借此机会,在汪品峰安排下,由合作方黄经理陪同,把研学旅行路线较为完整地走了一遍。有一处户外帐篷基地和漂流项目没去。漂流这一项合作方投入较大,村里和对方单签合同,确定占比33%。

最先体验的是新建成的野外枪战体验区。这里有一种装软弹的特殊气枪,有防弹头盔,有野战电动车等。这种软弹打到身上力度不大、不疼,但有痕迹。体验射击后,又带我再去502。

第二次来此,是带着检验目的来的,看得更仔细些。第一次没注意挂在洞口边上的一块介绍502历史的展牌,看过方知502

是指华东气象学校502厂。1965年立项筹建,开国上将许世友亲临选址,1971年建成运营,代号502,隶属国防工办。看过后回到经理办公室,她又详细地给我介绍基地建设情况及后勤保障。通过实地察看和经理介绍,我们上次提出的问题或建议基本上得到落实。我深切感受到汪品峰等人的工作精神和效率。

第三次去大歇,是省立医院一位知名外科专家想去看一看。汪品峰给予周到的安排。

那天从石关八里冲开始。沿途路边及山上,白雪皑皑,听不见山谷中小溪的溪流潺潺声,只见玻璃般的坚冰封死了溪流,冰辉映着灿烂的阳光。听说汪品峰也在县城,我们沿途拍照,边拍边等。这雪后岳西风光,让第一次来此的专家夫妇俩不亦乐乎。待我们慢悠悠地来到村部,汪品峰早已等候在此,我们深感歉疚,更为汪品峰的赤诚所感动。

稍事寒暄,汪品峰带我们穿过覆盖着冰雪的小桥流水,参观村史馆、阅览室。专家夫妇对摆放在馆中的大歇花灯十分感兴趣。汪品峰介绍说,这个灯是一个老农民的新作,灯上几副联语充满时代感和正能量。前不久,省委李锦斌书记来此也细致观赏,表现出极为浓厚的兴致。

参观后,沿着村史馆北面碎石铺就的小道,穿过修剪齐整的茶园,来到建在山脊上的凉亭。这里可以俯视大歇村全貌。汪品峰一路走,一路介绍着大歇。侃侃而谈,如数家珍,对专家的提问给予精准的回复,言语中甚少客套。

一路走着,一路看着,一路感受着,深深感到大歇的发展,就像这密密麻麻、穿梭环绕在大歇田地、山场、屋场间的石子小道,就地取材,是那么质朴大方,又经久耐用,让这里处处散发着浓郁的老家味道。

最近一次去大歇村,是上个月县文联开展送文化进乡村活动。在大歇站,文联、司法局、科协及爱心企业为村里送书籍。几支新时代文明实践活动小分队也参与了活动。一批县内书法家为村民们撰写许多充满年味、正气的春联。从笑逐颜开的老大哥、老大嫂的脸上,我看到了许多新年愉悦。

这次虽然是悄悄地来悄悄地去,没有惊扰汪品峰,但我们还是在这里的山间小道上漫步一番,喜看这几年大歇的惊人变化,深切感到:一个好书记就能盘活一片天地。正如一位乡土诗人所赞:"大歇村头梅岭东,风光不与昔时同。几家小院依山静,满树杜鹃照眼红。狮舞歌谣央视播,草编文化恰相融。一心共筑桃源梦,敢笑当年仰葛公。"也正如502洞口展牌上所言:"大歇以腾浪而行远,小村因人文而怀珍。揆今稽古,初心不忘,葛公尖旁,历史长存,愈久弥新。"

牛草山寻景

知道牛草山很早。学生的亲口描述,让我心向往之。今天幸得几个好友自驾游,足慰平生。

车一路穿行在乡间公路上。公路边的山坡上绿树成荫,繁花似锦。空气中弥漫着一阵阵说不上的花香,有清香,有浓郁芬芳,有带着甜味的氤氲之气。水泥公路走尽,车终于转上了牛草山的土路,因环保需要,这里要求恢复原有的生态面貌,路边就是完全土坯了,雨水的冲刷让路面犹如化妆后的演员走入了风雨中。车摇篮般颠簸,让沉默很久的同车小伙伴"咯咯咯"的快乐笑声不绝于耳,童稚的笑声,仿佛把我也唤回到了童年!

在摇篮般的荡漾中来到了山顶,泊车于浓密的山楂树旁。这里的山楂较之山下的树种要低矮许多,再举目看四周其他树种,一如这般的矮壮,许是常年山风压迫所致。

山楂的叶腋下,冒出了一串串白色的小花,山楂果的孕育开始了。山楂丛中如鹤立鸡群般冒出一株结着红色果实的植物,果实酸甜,仅大豆般大小。悬之于树,犹如红彤彤的小星星一般闪亮。好像学名叫佛灯果,俗名牛奶子,是说它的形状像母牛乳头,家乡俗称绿兜,几位美女争先恐后,大有饥不择食之势,我倒担心,树上的刺不要刺破了她们的如花笑靥。

车再次驶向观音寺,风越来越大,不仅仅高大的风力发电的扇叶转得越来越快,扇叶搅动空气产生摩擦的嗡嗡声也越来越大。路旁粗大松树的树梢不再矗立,全如伞骨般趴下。迎风一面树枝稀少,一棵棵均如黄山迎客松般张开怀抱,伸出热情的手臂,欢迎上山来观光的游客。

几棵松树树梢,不知是风力太大折断再生,还是雪大压迫之故,扭曲如天津大麻花般,垂挂于树顶。

去山寺之路铺上了大大小小的石头,车在蹦蹦跳跳中前进着,好在同事的车技高超,就像武林高手般,不断施展腾挪术,将车平安地开到寺前。

寺前几株矮壮松树,和路上看见的一般无二,树梢扭曲,枝丫逸出。有棵最粗壮的松树上系满红飘带,据说能祈福祛灾。有的红带子系上梢顶,我真担心祈福者踩断树枝,从树上掉下来,伤树伤己,得不偿失!其实人有追求无可厚非,祈福最好还是行善积德,救难求急。另一棵树下跪卧着两头牛,看众生进进出出,不知牛眼对此凡尘中红男绿女作如是观?

山门命名为"般若门",是由佛经来,可是一副对联却似宣传广告用语:牛草山风光无限,观音寺佛缘弥深。

大雄宝殿门边有副对联:晨钟暮鼓,惊醒世间名利客;经声佛号,唤回苦海迷梦人。不知那些入得殿门、拜于佛前的求名求利求官求福之人,看过此联做何感想?另一殿门边撰写《金刚经》上两句经作对联:一切有为法,如梦幻泡影;如露亦如电,应作如是观。告诉世人,人间一切应以平常心待之,世事如梦如影,如朝露如闪电,一切皆会很快消失的,看淡人生,看淡名利得失。据说唐伯虎看见此联后如梦惊醒。爬树上系红飘带的人读了该会怎样理解这偈语经言?

离开观音寺,把车停在升压站旁,前往天河尖,风力发电机组沿着山脊一字延伸,高大机组号称有百米之高,站在粗大立柱旁仰视扇叶,大伙儿说看得头晕目眩。

山顶修建的土坯公路是为了运送庞大的电机机组,可也让原有的植被受到严重破坏,山顶草地已荡然无存,今天所看到的已和过去原貌相距甚远。看来经济发展与生态保护的兼顾是多么难能统一。哲学家说万事万物总是在矛盾中运动,在对立中统一。在对立中统一这一客观规律是做事业者不容置喙的!

曾于两三年前站在明山寨远眺天河尖上的风力发电机高大的身影,是那么地希望跨越两山之间的山谷,抚摸一下电机粗大的身躯。这感受让同仁用七律吟诵了出来:"擎天一柱势雄奇,阵到山峰去逶迤。巨翼飞旋凭借力,好风助我惠元黎。"

今天,当我真的来到牛草山,眺望着明山寨的青山绿水,心又一次飞过了两山之间的峡谷,看着原生态环境浮想联翩……

天峡三奇

天峡，虽然就在岳西境内，于我却有点神秘。因工作原因，多次涉足于此，可每每止步于大门边的一泓清水和水边的几栋木屋。印象最深的就是那一泓清水。至清之水，生养着特别之鱼。清水中鱼儿身上五颜六色的花纹，像是清波映射着天上的彩虹，煞是好看。

周末，受学生盛情之邀，终于跨过景区门槛，名为赏景，意在应景，不枉学生一番真情。

进门是一道水坝拦截出的人工瀑布，虽不壮观却也爽心。穿过水坝，沿河岸边生长着稀稀落落的大树，不知是紫柳还是枫杨。因河水侵蚀，树根多有裸露，虬根百结，令人惊叹。搜寻我脑海中星星点点的植物知识，年代久远的枫杨上应生长一团团俗名为"树孙"的嫩枝，枝上结满淡黄色半透明的果实，犹如天然宝石般晶莹剔透。眼前的树上并不见果实，所以很有可能是紫柳。紫柳是树中寿星，峡谷之巅就有千年紫柳园。

沿着河道向里行来，沿途的河景平淡，但周围的树林、藤蔓、小瀑布，堪称天峡"三奇"，勾起了我的游兴。

树　奇

肉花卫矛，一个很稀奇古怪的名字，生长在一块让青苔包裹着的巨石旁,树干光滑。据说秋季叶红,姿态优美,看来我来的不是时候。

榔榆,可长到八九层楼高,一人合抱粗细,质坚硬,纤维韧性强。少年时,山上砍柴喜欢遇到此木,只知其旺火,不知其工业及药用价值。

新木姜子,又是一个奇怪的树名,此木生长于岩边,犹似树中美男子。干上长满青苔,如美男子披着一件漂亮的风衣,风流潇洒。

看见一高大落叶乔木"枫香",是一对连体兄弟,仿佛两位高大英俊的帅哥在离地半尺之处合二为一,告诉世人"本是同根生"。

一处水从石下流的岸边,生长着丛林状"九丫树",细细观察,此树正如其名:几处"九丫树"都是九个兄弟姐妹同根生!在手机中搜索,此树还有一个神话传说:远古时,鲇鱼洼西北有棵高大九丫树,是玉皇大帝的九女儿,因错罚下凡间受苦五千年。她心地善良,为民消灾祈福。黑心县令听说后,派兵守住该树,凡有所求者须向他交银两。玉皇大帝得知,召回女儿,击毁了九丫树。如今,天峡河谷中段九丫树甚多,莫非"旧时王谢堂前燕,飞入寻常百姓家"?九丫树树皮呈桃红色,树干柔润光滑,上下无不透着少女的纯情。九丫树的前世是玉帝的幺女,而今高贵典雅依然,此传说似乎不为虚无。

随着小路的伸展,一路前行,探寻的目光如同翻开了一本厚厚的植物宝典:豹皮樟,别名扬子黄肉楠,根、茎、皮入药,祛湿消肿、行气止痛;大叶冬青,又名苦丁茶,树皮可提取栲胶,叶、果入药,嫩叶制苦丁茶,植株优美;野漆树,可提取栲胶,可制蜡烛,可制肥皂,根、叶、果可解毒止血、散瘀、消肿,主治跌打损伤;腺柳,俗称彩叶柳,属变色彩叶树种,春叶稍紫红,初夏为嫣红,夏转黄,秋为绿色,极富观赏性。

紫弹朴、石楠、牛鼻栓、银缕梅、黄连木、鹅耳枥、青檀、野柿、青刚栎、兴山榆、红椿、柘树、黄檀、栓皮栎、化香、苦木、山梅花、木油桐……形形色色,据说有一百多种,其中大多是闻所未闻的树种,还有国内甚至世界上稀有的种属,让我目不暇接,脑洞大开。

藤　奇

沿河随处可见,盘卧于树丛、山石之间以油麻藤为最。主干直径大多超过三厘米,长为十米以上。有的盘旋曲折,随树缠绕;有的盘曲如蟒,借树飞渡,姿态不一,千奇百怪。河畔的几株茎长可达20多米,深紫色花大似蝶,果如刀鞘。我们家乡称之为"周藤"。

南蛇藤,天峡中又一常见藤类。果球形,橙黄色,花为小形腋生聚伞花,茎、蔓、叶、果都极具观赏性和药用价值,尤其是叶具有很好的解毒功能。

大血藤,又名血藤、红藤,是具有极高药用价值的藤科植物,在天峡生长得非常茂盛。药书上记载:血藤"攻血、治血块","祛风通经络,利尿杀虫,治肠痈,风湿痹痛,麻风、淋病、蛔虫腹痛","治心腹绞痛,赤白痢疾……"幼果似红玛瑙,成熟果状如桂圆,藤切面血红,一如巨蟒,凌空飞架于树木之上。

这里还有许许多多依附于树干生长的绿叶细藤,攀援直上,直达树冠,不注意还以为与大树一体。

瀑布更奇

天峡以瀑为傲。沿途上行,经常从溪流跌落处看到飞溅如花的小瀑布,而水又常常潜隐于长满青苔的大石之下。有几处瀑布甚是壮观。

银蛇瀑布从百米高崖一泻而下,宛如银蛇飞舞,银河落九天。

珍珠瀑布流经蜿蜒曲折的峡谷,腾起的水花如同串串珍珠从天而降,又如颗颗碎玉洒落人间。

银勺瀑布状如巨大的古司南,倒悬崖上,给游客指引航向。枯水季节,一条激流如白练,沿峡谷夹缝穿出,犹如残月当空。

仙女瀑布半隐于陡壁密林中,如一位风姿绰约、羞羞答答的美人,真可谓"千呼万唤始出来,犹抱琵琶半遮面"。

最为壮观的瀑布非通天瀑布莫属。瀑布分为两段,上段从山顶大树边直泻而下,远望似云非云,似烟非烟,似瀑非瀑。仰视之,一片缥缈白云缭绕于山腰。山腰矗立着一块巨石,将下泄之水从这里遮住,不知去向。忽然又从石底喷涌而出,分成多股飞扑而下。我想如果当年李白见到此瀑布,"飞流直下三千尺,疑是银河落九天"的千古佳句定会从这里生出!看着眼前的人间奇瀑,玩笑着对学生说:"这通天瀑布让人联想的是猪八戒,大为不雅。命名为'胜庐瀑布'更妥!"

因时间关系,我来到山顶后没有坐滑道观赏满坡的红杜鹃,匆匆坐上学生安排的车辆返程。人虽踏上归途,心却留给天峡的奇树、奇藤、奇瀑,尤其是"通天瀑布",总是飘浮在眼前,萦绕在脑海中。

忆游天柱山

天柱山,是我去的最早的景点,去的次数最多的景点,也是直到现在还想一"读"的景点。

第一次去天柱山,是上大学后的第一个暑假。高中时的几个好友从岳西响肠出发,来到天柱山的后山,爬过一道矮墙,进入蛇形坦林场的管辖地域。当年从响肠到天柱山没有公路,坐车必须先到潜山源潭,转车梅城,再转车到天柱山。岳西县城周边地域,本就是潜山县后北乡地域,1936年才分割为岳西县的一部分。去天柱山爬山,就是去看看自家的山色美景。

天柱山,又名皖山,公皖山,据说安徽简称由此而来。公元前107年,汉武帝刘彻登临天柱山封其"南岳"。道家将之列为第14洞天,57福地。这里是七仙女和黄梅戏故乡,京剧发源地,又是《孔雀东南飞》和"小乔初嫁了"爱情故事发生地。不知佐证资料是否齐全,逻辑推理是否缜密,没有去考证,姑且听之,姑且信之。不过也有传说,岳西境内明堂山,又名母皖山,与之为天生一对。我觉得这两座山所在地居民去对方那里爬山看景,就是去儿女家走亲戚,应该无条件欢迎,是不必也不应该购买门票的。让家人爬墙进屋,本就是无礼之举。

天柱山当时无宾馆,只有蛇形坦林场有几间客房,每间客房摆满了床位,记忆里不是四张,至少也有三张工字床。盛夏时节,床上铺的还是薄棉被。那天下着雨,路又不熟,边走边问,到农场时已是午饭后,裤子都是湿漉漉的。好在农场的俩姑娘和炊事员甚是热情。大概是穷山头上,难以见到几个人,看到我们来了,就像见到久别的亲人,又是下面条,又是烧水洗澡,又是生炭火烘衣服,忙得不亦乐乎!

当时雨水多,交通不便,又没有冰箱,带上来的菜蔬又不宜久留,这里干菜多,新鲜蔬菜少。次日早饭后,厨师希望我们去看风景时,顺便山上捡点野蘑菇,水沟边扯点野芹菜,并为我们找来了两个竹篮子。俩姑娘自告奋勇带路。姑娘长得如何,年方几何,姓甚名谁,今天已经忘得一干二净了,唯一的印象是年龄比我们略大点。无论怎样,少男少女在一起游山玩水,采摘野菜,总是令人愉悦的事情。

据科考论证,天柱山是全国唯一、全球揭露面积最大、暴露最深的超高压变质地带,以崩塌堆垒地貌景观被地质学家誉为世界上最美的花岗岩地貌,又称为"地球的泄密者"。舞文弄墨者形容它是"山峰丛林""石头宫殿";看那立于峭壁上的"天蛙石",蹲踞山头,绘白云朵朵。

姑娘先带我们去看霹雳石,也就是一块巨石从中间被一劈为二,看不到人工斧凿的痕迹。人们相信这一定是石中藏匿了一个为害民间的妖怪,或是巨石本身经历千万年修炼成为妖怪,雷公为民主持正义将之斩杀,故留下霹雳石这一奇观。

接着来到飞来石前,姑娘给我们说起一段神话传说。当年乾隆帝游山至此,正在分析此石如何到此时,顷刻间地动山摇,飞来石作势欲飞,乾隆帝吓得龙颜色变。马上顺口说出一诗:"飞来必定是飞来,不是世人胡乱猜;若是飞来又飞去,何必当初要飞来。"一听皇帝否定了自己,为请求鉴谅,飞来石就留了下来。这里还有许多奇石:象鼻石、仙桃石、鹦鹉石等,更有那神秘谷,满谷奇石,姑娘说明天带我们一探究竟。

跟着姑娘脚步,来到炼丹湖。这里是东汉道士左慈在天柱山采药、临水炼丹的地方,故后人筑坝成湖,命名炼丹湖。湖畔立有左慈像,看上去仙风道骨。炼丹湖经过多年精心打造,碧波荡漾,一如少年的心灵,纯净无垠。炼丹湖畔有许多翠绿娇嫩的水芹菜,还有种类繁多的其他野菜,俩姑娘认识的品种真的不少。在她们的指点下,我们采撷了许多,一篮子都装不下了,加上路上采撷的野蘑菇,收获颇丰。篮子装满了,还用野树藤扎了几小捆野菜,力气大的两同学挎篮子,我们和两个姑娘一人拿一小捆野菜,厨师一见,嘴笑得合不拢。厨师的厨艺了得,有许多野菜,加上各种腊肉,晚餐很丰盛。我们几个人不像游客,倒像是工作人员,晚饭变成了同事聚餐。虽说没有酒,拿着白开水频频举杯,正应了那句"只要感情有,喝啥都是酒"!

快乐的一天,又是无梦之夜。落后的年代,生活总是那么简单。一觉睡到自然醒,在姑娘的指挥下,又带上篮子去看景点。这一天的景点是神秘谷,道家称之为"司元洞府",旧志说这里"有洞可通东海",其实是造山运动使山体崩塌坠谷而成。从石印峰下入口至渡桥畔出口,长约 450 米,高差 150 余米,号称花岗岩洞第一秘府,有"天柱一绝"之称。全谷巨石交错,危洞幽深,这里洞连着洞,洞套着洞。洞里有廊、庭、门、石梯、石栏;狭窄处,须屈身匍匐前进;宽敞处,数人并列前进;谷旁古树虬枝,犹如壁画嵌石。谷内怪石异草,似丹墀仙境,引人入胜。由于路面湿滑,行走十分艰难,只能偶尔停下脚步,扫一眼周围景色,看清路,走稳路,是当时主要任务。不过俩姑娘常年在山上工作,健步如飞,经常停下来提醒我们注意安全。爬到天池峰下,走上观景台,恐高的我真的是一步三颤,心一直拎在手上。几个同学一直逗我,俩姑娘用一种奇怪的眼神看我,觉得一个大小伙子这么胆小,还爬什么山,看什么景?

到了主峰"擎天一柱",我们仰观峰之雄伟时,一个姑娘给我们说起贺驼子驮着乾隆皇帝上峰顶的历史传说。虽然知道皇帝老儿不会冒这个险,传说的神奇还是让我仰望着山峰,猜测着贺驼子上顶峰的路径。争论"顶天立地"四个大字是谁、什么时候、怎么样刻上去的;争论中忽然想起白居易"天柱一峰擎日月",卖弄地说,天柱峰由此而来。有个同学高声背诵起全诗,《题天柱峰》(唐·白居易):"太微星斗拱琼宫,圣祖琳宫镇九垓。天柱一峰擎日月,洞门千仞锁云雷。玉光白橘相争秀,金翠佳莲蕊斗开。时访左慈高隐处,紫清仙鹤认巢来。"卖弄才起,打脸声音更响。我老老实实拎着篮子捡蘑菇去了。

第四天,天公放晴,近午就到了石牛古洞。想象中有洞,到此方知是条小溪。石牛古洞源自三祖寺西涧大石如牛眠,环崖如洞,幽泉潺潺,故名。

溪边石壁上都是名人诗句雕刻,唐朝至今,历朝历代均有。少则两处,多则一百多处,总计留下三百多处。黄庭坚在此筑室读书,王安石游此刻诗,大画家李公麟画有石牛像。所以黄庭坚诗曰"石盆之中有甘露,青牛驾我山谷路",自号"山谷道人";王安石题诗"穷幽深而不尽,坐石上以忘归",可见他们对此之喜爱。从诗的喜好而言,我甚爱王安石的直白之言。后来多次到过天柱山、石牛古洞,但没有一次是为自己而来。要么是陪客,要么是带学生春游。身在山心不在山,景色是一晃而过,唯有读书做学生时的那次漫游,"读"过的天柱山至今不忘。山要读,要品,而不是一看了之。读不懂时,也可以囫囵吞枣,随着阅历增多再慢慢咂出味来。期待着,可以再去品味天柱山、石牛古洞。

妙道说道

从县内很多地方都能看见妙道山,准确地说是看到妙道山的标志石狮哮月。昂着头的大嘴,不知是在向天诉说它的孤独,还是呼唤红尘中熙来攘往的人们来妙道山看看美景,放松心情,养育精神……

去妙道山很早,因为同桌分在妙道山脚下的五河镇,当年的五河区工作。暑期几个毛头小伙子步行十公里山路在妙道山住了一夜,遍赏妙道山美景。

从五河前往山上的路途我们不是很熟,路过正在吃早饭的农家,厚道的老农立即放下碗筷为我们指路。他的指路不是伸手指点,而是将我们送到上山的大道上,路过一个石壁时,这位热情好客的老农就给我们说了这石壁的传说。

相传很久以前,有一面光洁鉴人的石壁,名天生石镜,石镜可鉴阴阳,照今生来世。有位知县得知后,专程拜镜。他焚高香三炷,诚心祷告,然后朝镜看去,看到他来生是一头瘦小黄牛在田中艰难耕田,后面挥鞭赶打他的农夫恰是他现在的轿夫。知县看罢羞愧难当,竟一头撞死在石镜上。因伤人命,天公雷击石镜,从此石镜不再显灵。看来天公自有公道,对罔顾人道,受了香火就直言无忌的神镜,一样能痛下杀手。换个角度,知县有勇气死,为什么不能勇敢地活着,以此警醒自己,善待轿夫和治下百姓,施政有为,勤勉廉洁,修炼来生？

石镜这一段富含人生哲理的传说，展现出朴素的生命至上、与人为善的人本思想观点，这一观点在我国早已根深蒂固。为我们指路的老农，虽然没有说什么观点，这些观点却浸入了他的灵魂。

沿着山间小路一路上行，经过千年紫柳园。这里千株古树千盆景，千年紫柳长生千丈高地，聚千年之灵气，吸大地之精华，阅世事之沧桑，方修得千年不老之身。打此经过，我想亲涉泥潭一亲古柳芳泽，朋友拉住了我，言说沼泽之深，可能带来生命危险，吓得我慌忙收回正迈出去的脚。

在妙道山，见到了同村人小杨哥，父亲曾告诉我这是救命恩人之子。孕育于饥荒之年的我刚一来到人世就被病魔缠身，才刚刚走完三年灾害的母亲没有奶水，我是喝米汤米糊长大的，多少次病急之时，都是小杨哥的父亲老杨伯采草药救了我，更难得的是，3岁前多次喝到他采来的野生人参、石斛熬煎的营养汤，使我的体质逐渐增强了。

为我采药的老杨伯据说是一个了不起的人物，当年曾是共产党潜岳游击大队大队长，因思念母亲和妻子，在大别山解放前夕，放弃大队长职务逃回家中，从此以采药、种田为生。"文革"初期受到冲击，父亲曾为他说过话。"文革"之后，当年他的老部下、老战友多人还是高干，为他证言，给予他退休待遇，其子也在20世纪80年代到林业部门工作。如今，能在妙道山见到他儿子小杨哥，我甚是高兴。

小杨哥安排好我们的食宿，将自己采摘的准备带回家给孩子吃的野生猕猴桃全部端出来，我们也不知道客气，将一大纸箱又软又甜的野生猕猴桃吃得不剩几个。午饭后,小杨哥带我们沿着后山小道看孔雀石,一座形似孔雀开屏的石头。

然后我们到祖师洞拜祖师。祖师洞乃一块巨石伸出石壁形成的一个天然石崖洞,晚唐高僧义玄来此结庐修行,传经布道,人称临济祖师,其禅术高妙,乐善好施,弟子、信士如云。时人誉其"妙光善道",此山因他得名"妙道山",此峰誉为"祖师尖",坐禅打坐的石室被喻为"祖师洞"。洞中一道清泉叮叮当当流到一个天生小石盆中,一年四季,无论干旱洪荒,水量不变,水清冽甘甜,据说这泉水喝了可以延年益寿。不知是哪个好心村民放了一个葫芦瓢,正当口渴的我们每人毫不犹豫地喝了一瓢。还传说,每当干旱时,附近村民抬着菩萨,放着鞭炮,给祖师行三跪九叩大礼后,取一瓢清水,洒向天空,即使长空万里,也立马乌云汇聚,电闪雷鸣,为山下百姓降下甘霖。此言真伪未做深入考证,但从盘古流传至今天的传说,总是那么动人。

"清泉有神效,祖师把灵显。"几个人净手之后,依照小杨哥的指点许愿。我们都是见到姑娘就拙于言的,第一愿就是希望找到女朋友。说来也怪,我们真的在两三年内找到了心仪的姑娘,只是高兴之余,就忘了还愿。

十多年后,无意中和朋友一起见到一个相面高人,她忽然指着我说,你言而无信,不尊重神祇。我很生气地反问她,此话何说?她说我许愿后未还愿,梦中常见有蛇。我甚感吃惊,当年我真是常常梦到蛇,不是一两条,而是蛇群,常常因此惊醒。后来我反复地回想,终于记起了妙道山许愿之事,为此我专程携妻女去祖师洞还愿。

祖师的愿还了,虽有愧疚却无遗憾,愧疚至今的却是不能报答老杨伯活命之恩，也没能为小杨哥尽过绵薄之力。逝者已去，只希望余生能有机会为小杨哥做点什么，以慰我愧疚之心。

祖师洞下有寺，名金壁寺，史说筹建者乃临济大师，鼎盛时，弟子八百，终年香烟缭绕，善男信女络绎不绝。

据说金壁寺禅师金碧峰大师悟性最高，尤其禅定功夫世间罕见。相传朱元璋参加义军前曾得大师点悟授法，做得义军首领后，请得军师刘伯温，从此一路凯歌，喜得天下。为此朱元璋赏赐甚多，大师遍撒天下，唯留一紫金钵于身边，差点让阎王索了命去。诳过阎王脱身后，摔碎紫金钵，留下偈语："阎王要捉金碧峰，除非铁链锁虚空，若要虚空锁得住，再来捉我金碧峰。"大师经过此事，除却人世执念，自此四大皆空，修得天眼顿开，得道成佛。可见佛释红尘一千里，贪是地狱入门一钥匙！

朝拜过祖师和金壁寺众神，小杨哥带我们游"石狮哮月"。此谓妙道山十二景之首。妙道山主峰状如雄狮昂首于山巅，有诗赞曰："白雪清辉填万壑，雄狮长啸震千山。"

上得主峰，移步换景，让人顿时忘了人间烦恼，错将人间当仙境！

漫话古襄阳

能上襄阳看看,是友情馈赠的福利。

襄阳和樊城都是历史名城,建城历史可以追溯到西汉年间。这里出现的历史名人、历史典故,无一不是名留千古、如雷贯耳!好友要去襄阳参加一个高考改革研讨会,知道我赋闲在家,特意绕道岳西带我去襄阳散散心,实地感受古襄阳的魅力。一路上,他说卞和、说古襄阳的形成、说古城墙……

春秋时期,楚人(也就是今天襄樊市)卞和发现一块玉石,急忙献给楚厉王,厉王的玉工认为是石头,以诈骗罪截去他的左足。不死心,武王时再献,又截去右足。直到文王时才将此石剖开,发现是璞玉,故命名"和氏璧"。不知道怎么弄到了赵国,秦王想占有,才有名传千古的蔺相如完璧归赵典故。秦始皇统一中国,"和氏璧"自然归属秦王,遂了他的心愿。丞相李斯在宝玉上篆刻"受命于天,得之永昌"八个大字,作为传国之宝。

故事很感人,只是当中卞和经历有许多疑点值得商榷。为什么献宝?为名乎?为利乎?为什么不把宝玉剖开献上去?尤其是第一次献宝被厉王截去左脚之后,还要一如既往地献宝,让人百思难解。厉王、武王和他们的玉工难道都是头脑简单、性格粗暴之徒,就不知道剖开看看?卞和难道不会让他们剖开看看?这个经不起推敲的

"和氏璧"故事，流传几千年，直到今天还在传诵着。"和氏璧"产生地襄樊以此为傲，作为吸引游客的资源大加宣传。只是不知道"和氏璧"作为传国玉玺，自东汉后去哪儿了，我宁愿相信它是被卞和的冤魂收了回去。

朋友何总是位书商，更是位儒商。生意做得红红火火，却没有我一分钱的贡献，没有帮忙卖过一本书，他也没有要求买过一本书，倒是免费跟着听了不少历史故事。

我们居住在离古城还有二十多公里的北津新区。这儿在西周末年，曾是楚乘周王室衰弱，大力建设之处。由此形成以襄阳为北进中原、向东拓展的重要渡口和军事要塞。为对古襄阳产生直观印象，何总父子又专车带我去襄阳看看北门古城墙。

北门是朝向汉水之门。车沿着江堤走了一段后开进城门洞。北城门背面上书"北门锁钥"四个大字，意指此乃北部边防要地和重镇。正面刻"临汉门"，因面临汉江，又地处古城之北段，故名。这门与樊城隔江相望，扼汉江要津，故以"北门锁钥""汉沔津梁"形容其战略要塞的地位。

此门历经战火，多次损毁又多次修缮复原。民族英雄岳飞曾于南宋绍兴四年收复襄阳，修葺城楼和瞭望台。明万历四年，襄阳知府万振孙为此门题名"临汉"。清顺治五年重建城楼，襄阳知县董上治为此门题上"北门锁钥"，这大概是有史以来，文字记载此城门正反两面题字的最早记录。其上古城楼是清代建筑，四柱三间高10.35米，宽15.78米，深10.54米，重檐歇山顶，七檩抬梁构架，两层砖木结构，翼甬飞翘，对称平稳，庄重雄伟。既有北方建筑的稳重，又有南方工艺的精巧灵动，现在成了古襄阳标志。

在襄阳发生的故事还有很多，由北门上城墙，在韩夫人塑像前了解"夫人城"来历。

故事说的是东晋太元三年二月，前秦苻坚派大将苻丕攻打襄阳，时任东晋中郎将、梁州刺史朱序在此镇守。他认为前秦无船难渡沔水（汉水），轻敌疏备，其母韩夫人颇知军事。当襄阳被围攻时，她登城巡查看到儿子防御漏洞，便亲率家婢和城中妇女于城西北角增筑一道内城，当苻丕攻破西北角城墙时，其子率军坚守内城，击退了苻丕。后人为纪念韩夫人筑城抗敌之功，将此段城墙称为"夫人城"，今人在此为韩夫人塑像，表达敬佩、纪念之情。此塑像甚有特点，少了女性的柔媚，多了男人的威武。

沿着城墙，边走边聊，来到一处瓮城，城墙顶上芳草萋萋，墙缝中有零零星星的小草，城墙砖已经斑驳陆离，小草就从斑驳的裂缝中寻找到生存之机。城墙在新中国建立后陆陆续续得到修复，这里从外貌来看，似乎比其他各处要陈旧得多，怀疑还是原貌。

离瓮城不远，看见一个古城门洞上方雕刻"荆州古治"四个大字，令我十分不解，如今两地相隔两百多公里，古代是几天的路程。何总为我再次打开话匣。

历史上刘表与《三国演义》中昏庸无能的刘表不是一回事，真实的刘表是一个有建树的英才。东汉时期荆州州治在今天湖南常德汉寿县，当地当时最强势力为长沙太守孙坚，即三国演义中孙权之兄。孙坚举兵杀了荆州刺史王睿、南阳太守张咨，使荆州六郡成一盘散沙，其意想乱中取栗，独霸一方。此时朝廷派刘表出任荆州刺史，"受命于危难之秋"。到任后,他团结当地绅士,励精图治。当袁术、孙坚联合袭击荆州时,刘表大败联军,孙坚为流矢所中死去,后断袁术粮道,逼其入陈留,为曹操所败,逃到九江。史书说,刘表治荆州十八年,原本"江南宗贼盛,袁术屯鲁阳,尽有南阳之众,吴人苏代领长沙太守,贝羽为华容长,各阻兵作乱";因他"南收零、桂,北据汉川,地方数千里,带甲十余万","沃野万里,士民殷富"。

刘表任荆州刺史时,请南郡人蒯越、襄阳人蔡瑁占据襄阳城,从此,襄阳成为荆州治所。今天看见古城墙门洞上"荆州古治"四个大字,即由此而来。门洞边上立有"荆州古治记"碑,上书"汉献帝初平元年三月,荆州刺史刘表将荆州治所由汉寿(今湖南常德)迁于襄阳,至建安十三年八月曹操夺取襄阳,襄阳由县级治所一跃而为统治八郡之荆州首府"。

"荆州古治"城垣为明代以前遗址。旧券门原有"荆州古治"匾,遍搜古籍,详询耆旧,不知题自何人。20世纪60年代门毁匾失,2013年依原貌重建。

漫步于北门城墙,何总漫谈关羽"大意失荆州"及其对刘备、诸葛亮雄霸天下的打击。又介绍中南六省唯一明代帝陵"一陵两冢"的明显陵由来,还计划午饭后去看看。由于会议安排及专家的要求,只能期待下次了。

绍兴印象

绍兴戏曲

学习培训实地考察项目：参观黄酒小镇。

一下车，到二楼黄酒博物馆参观。首先映入眼帘的是几幅图文并茂的展板，介绍绍兴地方戏：绍剧、越剧、诸暨西路乱弹、绍兴目连戏、新昌调腔五大剧种，及平湖调、词调、莲花落、摊簧、宣卷五大曲种。

绍剧又名"绍兴乱弹"，源于秦腔，1950年定名绍剧，2008年6月经国务院批准列入《第二批国家级非物质文化遗产名录》。著名绍剧表演艺术家章宗义，艺名六龄童，以演孙悟空著名，又称"南派猴王"。其子六小龄童，在电视剧《西游记》中扮演的美猴王孙悟空，深得全世界广大观众喜爱。

越剧为我国第二大剧种，是"流传最广的地方剧种"，长于抒情，以唱为主；声音优美动听，表演真切动人，极具江南灵秀之气。艺术流派纷呈，公认有十三大流派之多。1947年夏，著名越剧演员袁雪芬、尹桂芳、筱丹桂、范瑞娟、傅全香、徐玉兰、竺水招、张桂凤、徐天红、吴小楼，为反对旧戏班制度，筹建剧场和戏校，发展越剧，十人联合义演《山河恋》,轰动上海,"越剧十姐妹"因此得名。新中国成立后,她们为推动越剧艺术发展做出了不可磨灭的贡献,培养了大批杰出越剧后起之秀,剧目不断出新。最后一位姐妹傅全香 2017 年 10 月 24 日在上海华东医院病逝,享年 94 岁。

绍兴莲花落为绍兴五大曲种之一,形成之初以沿门说唱为主。其说表语言通俗生动,唱词通顺流畅,幽默风趣。说唱结合,以唱为主。2006 年 5 月,经国务院批准列入《第一批国家级非物质文化遗产名录》。

五大剧种、五大曲种的产生,为什么都集中在浙江,又主要产生于绍兴,应该与这里特殊的地理、文化环境相关。浙江山多、水多、人多、地少,要生存,就要寻找谋生之道,所谓"靠山吃山,靠水吃水"。浙江交通便利,文人辈出,商业经济发达。与文化有着不解之缘的艺术表演形式因需求而产生,因生存而传播,因文化而发展。今天,经济发展之地,自然而然成为文化发展之地、艺术发展之地。

绍兴黄酒

在绍兴市东浦镇参观,首先抓住我的是一座牌坊式仿古大门,门额上书四个大字:黄酒之源。两边立柱上是一副似对联又似广告的文字:"绍兴黄酒源东浦,中国黄酒出绍兴。"口气很大,一见难忘。

大门边上是黄酒博物馆,一进馆,是一个现代电子版黄酒小镇发展规划沙盘,还有一幅发展示意图,介绍黄酒发展历史、现状、方向,动静结合,简洁明了,令人印象深刻。

对于黄酒的认识,是因为鲁迅的《孔乙己》。家里烧菜用的料酒,从没注意是黄酒。第一次喝黄酒,是因为某天打球太累,家里无其他酒,倒了一杯料酒也就是黄酒解乏,品着觉得不错,度低微甜,又有点草药味,适合我这个酒量不大的人。所以有段时间是我桌上最爱,可厌的是现在血糖高了,只好忍痛割爱。

其实,来到绍兴当天晚饭后,就和同事坐一个多小时公交来到绍兴城,寻找咸亨酒店。酒店门口最显眼的标志就是一手端着酒杯、一手按着柜台的孔乙己。孔乙己侧面向右看,我拍了一张对着他看的照片,没选好角度,衬托着鲁迅小说中地位低微的孔乙己显得很高大。

孔乙己背后是今天的咸亨酒店,大门两边柱子上写着一副对联:"小店名气大,老酒醉人多。"为著名作家李准所撰。柜台青龙牌上直书"太白遗风"四个大字,另有一副字写的是"上大人,孔乙己,高朋满座;化三千,七十士,玉壶生春",是著名表演艺术家于是之墨宝。

咸亨酒店开张于清光绪甲午年间,位于当年都昌坊口张马桥堍周家新台门对面,坐南朝北,单间门面,是鲁迅本家合伙经营。鲁迅族叔周仲翔主持店务,主要为站着喝酒的"短衣帮"即普通劳动者服务。虽店门吉祥,但经营不善,开了不到三年,就关门大吉。

在东浦,通过黄酒博物馆的介绍,了解到黄酒与鉴湖好水、东浦好米有着不可分割的关系,同时也与上千年来不断优化的酿造工艺分不开。

黄酒酿造大致过程为一浸米,二蒸饭,三投料落缸,四开耙,五灌坛,六压榨。酒因此产生。酿成之后还要贮存数年甚至几十年,方能营养丰富，口感醇厚，香味浓郁，具有酸、甜、苦、辣、鲜五味一体，及香、醇、绵、絮、爽的综合口感。

东浦是绍兴黄酒发祥地。优质地貌环境赋予绍兴黄酒酿造独特的地理条件，深厚地域文明承载回味悠长的历史底蕴。东浦老街，酒坊林立，酒香四溢。一踏上东浦土地，我们便沐浴在黄酒的酝酿之中。

绍兴黄酒种类繁多，如奇葩朵朵、斗艳争奇。历经千百年大浪淘沙，"吹尽狂沙始到金"。

绍兴元红，又名状元红，因坛壁外涂刷朱红色而得名。绍兴花雕，即加饭酒。因酿造用水少用饭多，发酵期长而得名。绍兴善酿，为存储一至三年陈年元红代水酿成，称"酒中之酒"，是品质优良的母子酒。

绍兴香雪，采用糟烧白酒代水落缸酿制。酒糟色如白雪，故称香雪酒。

绍兴既是黄酒发祥之地，也是名家酒坊荟萃之地。

云集酒坊，1743年由周佳木在东浦创建。1915年第五代掌门人周清将祖上酿制的一坛百年陈酿和自己酿造的四坛"云集老酒"带到美国参加巴拿马太平洋万国博览会，绍兴黄酒荣获第一枚国际金奖。

余氏孝贞酒坊，始创明初年，所酿竹叶青酒得明武帝朱厚照御赐"孝贞"，从此竹叶青酒改称"孝贞酒"，窃以为"孝贞"二字少了点雅味。清乾隆下江南微服访此，品后龙心大悦，赏赐金爵，故以"金爵"为商标，酒坊声名远播。

汤源元酒坊，创于1772年，为便于消费者辨真假，他们将坊单泥封于坛口。酒坊生意兴隆,产品远销南洋、日本。

可见绍兴黄酒在久远的历史里,就将浓浓的商业意识和文化底蕴酿造其中,通过千年的浸润、发酵,深入骨髓。

秋瑾和徐锡麟

从站立着孔乙己的咸亨酒店出来,在路边一处超微公园,看到了女英雄秋瑾塑像,亭亭玉立的身躯,高昂的脑袋,紧闭的双唇,深邃的眼睛,无不显示她的坚强不屈。背后围墙上摩刻着孙文题词,竖立一行小字,"鉴湖女侠千古";横排是四个金光闪闪的大字,"巾帼英雄"。塑像前一簇火红或说血红的花,好似秋瑾的鲜血染红。

秋瑾是中国历史上第一个为创建共和政体牺牲的女革命家、中国妇女解放运动的先驱、中国近代伟大的爱国主义诗人,亦是一位武术高强的女侠。她出生于福建厦门,生长于浙江绍兴。1895年,19岁的秋瑾随做官的父亲来到湖南湘潭,嫁与王廷钧为妻并育一子,1900年随夫赴京。

在京,秋瑾目睹国家内忧外患,激发了她报国救民的豪情。她不顾家人反对,毅然自费赴日留学,结识黄兴、宋教仁、陈天华等志士,创办《白话报》。1903年加入光复会,1905年加入同盟会,以诗言志:"危局如斯敢惜身?愿将生命作牺牲""拼将十万头颅血,须把乾坤力挽回"。

1906年秋瑾回绍兴,主持由徐锡麟、陶成章等创办的大通学堂。以学堂为据点,训练干部、发动群众、联络会党,运动军学两界准备起义,以呼应徐锡麟。由于徐锡麟在安庆的起义准备仓促,激战四小时后失败,被捕就义。徐弟徐伟被捕后供出秋瑾,使浙江地区起义计划完全暴露,秋瑾得知情况后拒绝离开,甘做"戊戌六君子"之谭嗣同,"我自横刀向大笑,去留肝胆两昆仑"。她大义凛然地说:"革命要流血才会成功,我此番赴死,是为了革命。中国妇女尚无为革命流血者,当从我秋瑾始。"1907年7月14日在学堂被捕,供书仅一行字:"秋风秋雨愁煞人。"次日凌晨,秋瑾从容就义于绍兴轩亭口,时年32岁。

今天绍兴政府在轩亭口为她立碑,当年她遇难后却无人敢收尸,生前好友吕碧城、吴芝瑛设法偷出遗体掩埋,后将遗骨迁葬于杭州西湖西泠桥畔。秋瑾一生是短暂的,更是轰轰烈烈的。正如她《对酒》一诗所刻画的:"不惜千金买宝刀,貂裘换酒也堪豪。一腔热血勤珍重,洒去犹能化碧涛。""拯斯民于衽席,奠国运如磐石"之大英雄形象,跃然纸上,永远载于中华民族史册之中。

与秋瑾同时的徐锡麟,亦是为革命大业同生共死英雄。到东浦黄酒小镇,一进大门,手拿书卷迎面站立、威风凛凛的塑像就是徐锡麟。由此往右,穿过几道曲折小巷,来到一栋古色古香的小院,是徐锡麟故居,是其自小读书生活地方。

故居小巷很窄,大门由四块加工平滑条石构成。一进大门,是小小天井,中间一棵四季常青树木,树龄十年左右。正对大门堂屋朝向天井一面,是雕花木门和雕花结构墙壁,堂屋面门正墙中撰有"一经堂"三个大字,下面是徐锡麟和其战友画像,两边雕刻对联一副:"丹心一点祭鱼肉,白骨三年死后香。"此联是孙中山为挽徐锡麟而作。

堂屋及两边厢房是徐锡麟生平事迹展馆,有活动图书、文稿复制件,后来名家纪念徐锡麟的墨宝、文章影印件,以及徐锡麟儿子徐学文一家纪念文字、图像。

爱国理想和抱负,是徐锡麟、秋瑾等革命者奋勇斗争的力量源泉。他们走南闯北、发展组织、开展活动,以推翻腐朽没落的清王朝为使命,坚定地踏上一条充满风险的武装起义道路。徐锡麟两次到日本,第一次赴日积极参加了营救因反清入狱的章炳麟活动。第二次赴日想进日军队或振武学校学习军事,因眼疾未达目的回国。1906年赴安徽任武备学堂副总办、巡警学堂会办,因此来到了我的家乡安庆,与秋瑾约定皖浙同时起义。1907年7月6日,他刺杀安徽巡抚恩铭,这成为起义的开始,后失败被捕,次日慷慨就义。

徐锡麟作为清廷官员,刺杀恩铭,被剖腹挖心,此举令清廷极大震惊,为防革命党,其心忐忑,其势飘摇。正如柳亚子先生所言:"慷慨告天下,灭虏志无渝。长啸赴东市,剖心奚足辞!"安庆人民为了纪念这位英勇烈士,将其牺牲地旁边一条街道命名为锡麟街。烈士遗体先葬安庆马山,后迁葬杭州。历经周折,1981年9月葬于南天竺。

天坑地缝有奇观

到重庆,不游武隆天坑,是极大的遗憾。

第一次去重庆就去了天坑,当时天坑基本上是原生态的。路是原生态的,一个长长陡坡,从高高山腰,蜿蜒盘旋,伸向幽深天坑,恰如一条巨蟒,尾巴留在山上,头插向深不可测的河谷。侧着身子缓慢地往下走,每一步都带起不少泥土,偶尔有几处台阶,是在陡坡上挖出来的,处处小心,步步惊心,惶恐开心!一步步挨到坑底,才敢回头看看横空出世般的"天生三桥"。

武隆天坑属喀斯特地貌,是世界上最大天生桥群和第二大天坑群。它是塌陷型天坑,是地下碳酸盐岩层溶蚀后崩塌而形成。天生桥是风雨长期侵蚀岩层,致岩石溶蚀、塌陷,形成横跨两边岩墙岩体,状如桥梁。这里有一峡两坑三桥四洞五泉。山岩像一座桥、桥如一座山,山与桥相连,洞与洞相串。

"天生三桥"由天龙桥、青龙桥、黑龙桥组成,气势磅礴。三桥是纵向排列,平行横跨在丰水河峡谷上,将两边山连为一体,形成"三峡夹两坑"奇观。最近去,我们乘坐观光电梯直下 80 米深处,远山近景,尽收眼底。路也整修好了,我们一路走一路拍照,甚是惊叹,开心!

三桥之首为天龙桥,一桥两洞,桥耶?洞耶?我们穿行进坑的洞,我以为是长廊,一道长长的走廊!旁边一洞,真的像桥,两柱高耸,巨石飞架其上。看过其他两桥,自忖"天生三桥"因此桥而名也。

当我们站在天龙桥下向坑里看去,一座似曾相识的四合院呈现于眼前。这座飞檐黛瓦的小院,原是张艺谋为拍摄《满城尽带黄金甲》一剧而搭建的"天福官驿",是按照汉唐风格建筑的小院,古朴沧桑。一砖一瓦,一柱一窗,无不让人怀想旧驿站风貌。"天桥官驿"始建于唐武德二年,即公元619年,是古代谙州和黔州官方信息传递的重要驿站,后毁于兵燹。

小院展厅里有一座鎏金龙椅,上书"正大光明"四个大字,让人不禁想到天子皇宫。小院后方山崖上还有些桩洞和木楔,据说是张艺谋拍摄武打镜头留下的痕迹。电影中一群黑衣武士从这里挥剑飞入小院,震撼效果超级爆棚。

天龙桥和天福官驿所在之处乃天龙天坑,四周壁立千仞,嵯峨峻逸,谷底平坦,有小溪潺潺流淌。据说天龙天坑口常有云雾缭绕,许是龙王为遮掩它的宝地故意为之。我两次来此,时值半晌,阳光最是明媚时,没能看到雾三桥之奇观,甚觉遗憾。

出官驿前行,迎面峭壁上一幅瀑布如银色珠帘缥缥缈缈,碧绿的青苔,姿态各异的小草,宛如珠帘上的精妙图画,实是美不胜收!

过瀑布,前方一汪碧水直达青龙桥,站在水边选择一个合适的角度,伸出双手,虚握向青龙桥射出光线的最窄下方,一张手握巨型大刀形象跃然而出,刀身闪烁着清冽寒光。此时青龙,实乃神刀也。

穿过青龙桥,来到神鹰天坑,回望来处绝壁顶端,突兀而立的一处石柱,犹如神鹰之头,俯视坑内猎物。石柱下方,石壁围合的半圆弧形,恰似神鹰休息时半展的翅膀,深褐岩石,一圈石纹,无不神似神鹰钢筋铁骨。

谷内竹木丛生,苍翠欲滴,小溪相伴,一路欢歌。

看过神鹰天坑,来到最后的黑龙桥,桥之高大,世界称雄。

所谓黑龙,天坑管理者说桥洞高大、峡长,宛若黑龙盘顶。名字本是记号,牵强亦可。只是坑首上方两洞,像极猿猴双眼,周边造型,恰如猴脸,依型而言,分明是神猴守桥也!

桥洞悬崖峭壁上,飞泉乱舞,奇妙无比。有整石好似人工雕凿出一拳头大小圆洞,一线神泉飞涌而出;又有整石好似人工刻画了一道粗粗的竖线,线内飞泉喷洒晶莹珠花!泉乎?瀑乎?五彩缤纷,让高大巍峨、崔嵬雄奇的黑龙桥,幽冥中更添几分梦幻。

出坑口上行,一处凉亭,几家山民小摊点,烤玉米、蒸山芋等当地土特产,芬芳四溢,山民甚是热情,免费提供开水。在此停一停脚步,回味刚才美景,岂不快哉!

天坑看桥,地缝赏水,一样坐着天梯般的电梯,下到地缝入口处。不一样的是上电梯前经过"时光隧道",也就是穿越了一段向下隧道,隧道内坡道有点幽深,对于胆小女孩,多点刺激和好奇。

出了电梯,一直向前延伸的台阶,走上一段,既看不到来路,也不见前程。贴着山崖搭建的阶梯,很窄很陡,走路别想看景,看景就得停下你的脚步,景生长在仿佛伸手可及的对面悬崖峭壁上,以及相对应的缠绕在峭壁上蜿蜒曲折的栈道。只是对面栈道上空飘扬着蒙蒙细雨般的水雾,让我对接下来的景点多了一份期待。

对面峭壁有点泥土的石头上生长着大片绿色植物,有灌木、乔木、苔藓、不知名的毛竹……将根深深插入岩缝的高大灌木,郁郁葱葱,一棵树就是一个绝美盆景。可惜毛竹没有遵照郑板桥的思路"咬定青山不放松",虽然"任尔东西南北风",却在日晒夜蒸的干旱中,一片片枯死了。

栈道在我们颤颤巍巍的行进中止步于河谷,在游客休息处,道路被迫转向对面山崖,据说大旱后的一场大雨,将谷底道路冲毁,沿着谷底探索一番的愿望被无情剥夺了。大自然翻脸无情可见不一般。

这面栈道和刚刚过去的栈道一般陡峭,上坡体能消耗更多一点,心里踏实感却不止多一两分!我不时将目光瞄向对面,发现对面山崖从山腰处向山脚倾斜,难怪刚才走得那么憋屈,不仅仅要照顾脚下,时不时还得低头勾背,回避崖壁的熊吻。

两边毛竹看上去应是同一品种,因为背阴,也许是因了崖壁的罩护,干死的不多,生长出的新笋却不少,正应了白居易"春风吹又生"的赞颂。

地缝看水。谷底水虽尚算清澈,或多或少总含有石灰岩成分,有点淡淡的米浆色,倒映着山的浪漫,对于来自大别山的游客,平淡无奇。让我们心灵不是震惊而是震颤的时刻,是栈道越过一道弯,在"两岸青山相对出"之处突现。

很远的地方,就听到沉闷似雷鸣的声音,掠过弯,前方一片浓密雨雾,原以为是"牛头日晒牛尾雨""莫听穿林打叶声",依然"吟啸且徐行"。眼前最亮处,开始状如梭镖,再向前,变幻成赵子龙的丈八蛇矛。转过山口,来到像四合院天井般所在,方才发现是一道宽大、凶猛、雄奇的瀑布,直扑对面山崖。峡谷以自己的形状将之幻变成像,才有标、矛之错觉。眼前,一根高大石笋,将瀑布搅成乳白轻纱,纱中石笋好似婀娜多姿的仙女,亭亭玉立在纱帐中。透过轻纱映出一抹黛绿,不知是石笋上的青苔,还是石壁上的苍松翠竹,神似一幅水彩,抑或是仙女入浴半脱裙裾。"暮雨急,晓霞湿,绿玲珑,比似茜裙初染、一般同。"这就是地缝中最壮丽的景色——银河飞瀑。一向不愿意与大自然"为伍"的我围绕着她,多角度和她合影。

转回"时光隧道"出口,回眸刚过的地缝全貌,对面一道穿行在深山密林中犹如蛟龙般的白练,原来就是"银河飞瀑"的来源。难怪苏轼说"不识庐山真面目,只缘身在此山中"!

亲情篇

父亲的书

父亲去世已两年余了,眼前却还时刻晃动着他那双凝视的眼睛。

父亲只读了两三年书,却非常爱书。只要是书,他都喜欢收藏,时不时翻出来,用手摸一摸,好像那就是他的爱子。那份慈祥的眼神,至今还令我忆起而心醉。

第一次参加高考,父亲帮我背着书和简单生活用品,送我到县城。然而,却让父亲失望地等了一回。回到家乡,来到田间地头,尝到日出而作、日落而息的滋味,父亲没有责怪我,只是每天默默地带我挖地耘草,指点简单农活技能。忽然有一天,他不知从哪弄来一本地图册送给我。我觉得很新鲜,从头到尾翻了几遍,居然看不出点味儿。对照地理书,我又看了一遍,这一遍,又把我读书的念头勾了出来。

犹豫了一下,我终于决定复读。一年后,走进了大学校门。

大学第二学期,有一天忽然收到一个小小的包裹。外面是一层白棉布,拆开后,里面是一层抹得很干净的水泥纸,包着一本历史书。这是一本又旧又破的中学历史教科书,书里夹着父亲的一封信:

"你来信说在学历史,找了一本书,不晓得有用不?……"

字歪歪扭扭,词不顺句不通。随手将书和信一起丢进装书的纸箱里。今天想起,却再也找不到了。大二时,我们学哲学,父亲又寄来一个包裹,一看就知是书。打开一看,是艾思奇的《大众哲学》。书是新的,盖有县书店的印章。估摸着是父亲走了二十多里山路到县城里为我买的,我很喜欢这本书,但我还是写信埋怨父亲不该跑那么多路买书寄来。

大三时,又收到一个缝得密匝匝的包裹,很薄,一看就知还是书,拆开一看,果然是一本《中华人民共和国刑法》。原来,我写信告诉父亲,本期开了法律课,父亲又不知从哪里找到这样一本书。心里热热的,很珍爱地收好,至今还放在书架上,当我想起父亲时,不时抽出摸一摸,仿佛摸到了父亲的体温,感受到父亲的心跳。

三年前,因严重贫血而查出患了绝症的父亲,在我的小家住了两天。我发现他经常伫立在我的书架前,凝视着那一本本很厚的书,时不时还伸手去摸一摸,喃喃地说:"是新的,还是崭新的!"我工作以来,买书不少,看得不多。父亲的话,像一条鞭子,敲击着我懒散的灵魂。

父亲去了,给我买的书还静静地卧在书架上。

妈妈的布鞋

妈妈,您给我做的布鞋终于退休了。因为鞋帮烂了,鞋底通了,鞋子再也不能穿了。

妈妈,这最后一双布鞋是您在二十多年前做的。千层底,千条线;一针又一针,一锥又一锥……做布鞋,工序复杂,耗时较长,也费眼神。那年您已是花甲之年,眼睛早已过了长刺的年龄,今天的我还没到您当年的年纪,戴老花镜看书、写字已好多年了,可在我的记忆中,您这一辈子从没戴过老花镜,您当年做鞋时能看清针线吗?

妈妈,您送这双布鞋给我时,正是我不善于向父母表达感情的年龄,看见您被锥子戳得满是血口子的双手,我冲您发火了,怪您不该做布鞋,还说了一句很伤您心的话:现在,谁穿布鞋呀!您就像犯了错的学生被班主任逮住了一样,嗫嚅着说:"我……以后……再也不做……"转过身,用袖子擦了擦眼睛,自言自语:"哎,就是你想穿,我也做不了了。"

妈妈,这竟是您做给我的最后一双布鞋!

奶奶说,新中国建立前后,我家条件很差,可外婆家因为外公是远近闻名的大木匠,日子过得充裕。外婆十分宠爱孩子,妈妈又是外婆的独女,尤其得宠。在娘家,过着衣来伸手、饭来张口的日子,家务活从没干过。在那个很少有人读书的年代,尤其是一个农民家庭的女孩子，有几人读过书？妈妈您读了，可能您读的时间还不短，因为您给我写过一封信，大概是您这辈子写的唯一一封信，是用您孙儿没用完的练习本写的，整封信文通字顺，字体工整秀丽。妈妈，我虽然读了不少书，写了不少字，我的字从来没有您的工整和秀气。您教育我的几句话，虽然没有什么大道理，也没有什么华丽的辞藻，但句句朴实，犹如您为我做的布鞋，"父书空满筐，母线尚蒙襦"，"向来多少泪，都染手缝衣"。

妈妈到我家，从当时两家经济地位看，是下嫁的。妈妈您在信中说到读书及找工作的经历，也提及有人帮您介绍对象一事，介绍人也就是帮助您找工作的人，男方在粮食部门工作，安排你们见过面，您不是很满意。最后对象没谈成，工作也黄了。

父亲是家里唯一的男孩，上有姐，下有妹，从小被父母训练得很会干农活，正因为如此，被外公看中，把他的独女嫁了过来。不知道妈妈您嫁给父亲时是否纠结过，但当时农村女孩普遍结婚早，而您以24岁大龄嫁给父亲，还比父亲年长一岁，说明在您的婚姻大事上，不会是农村通常情况下的父母之命、媒妁之言。

奶奶是童养媳，不到10岁就来到我家，里里外外一把手。因为裹脚不能下田外，其他活都拿得起放得下。她从不闲着，也看不惯娇生惯养好吃懒做的人。您虽是农家女，外公给您读了书，在娘家又没学做家务活和农活，嫁到我家后，和奶奶很不合拍。好在您性子慢，对奶奶的指责基本是忍让，婆媳间也没闹过大的纠纷，一家人过得倒也和和睦睦。我想，身处这样家庭中的您肯定受了不少委屈。

在20世纪的农村家乡，男人结了婚，鞋就不能让长辈做，只能是妻子做。为了学做布鞋,您拿过笔墨的手上没少挨针扎锥戳吧?加之您又不是一个心灵手巧的人,吃的苦头就更多了。如果让奶奶看见了,虽然会得到指点,但指责同样也少不了。

终于,父亲穿上了他的新娘做的像模像样的千层底布鞋。这一做就是三十多年。

在家乡,农村男子汉们闲暇时总是凑在一起吃旱烟,你尝尝我的,我尝尝你的,还要品评一番烟力大小、烟味好坏。农村女人们也喜欢凑在一起,交换着纳鞋底,品评各自鞋底硬壳部分做的硬度大小、质量好坏,交流一下糊壳子的经验,您也就在这样的交流中提高了做鞋的技术。

记忆中,小学时曾写过一篇记您夜里做布鞋的作文:妈妈坐在床沿上,凑近床边煤油灯,一针一线纳鞋底。忽然,妈妈的手神经质般的抖颤起来,嘴巴里吸了一口凉气,嘴角也咧了一下,然后把手指伸向嘴唇边吮吸。由于靠煤油灯太近,时间太长,妈妈的鼻孔也被油烟熏黑了……

我是村里第一个考上大学的,您的快乐溢于言表,逢人就说为我置办行囊的事,每次都是以请教的方式出现,次数多了,谁都看得出高兴背后的炫耀成分,有时也让乡亲们回击得灰头土脸的,您却不以为意。那些日子,天天晚上熬夜,为我准备单鞋棉鞋,还有床帐被子。把我要带到学校用的换洗衣服也一件件翻出来,仔细检查一下,看看有没有破烂处,"临行密密缝",意恐儿子穿破衣。您晚上睡觉再迟,第二天都能早早地赶到队上挣工分。

工作几年后,我终于带了女朋友回家,一家人十分高兴。尤其是女孩子也是读书的,也有工作,妈妈您更是喜不自禁,忙里忙外,忙东忙西,生怕因为我家庭条件不好,女孩看不上而跑了。饭桌上,喋喋不休地说着我小时的事,不经意间,您说:"现在好了,今后伢的鞋有你做了。"

"我不会做鞋,他要穿鞋自己买。"

您很惊讶地看着我老婆,当时的女朋友。奶奶似乎是感到了危机,狠狠地瞪了一眼:"念书的孩子哪会做鞋?你儿子的鞋你做呀!"

…………

妈妈您做的最后一双布鞋是不是和那次小插曲有关,今天已不得而知;这双鞋究竟做了多久,今天也不得而知了。我当时没拿,您以为我不穿,就拿给父亲穿了。有天我回家看望你们,穿着一双新皮鞋,把脚皮磨破了,我想起了您给我的布鞋。

"我以为你不穿,拿给你父穿了。"您很歉疚地说。

"父穿旧了软和些,不打脚皮,我就要那双。"

妈妈忙不迭地把那双鞋从父亲脚上脱了下来,还拿在门框上拍打了几下,递给我。我脱下皮鞋,穿上布鞋还轻轻地在地上跺了跺,笑着说:"父穿过的好穿多了。"您满眼幸福地笑了。

妈妈八十大寿,弟兄姊妹为您做寿,来了几桌亲朋好友贺寿,您十分高兴,还喝了一点白酒。知道做寿的开支全是我掏的腰包,固执地要把来客送的礼金交给我,看我不高兴,要发脾气,才慢慢地收回去。

"店里有卖布鞋的,你去买双,妈妈做不动了,"好像冥冥中有什么感应,您接着说,"这是我最后一个生日了,今后也不要你花钱了。"

难道妈妈真的有什么预感？说得我们兄弟姐妹们心情沉重极了。

妈妈您当时身体尚好,此后不久,就开始状况不断,很快就离我而去了。陷于昏迷之前,您将一个碎布条包裹了好多层的小布团子交给大姐,反复叮嘱大姐在您死后给我。把妈妈送上山后,我小心地拆开布团子,原来是过生日的礼金,中间还夹着一张不规则的纸条,纸条上有一行字,是用铅笔写的,写得大,依然是那么工整秀气:"你买双布鞋,布鞋养脚。"

…………

妈妈,您走了,给我留下了您最后做的一双布鞋！如今,这双布鞋虽不能穿,我却舍不得扔掉,因为我实在不知道除了它,我还能找出什么来念想您的拳拳爱心！

"哀哀父母,生我劬劳;欲报之德,昊天罔极。"

花落的声音

王安石诗曰："昨夜西风过园林,吹落黄花满地金。"黄花会落？我曾有过怀疑和考证。大文豪苏轼更为直白："秋花不比春花落,说与诗人仔细吟。"可是黄花真的落了,落得那么平凡,落得那么轻松,落得那么坚决和安静。像极徐志摩的感受,"我挥一挥衣袖,不带走一片云彩"！花落寂无声。

文诚大师就是这片落花,悄悄地驾鹤西去了！

佛学大师、一寺住持,在人们心中总是会显得低调、神秘和崇高,文诚大师却那么阳光,那么和蔼可亲。他不像佛教徒,更像是一位老师,每每谈起问题孩子的教育,眉飞色舞,又夹杂着一丝忧虑。第一次与他结缘,就是在参加市政协会期间的交流,话题就是问题学生的教育。

家庭有了一个问题孩子,这个家庭的幸福指数一下子就降到了谷底。潜心研究问题孩子的文诚大师对此颇有心得,我将之总结为三个词、六个字：陪伴、倾听、沟通。

一个问题孩子的背后往往有一个问题家庭、一个问题家长,长期的不和谐、不恰当的家教,问题孩子总是那么难以沟通。但是在文诚大师那儿好像没有沟通不了的孩子,因为大师从来不急于沟通。首先是陪伴,让孩子放松紧张的神经。见到一个陌生人,任何一个孩子都会有不安全感,有戒备心理。和孩子熟了,能交流了,大师也不急于和孩子谈什么,而是想方设法让孩子说,耐心倾听孩子的心里话,细致了解孩子的所思所想。从而把准脉,了解问题所在,然后才对症下药,解决深藏于孩子心灵深处的问题。有时,要从家长身上寻根,要先解决家长身上的问题,再来解决孩子的问题。

大师高超化解问题的教育技巧为很多人包括很多成功人士所敬佩,也正因此赢得了广泛的声誉。朝阳寺,虽位置偏僻,却吸引了祖国上下、大江南北的无数香客。20世纪90年代初,一个由大师亲手撑起来的三间破草棚子,在香客慷慨资助下,依山建成了今天气势恢宏、四层楼高的大雄宝殿。高高盘坐在莲花宝座上的大佛,以他的慈悲胸怀、慈祥目光、和煦笑容,迎八方香客。长年四处奔波、化解众生心结的文诚大师,不就是这座大佛的化身吗?

文诚大师,是一个有内涵的人,也是一个有故事的人。据传他曾就读于南方某著名高校,曾是一位热血青年。后在社会变动中,看破红尘,进入佛释之道。大师已对这一切讳莫如深,虽善言爱说,却从不说自己。有人说,有一位老校长曾以为大师是他失踪的爱子,回乡布道就是为了亲近父母。又有人说大师生于江南某城,曾任教于某校,得空时便回乡看望父母,这一次病逝,就是因为驾车回乡太累,导致高血压病发。但这一切也许都随着大师的仙逝,成了永久之谜。

佛门过午不食,一天中大约有四分之三的时间是空腹状态。大师身高体壮、食量大、胃口好,不知他是怎样熬过最初的饥饿关的。去年市政协开会,我坐大师的车去安庆,到达宾馆已过十一点半。陪大师吃素餐面条,厨房上了一大盆面条、两大碗素菜,我吃了一碗,剩余的大师包揽了。剩下两个大半碗素菜他也倒在盆里吃了,连粘在盆沿上的半根面大师也夹到了嘴里。大师说:"食品都是农民血汗浇灌出来的,浪费了要受到佛的惩罚。"

大师结庐的朝阳寺,坐落在温泉与石关两乡镇交界处的高山——睡佛山麓,龙井水库后面深山峡谷中。这里道路崎岖,虽然大师已出资修建了水泥路,但路面窄、弯道多、坡道陡。"深山藏古寺",能够找到这个幽寂之地,可见大师的目光和胸襟。为何命名朝阳寺,也曾有一探究竟的想法,而今随着大师的仙逝,再也没有当面请教的机会了。记忆中大师好像说过,他来前这里曾经有座庙基,不知是否原本就叫朝阳寺;抑或是大师由《诗经·大雅》"凤凰鸣矣,于彼高冈;梧桐生矣,于彼朝阳"句得来?我倾向于大师命名,因为在我心中大师就是传说中高冈啼鸣的凤凰,为朝阳寺带来佳时兴盛的祥瑞!

从知道有朝阳寺到去拜访,是在结识大师很久之后的一个周末。带几个好友拜访大师,那天却很不遇缘。见到大师时,他正陪着一个重要客人无法分身,更好笑的是,大师脖子上挂着一个纸牌,上面写有两个大字:"禁声。"看我不解其因,大师从袋里掏出早已写好的纸条展开给我看:"抱歉!做了声带息肉手术,不能发声。"看日期是昨天。难怪有如此幽默之举!

大师在去世前两年多次对我说:朝阳寺已初具规模,香客也多了,少了静净环境,已不适宜修行。他说想新找一僻静处新建几间茅棚,供佛诵经!我劝他:心静随处静!他苦笑着说:理虽如此,谁又真的能做到随处静?

大师仙逝后,我甚为自责,不该劝阻大师。如果大师新择一地修行,也许就不会这么劳碌,更不会在大家都需要他的时候匆匆离去!

秋风又起了,黄花又开了,大师却走了!

我仿佛听到了黄花飘落枝头的声音!

追寻大师的足迹

走近大师祖居,面对"鲁迅故里"四个大字,心的跳动让我瞬时感慨万千。

知道鲁迅应该是在初中。此后几十年间陆陆续续阅读先生许多作品,每读一篇文章,就增添一分渴望。今天的亲临、走进,岂能不激动莫名!

前往大师古宅要经过一条小河,两岸是条石砌成的,边上盖着房子,桥边台阶处挂着"乌篷船码头"五个字,河里停着大师作品中多次刻画过的乌篷船。到时天色已晚,无缘享受大师描写的坐船感受,只能匆忙过桥前往大师祖居。"鲁迅祖居"牌匾下方刻着两个更大的字——"翰林"。可见大师祖上是有功名的人,且不是一般的功名,而是让人仰视的翰林!

大师的祖居在今天看来都是有点奢华的地方,几重几进,庄严肃穆,由于时间关系,只能匆匆观赏几个点。

"思仁堂"位于大师祖居第二进,称为大堂前,是大师祖宗忌日、家中红白喜事、贵宾聚会之地。厅堂柱子上挂一浅绿色木板的对联:"品节泰山乔岳,襟怀流水行云。""思仁堂"匾额下方有副对联:"君子处事有忍乃济,儒者属辞既和且平。"我以为这应是大师的家训,但大师在涉及民族危亡大义之时,有"违"祖训,以一个战士的斗志,单枪匹马进行绝望的反抗,以笔当枪,单挑敌人,刺激民族之魂!既不"有忍乃济",更不"既和且平"!

后面金柱上还挂着对塾师寿镜吾先生德行、言论的赞颂联:"道义嘉谟见风骨,箴言懿德泽桑梓。"由此可以想见,无此名师怎能培养出鲁迅这般大师!也让我这个教育老兵深深感到,要想多多培育人才,必须吸收许许多多优秀人才从事教育。

鲁迅祖居老宅是周家老台门。周家曾是大户人家,相当富裕,至鲁迅时正是富三代。也许是应"富不过三代"之魔咒,家道中落,由显赫而小康,由小康而没落。祖宅迫于无奈,卖给了东邻朱氏。

多次出现于大师笔下的三味书屋是清末绍兴城内久负盛名的一所私塾。"三味书屋"匾额及两边柱子上的抱对"至乐无声唯孝悌,太羹有味是诗书",均出自清末著名书法家梁同书之笔。"三味"是指:读经味如稻粱,读史味如肴馔,读诸子百家味如醯醢。大师就在这里学习,座位初在书屋南墙下,由于大家经常由此出入后园,影响学习,请求塾师同意,移位于东北角。桌面上雕刻着一个"早"字,为大师当年因故迟到受塾师严厉批评后所刻,为的是警醒自己。

鲁迅绍兴故居,是周家新台门。大师在这里出生、学习、成长,一直生活到18岁时离开故乡。1910年7月至1912年2月,大师回绍兴任教时也曾住这里,第一篇文言文小说《怀旧》就是在这里写成。据说卧室中铁梨木床就是大师当年睡过的床。绍兴故居相较于祖居,庭院显得逼仄得多。有处小天井中栽了一棵常绿植物;一棵好似棕榈树的植物,现今已长大了,院子也就占满了。庭院之小,由此可见一斑。

故居虽小,却也精致,尤其是堂屋布置得同祖居一样。装潢就是今天品评,也同样高档。文化气息是不一般的浓厚,处处显示出周家书香门第的特色。德寿堂两副对联充分反映出周家族门之风。中堂对联:品节详明德性坚定,事理通达心气和平。两边柱子上的对联:持其志勿暴其气,敏于事而慎于言。绣房对联:云山看去天无尽,书画工来笔有神。一如祖居厅堂,周家希望其子孙品德高处求,心气宽处行。

　　故居后面的百草园,是大师幼时经常玩耍的地方,这里有他终生难忘的记忆,他曾以《从百草园到三味书屋》专文描述。难得的是文中所提及的泥墙根至今仍保存完好。

　　由盛而衰的家族,虽给周家及大师本人早年生活带来很多难以言说的困顿,但于大师对人生百态的深刻认识不无裨益。当他走出这里,走出国门学洋务,在异国他乡看到一个被绑着等待日本人来杀头的同胞被一群同样麻木的同胞围观时,本已受伤的心在流血。再次在无边疼痛中的流血,使他清醒过来。学医可以拯救病体,但拯救不了麻木甚至即将死亡的灵魂。先生终于放下刚刚会拿的手术刀,拿起一支笔,一支犹如投枪般的笔,为唤醒一个民族的灵魂而战斗!

　　走出故居已是闭馆之时,外面的广场上华灯耀眼,商店、酒馆人声鼎沸,早已感受不到一个世纪前大师家境没落时的沉重、萧条。但思想却仿佛回到了大师当年的书桌旁、纸笔上、作品中!

曾经的军人

"我虽退役却未褪色,散是满天星,聚是一团火,如果有一天祖国需要,我还是一样的选择!"在大别山深处,就有一大批这样的退伍军人,扛起枪是保家卫国的钢铁战士,脱下军装又是扎根各条战线的优秀典型。

105 国道,穿过县城,一路向东,蜿蜒盘旋于崇山峻岭之上。在岳西、潜山交界处的一个小山村村口,一栋两层小楼安静地坐落在此。沿路的山坡地头,花木扶疏,暗香浮动。楼后,潺潺流淌的小溪,清澈、欢快,两岸景物倒映其中,"影摇溪水一湾清",妙不可言。楼里,一群农村孩子手捧书籍默默阅读,偶尔听到书页翻动的沙沙声。此时,屋内的场景与屋外的美景相得益彰,让人心生"美好",不忍打扰。一个穿着军便服的中年男子正和几个大学生模样的帅哥美女,悄无声息地穿梭于孩子们中间,偶尔俯在孩子们耳边说着什么……这个奔波忙碌的中年人,就是岳西县毛尖山乡上舍村"留守儿童之家"的创办人——刘磊。

刘磊,曾在川藏线服役四年。脱下军装后,他先后外出打过工,当过代课教师。2005 年,他选择回到家乡。回来后,总想着要做点什么。岳西是一个劳动力转移就业大县,外出务工人员连续多年维持在 12 万人左右,导致全县农村留守儿童人数激增。刘磊所在的村就有不少留守儿童,他们过早离开父母怀抱,缺少亲人关爱,尤其是读书的孩子,每天下午放学后,三五成群,结伙玩乐,不到天黑不回家。学业、安全问题严重。刘磊看在眼里,急在心头,军人的使命感油然而生,决定要把这些孩子管起来。和妻子商量后,刘磊先后拿出家里全部积蓄10万余元,自费建起毛尖山留守儿童服务中心,添置电脑、电话、体育器材和近2万册图书,为孩子们免费提供学习辅导、思想教育、体育运动等课后服务。在这里,孩子们可以免费借阅图书、温习功课,与在外务工的父母拨打亲情电话、上网视频。很快,中心成了村里留守儿童的快乐家园,刘磊也就成了孩子们共同的"爸爸"。

八年级女生储红(化名),父亲意外去世,母亲在外地打工,之后她性格变得内向,学习成绩迅速下滑。每当听到其他小伙伴提到"爸爸"两个字,小姑娘都会泪流满面。了解情况后,刘磊经常邀请她到留守儿童服务中心,和她谈心交流,带她玩游戏、看书,辅导她写作业,就这样坚持了很长时间,孩子终于走出了阴霾,性格也变得活泼起来,学习成绩也进步了不少。

刘磊说:"远离父母,孩子们最欠缺、最渴望的就是和爸爸妈妈交流。"中心为每一位儿童建立详细的成长档案,定期邀请心理教师为孩子们做心理抚慰,使不少留守儿童走出心理阴影,摆脱孤独感。这些年来,刘磊组织辅导留守儿童达万余人次,与孩子沟通交流5000多人次。

需要帮助的人太多,光靠一个人的力量远远不够。2009年3月,刘磊建立"岳西留守儿童网",架起山内外沟通的桥梁。数十名外地网友与留守儿童结对助学,外地企业也纷纷捐资助学。刘磊还联系中国农业大学、安徽义工联盟志愿者团队、浙江师范大学等志愿者假期到服务中心开展义务支教、心理咨询、扶贫结对等活动,先后有700多名大学生志愿者、留学生来此支教,他们辅导孩子们完成寒暑假作业,带领孩子们学英语、学技能,引导孩子们树立自立、自信、自强的价值观。

"每年暑期志愿者来,是孩子们最高兴的日子。"乡邻们描述志愿者到来时的热闹场面,"志愿者来了,不仅带来了关爱和帮助,更开阔了孩子们的眼界。"刘磊感叹道。

岳西金安驾校训练场上,一位健壮的帅哥趴在教练车驾驶窗边耐心指点,不时跟随徐徐滚动的车轮奔跑……青葱色的平顶头,在一群红男绿女的簇拥下,特别耀眼。这个帅哥就是徐进取师傅,又一位优秀的退伍军人。

每天,天刚蒙蒙亮,他就来到驾校训练场,发动车子,踩一踩离合和刹车,听一听发动机的轰鸣声,跑上一圈,试试车子的性能……待一切准备工作完成后,学员们陆陆续续到来了,新一天的忙碌又开始了。

徐师傅驾驶技术一流,教学工作更是细致到位,很快就在小县城传开了,几乎每天都有人来求教徐师傅,其中多是在别处学不好的学员。朋友们劝他少收"人情"学员,费力不讨好,奖金拿得少。他笑笑说:"找我就是希望我帮忙解决问题,是信任我。奖金少就少点吧。"

和我同期的几个学员都是慕名而来,因年龄偏大,接受能力不比年轻人,就想找徐师傅这样有耐心的老师。临近退休才去学驾驶,一开始很担心学不好。一个离合器,我整整踩了一个月,才找到一点感觉,速度能基本压匀。"打方向抬点离合,回方向压点离合",这样一个极易明白的道理,要变成我们这些老学员的行动,徐师傅着实费了不少心血。有时为纠正一个毛病,常常工作到夜幕降临,有时家里催吃晚饭的电话一个接一个,他都要坚持留下来陪我们练习。为表达歉意和谢意,多次想邀请他聚一聚,敬杯酒。有两次,我们把酒宴都订好了,徐师傅都不赏光。他笑着说:"驾校有规定,我曾是军人,军人的天职就是服从命令。"

最近在抖音上看见一篇写家乡抗美援朝老战士回乡务农的感人事迹,不禁想起舅爹——老抗日战士储枝栋的琐碎事迹。我从他那儿真正认识到什么叫"退伍不褪色"!

20世纪40年代初,抗日战争最艰难的岁月里,舅爹被国民党抓了壮丁。刚到部队就上了抗日前线,除了会装子弹、扣扳机,其余的都不会,只能边打仗边学习。舅爹经常和我们说,要不是一个老兵不断地教他隐蔽自己,歼灭敌人,躲避炮火,他可能早就命丧黄泉了。

抗日战争胜利后,本以为可以解甲归田,哪知又要被逼打内战。由于连长消极内战,上级将他降为排长。这个连长一气之下把他将近两个排的士兵,以一兵一枪十块大洋的价格,"送"给了共产党军队,幸运的是舅爹就是其中之一。从此他就成了解放军中的一员,追随着革命的步伐,南征北战,一直打到家乡解放,部队整编时,他自愿回到家乡务农。

舅爹爱整洁,头发总是梳得一丝不乱,再旧的衣服也被洗得干干净净,到80多岁腰杆还挺得笔直。因为有着国民党军队服役三年的历史,"文革"中他被批斗。红卫兵逼他下跪,低头认罪,不管多久,他也从不弯腰。不管受多大的委屈,从不发一句牢骚。很多年后,有一次我问他打日本鬼子、打国民党有功,反而挨整,愤怒吗?他淡淡地说:"国有忠臣奸臣,人有好运歹运。我倒霉与共产党无关,是有的人乱搞。"

舅爹爱动脑子。大集体时,生产队里但凡需要技术的活都是他干。队上有一片山林看管得好,每年都能烧出很多木炭分给家家户户过冬。烧炭最讲究技术,火候把握好,炭才好。每年烧炭都少不了舅爹。烧炭都是选择在霜降后天寒地冻的时候。为保证质量,不至于烧成炭灰,点火后,什么时候封窑熄火,全凭经验。他是一个责任心很强的人,常常整夜守着炭窑不睡觉。队上人口多,为保证家家户户都有充足的炭,他在山头上一干就是半个月,别人都可以轮换,他换不了。

舅爹是一个爱干净的人。烧炭却是一件很脏的活,他每天都要在冷水沟里洗脸、洗头很多次,无论怎么洗,总是黑灰满面。因为熬夜吃苦,人也变得又黑又瘦。舅奶奶心疼地骂他像个"黑皮猴",他听了只是笑着摇摇头。

舅爹一生清贫。家里生活条件不好,我曾劝他找上级领导要点待遇。沉默了好久,他轻轻摇摇头说:"国家也难,不说也罢。"直到去世,都没有向任何一级组织张过口。

刘磊、徐进取、储枝栋这样的退伍军人如同颗颗繁星,散布在每个角落,他们从参军到退伍、从军队到基层,始终不忘初心、牢记使命,做到退役不褪色、退伍不退志,在各自平凡的岗位上发光发热。

爱国方知有真情

县委组织部、统战部组织知联会员出外参观学习,最后一站到合肥三河古镇。原以为看古镇风貌和陈玉成大战湘军的古战场,放松放松绷紧的神经,到后才知道是有意外之喜。

台风太不识趣,大雨不合时宜地追随着,却没能阻拦住我们的脚步。有的同志脱下皮鞋,光脚前进。

走街串巷,顶风冒雨,来到第一处景点:董寅初故居。

董寅初,1915年9月20日出身于合肥市三河镇一个书香门第。从小生活在苏州,先后就读于苏州东吴大学附中、上海光华大学附中、上海交通大学,先后在国内外多家报刊任翻译和编辑。1942年因抵抗日本侵略而遭逮捕,1945年日本投降才出狱。1949年以后一直在上海经济界和人大、政协各岗位任职。

董先生一生追求真理、追求进步。1931年"九一八"事变后,他和同学一道积极投身抗日救亡活动,拦火车至南京请愿,坚决要求国民党政府联合抗日,因此遭关押。后入上海交大读书期间,联合进步同学成立上海交大救国会,任执行主席,积极联络上海各大学学生会,共同向市政府请愿;力主开展抗日救亡运动。在《朝报》任编辑期间,撰写了大量抗日救亡文章,为唤醒海内外华侨起到积极作用。太平洋战争爆发后,因为抗日救亡遭日本逮捕。1949年全国解放后,毅然选择留下来参与建设新中国,1956年积极响应政府号召,带领部分上海进出口企业成为第一批公私合营公司。

董先生是有着高尚人格魅力的侨界领袖,在海内外享有很高的声望。积极主动利用在欧、亚、美各州广泛的社会关系,宣传祖国,热忱鼓励华侨华人为国建设出力。同时,努力维护华侨华人的合法权益。他是致公党中央常委,1992年后连续当选致公党主席,是著名的社会活动家,是爱国统一战线的积极拥护者和实践者,是全国人大、政协重要领导人。

参观过董寅初故居,又冒雨来到杨振宁幼时生活过的地方。

杨振宁,1922年10月1日出生于三河镇,毕业于西南联大,1944年西南联大研究生毕业,1945年在美留学,1948年获芝加哥大学哲学博士学位,1955年为普林斯顿高等学术研究所教授,1957年和李政道一起获诺贝尔物理学奖,是华人获诺贝尔奖第一人。他是多国科学院外籍院士,2017年放弃外国国籍,正式成为中国科学院院士。2018年4月当选西湖大学校董会名誉主席。1997年国际小行星中心同意将1975年11月26日发现的国际编号为3421的小行星命名为"杨振宁星"。1999年杨振宁正式退休,石溪分校将理论物理研究所命名为"杨振宁理论物理研究所"并授予杨振宁一等荣誉博士学位。同年,杨振宁将其大量文章、信札及奖章包括诺贝尔奖章赠与香港中文大学,中大校园杨振宁学术资料馆因而成立。杨振宁被誉为"影响人类历史发展进程的100位科学家之一"。

2008年杨振宁出版新书《曙光集》,前言中写道:"鲁迅、王国维、陈寅恪的时代是中国民族史上的一个长夜,自己就成长于这个看似无止境的长夜。""幸运的是中华民族终于走完了这个长夜,看见了曙光。我今年 85 岁,看不到天大亮了,翁帆应替我看到……"希望祖国强大的一腔热情溢于言表。对于为什么放弃美国国籍,杨振宁说:"我的身体里循环着的是父亲的血液,是中华文化的血液。"

再次冒雨来到一所门正对小河的院落,这就是孙立人将军的故居。孙立人将军出生于 1900 年 12 月 8 日,曾留学美国,他从军经历是从非正规军起步的。

孙立人从小在山东租界目睹法人对华人之欺凌,立志从军。他赴美留学之初,按照父亲意愿学习土木工程,本科毕业后申请进入弗吉尼亚军校。回国后,他从基层干起。由于治兵有方,所在部队战斗力很强,逐渐为军队中高层知晓并青睐。远征军组建后,被第一批派出国与日军作战。在仁安羌一战中,以寡击众,击溃日军,救出被困英军 7000 余人,被俘记者、教士约 500 人。此战,孙部 113 团伤亡近半,但赢得了国际声誉。在接下来的军事行动中,和美军并肩作战,在打通中缅公路战役中声誉鹊起,被欧美军事家称作"东方隆美尔"。孙立人将军是军级单位中歼灭日军最多的中国将领,荣获第三等级不列颠帝国勋章。

参观过三位名人故居,感慨良多,心情久久不能平静。成大业者必有大志向,立大志者必有超人毅力和敏锐的洞察力。个人之大志向往往和国家民族的大前途、大利益紧密联系,和时代的需求合拍,即使有一时的迷惘,终究也会改正过来。这三位和三河古镇有着紧密联系、遗存有故居的名人,其个人的志向、个人的事业、个人的命运,无一不和国家民族的大业、命运交织在一起。他们个人的成功,也就自自然然成就了国家民族的大业,他们对历史的贡献自然成为推动国家、民族、社会进步的动力。历史也必然以浓墨重彩记下这一笔。

一个人仅仅有远大的理想不一定能成就大业,还必须有敏锐的洞察力、过人的才智。孙立人、杨振宁、董寅初等聪慧的人无不是在关键时刻能找准方向,做出正确决策,在困境中能看到希望的曙光,这也是英才与平常人的区别。董寅初以笔当枪,呼唤海内外华人华侨抗日救亡;新中国成立后,放弃自己优渥的生活,投身新中国建设。孙立人浴血疆场,与日军殊死相搏,打得不可一世的日军闻风丧胆。杨振宁在物理学领域取得辉煌成就,其对人类的贡献赢得世界尊重,并被许多国家评为客座院士,以80多岁高龄回国定居,90多岁毅然放弃美国国籍回归祖国。这一切都是大智大勇的表现,非常人能及。

英才的成长、成才既有个人的原因,也有社会环境的因素,我以为统战部门所联系的群体中有不少社会精英人士,希望能为这些人的成才创业营造宽松的环境,创设适合其发展的条件。英才的思维异于常人,不可以常人待之,更不可以常人之常规束缚之,要给他们一座高山,任凭放歌;给他们一片蓝天,任凭展翅飞翔;给他们一片海洋,任凭遨游远方。

永远的怀念

2月13日,一个风凄雨冷的日子。

上午8点多,同事神色慌张地告诉我:吴亚玲大姐去世了!同事连说三遍,我方才感到这是真的。

亚玲大姐是姑妈的好友。据姑妈说,三十多年前我就见过,只因当时太小,没有印象。真正认识她,是在我调进县教委后,到岩河中心小学进行办学水平督导评估时。她爱笑,勤快,提供的档案整齐、规范,在全县属凤毛麟角的女教导主任,给我留下了深刻的印象。那次评估,岩河中心小学又得了高分,亚玲大姐提供的极有说服力的原始档案,发挥了重要的作用,从而也使她在县教委和乡党委政府领导心目中留下了极好的印象。她在教育干部基本由男人主宰的"王国"里迅速得到升迁,由教导主任到副校长,再到教办副主任。官虽不大,却难得地争得了一席之地。

亚玲大姐让我感动的是她的软心肠。1997年,中心小学一年轻老师下河游泳溺水身亡。她如失亲人般痛哭着,以晚辈之礼接待来探望的乡亲和领导,接待溺水老师的亲人。使本来被失去亲人之痛吞噬了理智的老师家属深深感动。真情的碰撞,使他们的心融为一体。本来准备看热闹的乡邻,把操办丧事当成了自己的义务。

冲突解决了,领导和同事悬着的心放下了……

不知从何时开始,亚玲大姐成了县政协常委、市政协常委、省人大代表,能和省、市领导握上手、说上话。可是直到她去世,三个女儿,三个打工妹,她没有为自己、为女儿利用过一次这一握手、说话的机会,却将机会一次次地用于岩河乡、用于岳西县教育。又偏又小的岩河因她而进入省、市领导的视线,有了外援,有了面貌的改变。

2003年,局里建设青少年校外活动中心。在县领导的关怀下,亚玲大姐借调来负责基建工作。2004年5、6月,基建接近尾声时,局领导又把她安排到我们科室帮忙,才使我对她有更近距离的了解。

亚玲大姐来时,我们主要工作是组织各科考试及高中招生。她自认业务不熟,每天一大早就来打水、扫地、抹灰,谦虚地要求我分配一些"力所能及的工作"。忙了两月有余,领导抽她走时,她却真诚地对我说:"我水平低,做不了事,给你添乱了。"其实她的到来,几乎承包了大家都怕的琐碎事,使我的工作超脱了,轻松了,效率高于以前了。处出感情,我们真的不希望她走。考试及招生工作结束后,局领导为表彰我们科室,奖励每人二百元钱。考虑其他不平衡因素,这钱领导未安排她,使我们感到十分歉疚。亚玲大姐知道后,专门来安慰我们:"和你们在一起工作很快乐,快乐胜于金钱的。"

2004年底,亚玲大姐终于调进教育局档案室。不论是在档案室老主任领导下,还是老主任退休后年轻的副主任当家时,她都一以贯之地认真工作。在母亲生病住院期间,她请了假,为弥补耽误的时间,她尽可能挤出休息时间来加班。为打消领导在档案室人事安排上的顾虑,在她去世的前几天,还主动找领导为年轻的副主任说话:"如果觉得对我不公平,就给我一个副职嘛!"然后又笑着说"我年过半百,职务对我有什么用呢!"

然而,亚玲大姐走了,走得那么匆忙!匆忙的脚步让尊重她的领导只能以沉痛的心情满足她的要求;但她走得很平静,平静得让我们怀疑她是否真的走了……

大鹏展翅何处去？

4月29日,阴沉沉的下午,我的同事和好朋友储鹏举走了!走得太匆忙,太意外!

白发老母仍然健在,孝道未尽完,该担的责任中途全部抛下,这可不是他为人处世的一贯风格!相伴生活二十多年的妻子才做大手术,还需要他的照顾、抚慰,怎么舍得狠心撒手而去,让爱妻苍白憔悴的脸上再添悲伤?刚刚立业的儿子尚未成家,人生还需父亲的指点、筹划,怎么可以永远别离,让他瘦弱的肩膀独自扛起生活的重担?

鹏举说走就走了!生命的最后几天,他都没有睁开眼睛好好看看自己的爱人亲人、同学同事,更没有留下一言半语……

早在二十多年前,我们就相识了。那时的我们都还年轻,我从学校到局机关任办事员,鹏举从普通老师一跃成为中关初中副校长。那时的他瘦高身材,微微驼背,仍不失英俊潇洒。第一次见面,就感觉到他的聪明睿智,能言善道。

进机关第二年,在例行检查中深深感觉到中关初中管理得科学、规范,于是建议在中关召开全县初中校长暨教导主任工作会议并得到领导批准,我们也因此有了更多的接触。筹备工作中,我接受了他的许多高见,同时深感自己虽然年长却不够成熟,会务安排常常与现实脱节。他刚过而立之年,才华尽显,考虑细致,办事沉稳,遇难不躁。这次现场会也因为有他的参与谋划和组织,获得圆满成功,得到领导的肯定和与会者的称赞。从此,鹏举这个年轻帅气校长的名字,深深烙印在我的脑海里。

当年的中关初中条件艰苦,师生吃住都在破旧的储氏宗祠里。祠堂阴冷潮湿,每到冬天,寒气逼人。鹏举告诉我,冬天常常彻夜难眠,一晚上脚都是冰凉的。2000年前后,学校获批一个项目——建新教学楼,鹏举兴奋异常。为保质量,赶工期,他常常日夜守在工地上。楼房建好了,身体过度透支的他落下了致命的病根——重度肝炎,一个终生都摆脱不了的"魔鬼"。

鹏举不单单是一个工作中的拼命三郎,更是一个善于学习、善于思考、敢于冲破困境闯出新路的人。接手校长时的中关初中,只是全县48所初中里平平常常的一所学校。在他的苦心经营下,学校涌现出一大批现在在县内叫得响的好老师、名校长,教育质量连年上台阶,学生综合素质不断攀升,中考水平大幅跃进,一举成为全县最好的初中之一,政府、社会、家长好评如潮。同一时期,他被评为全国优秀教师,这在我县教育史上是极其罕见的荣誉。后来他又连续多年担任改名后的南岳中学校长、中关中心学校校长。他一边不间断治疗,一边坚守在工作岗位,多年如一日。那时的他,面色看上去已经很不好,是长期治病吃药的结果。

肝炎病人需要静养,不能疲劳。长期的超负荷工作,使得鹏举的病情极不稳定。为让他安心治病,局党组经过慎重考虑,将其调至县教研室任教研员,没有安排其他职务。这期间,工作内容和性质的变化让他有些不适应,我却受益匪浅,因为我们有了更多的沟通交流的机会和时间。我将过去写的一些教育管理文章拿出来与他一起细细探讨。亲密的交往，使他成了我的诤友。他评价我的文章直言不讳，尤其是我有关校园文化建设的几篇文章，更是被他批得体无完肤。至今，看到那些文字，我还会不自觉地脸红一阵，当然也会想起他。

是真金总是难掩其光芒。当了三年教研员后，新来的领导在征求鹏举意见后决定让他再挑担子，接任营养办主任一职。此时的营养办工作正好走到转型期：从企业供餐向食堂供餐模式转变。旧的管理体制不能完全延续，新的管理模式有待建立。经过一番调研，鹏举在极短时间内就摸清了规律，建立起一套企业供餐与食堂供餐并存的双轨模式，该模式一直沿用至今。鹏举为人正直，有原则。学校营养餐无论是什么供餐模式，都要和企业打交道。商人逐利，天经地义，无可厚非。但利益驱使下，有些商人总想搞点小动作。管理者该怎样做？用鹏举的话说：管理者是水龙头，只能是让该流出去的水流出去，不能是商家想怎么流就怎么流。所以商家请客他不去，商家送礼他不收！有人说他不懂人情世故，但在不同场合，鹏举却多次直言：收礼，就是喝学生的血啊！鹏举是个懂得知足和感恩的人。这期间，爱人王老师有机会参评副高职称。他觉得自己调到局机关，爱人也在家边学校工作，好处不能一家得了，于是劝导爱人放弃职评资格。至今，王老师还是一级教师。

在营养办任劳任怨工作几年后，鹏举不顾领导的挽留，毅然辞去主任一职，到督导室任专职督学。此时他可能感觉到身体的危机，只身一人去合肥检查身体，诊断结果是肝炎病变，出现肿瘤。他没有声张，唤来弟弟陪伴，偷偷做介入治疗，几天后回到单位继续上班。之前,他爱人也身患重症做了手术。这一切,直到他去世我们才知道。

鹏举还是个极念旧情并且肯帮人的人。他在南岳当校长时一起共事的一位年轻教师,已经调到其他学校。这位老师参加县里政治学科优质课大赛获得一等奖,取得参加市赛资格。为帮助她,时任兼职教研员的鹏举不仅自己悉心指导,还请来县内名师一同打磨。这位老师再获市级一等奖,取得参加省赛资格。参加省赛时,他又亲自陪同,尽管此时的鹏举已十分虚弱,应当卧床休息甚至住院治疗……后来,听说鹏举病入膏肓,这位老师立即驱车前往省城探视;惊闻噩耗,她痛哭流涕,当即前往拜祭,连夜写下情真意切、感人肺腑的纪念文字。

不久前的 3 月 30 号,鹏举随我一起到田头参加片区教研会,随身携带着已经熬好的一大瓶中药,这个好像是他身体状态欠佳时的常态装备。本来身体已经有些吃不消,同行的同事也劝他别去。他想到刚好可以召集与会的校长开有关县教育局督导考核方案的征求意见会,还是在我们出发之前赶到。到了田头,除正常教研活动外,他按照自己的计划,瞅空召集几位参加教研会的中心学校校长召开座谈会。后来有同事跟我说,那天明显感觉他十分疲劳,午饭都没吃几口。没想到那竟然是他最后一次到学校开展工作!

从田头回来后没几天,鹏举就悄悄住院了。住院期间,还几次回办公室处理手头上的工作。4 月 17 日前后,他将手头工作全部安排妥帖后才去住院,无奈身体已是油尽灯枯,再也没能走出医院大门。

不知道鹏举的童年、少年是怎样走过来的,但自从风华正茂的他走上教育岗位后,我知道他每一步都留下了拂之不去的脚印。这脚印深深地刻在他的学生、同事以及亲朋好友的心坎上,也必将成为我一生难忘的记忆,留给我们永恒的怀念!

思念永远

成为王鲁东老师的学生时,他已年过半百,由于长期身体不好,头发已剩得不多了。和我们说话时,他习惯性地将头左右颤动一下,面色也显得苍老,看上去比实际年龄大上十来岁。

老师带我们语文课,好像从没担任过我们的班主任。他不苟言笑,全班同学都比较怕他。我是高一中途转来的,成绩又差,胆子又小,更怕他。当时一部电影叫《洪湖赤卫队》,那上面有个坏蛋叫彭霸天,老师长得特像他。私下里偷偷叫他彭霸天。恐怕直到老师过世,也不知我们还给他起了这么一个外号。

其实,老师不像外表所显示的严厉,他是一个挺有人情味也挺幽默的人。有次,让我给他买条鱼,我谨记父亲的嘱咐,怎么也不收老师的钱。老师轻轻地拍着我的肩膀说:"等你工作了,你送我的东西我都不给钱,这个钱你要带回去。"顿了顿,老师又笑着说,"你读书要用你父亲的钱,老师如果也用你父亲的钱,不是将我俩画等号了吗?"

老师喜欢看书,尤其喜欢古文。看古文时,总免不了左右摇晃着脑袋,拖声拖调地"唱"书,显得十分投入。至今,每每想起他"唱"书的模样还忍俊不禁。也许正是他"唱"的魅力,同学们都十分喜欢语文,喜欢古诗词。

老师写得一手好字,尤其是他的毛笔字还挺有个性,细品更是一种艺术享受。当年我的字,除自己外,谁都难以认识。老师说这是王氏"藤"体字。为不影响我高考,老师每天写十个字,要求我每天照样写两张交给他,无论忙闲还是身体好坏,老师都坚持逐字批改,前后坚持了近一年时间。有次,我送"字"去,发现老师的头比平时颤动得更厉害些,拿笔的手也更颤抖,批改我的"字"时,不经意间他的字也拖出了小尾巴。我轻轻说:"老师,今天就别改了吧。"老师停顿了一下,勉强笑着说:"要改。做事贵在坚持,我不坚持,怕你坚持不了。"顿了顿,老师指着他改动的几个字上留下的小尾巴说:"给你改字改多了,我也会'王氏藤体'了。"对老师的幽默,我却怎么也笑不出来。鼻子酸酸的,眼泪不由自主地涌出了眼眶……

老师对我们要求很严,不论哪位老师上课,只要让他发现你不认真听课,都要管。但有时老师也有点护短。有次,下午放学后,我们到河里玩晚了,直到晚自习铃声响起,才匆匆忙忙赶回来。晚饭自然没吃,晚自习又迟到了。老师知道后,狠狠地瞪了我们一眼。

"糊涂!吃饭去。"

炊事员不愿给我们打饭,老师来了,似笑非笑地对炊事员说:"你不打饭给他们,难道晚上你家要请他们几个去做客?"

考上大学后,老师十分高兴。每当我们去拜望他时,总要留我们就餐,并亲自斟酒。仔细询问学习、生活情况,认真听我们说学校的事情。只要见到我们,他总显得精神焕发。

老师身体十分不好,多次处于病危状态,提前退休了。工作后,我们也和他聚过,也去看望过他。后来由于工作忙,再加上交通不便,来往也就少了很多。70岁生日,我们相约为他祝寿,他已步履不便。坐在椅子上,十分高兴地拉着我们的手,不厌其烦地反复问候,口齿已有点不清了,但脸上的笑意,却是十分浓厚。据说我们告别后,老师哭了。

老师走时,许多同学都赶去为他送行。因为出差,没有赶上给老师送行。多年来,一直为此耿耿于怀,在第十六个教师节来临之际,谨以此文向老师道声好:老师,我们想念您!

德高为师

又一届初一,抽签分好班,××小学的一个挺机灵的小男孩分到章老师班上。

"章老师,刘怀分到你班上了吧?这个孩子现在怎么样?"

"×老师,你专问他是什么意思啊?"

"他是我校毕业的学生,可是一个品行很坏的孩子!"

"哦?"

"去年有天课间操,他溜进教师办公室,把水瓶的水倒进他的壶里,在瓶里洒了一泡尿,让我们几个老师都喝了。教了二十年的书,还没碰到过这么坏的!"×老师气愤地说。

"谢谢你,给我介绍学生的情况。"

送走了×老师,抬头看见匆匆走向教室角落的刘怀,她感觉×老师介绍的情况是真的。

她缓缓走向讲台,拿起抹布,习惯于自己擦讲台的她忽然灵机一动。

"刘怀同学,来帮我把讲台擦一下。"

刘怀迟疑了一下,就有同学要求帮擦,章老师坚定地把黑板擦交给走在后头的刘怀。

刘怀接过抹布很细心地把讲台擦得干干净净,连边角也没放过,然后把章老师脚边的凳子也拉过来认真擦了一遍,临结束还用自己的衣袖把凳面抹了两遍。

"老师,我擦好了。"

"真的不错,擦得很干净,连老师坐的凳子都擦了,凳面还用衣袖擦了。老师喜欢你这样又认真又有爱心的好孩子。"章老师说。刘怀涨红着小脸笑了。

章老师此后经常和刘怀交流两句,或让他帮拿东西。从此,刘怀成了班上最热心助人的同学,学习也很刻苦,成绩也不错。

于迟是个先天性聋儿,经过送治矫正,进入初中后,能听见,但说话不很流利,吐字较艰难。

进入初中都是十来岁的小孩子,听他说话觉得好玩,就不自觉地模仿。谁模仿于迟他就和谁急。才进新班教室,就和几个同学打了起来,他长得比同龄孩子要高大许多,几个模仿他的小同学被他打得哇哇直叫。

章老师知道后,马上把他们几个全找到办公室,一番询问后弄清了情况。章老师对那几个被打的同学说:"如果老师脸上有块疤,你们喊我疤子老师,我高兴吗?如果你们脸上也有块疤,喊你们疤子,你们生气不?于迟同学说话不流利,本就是上天对他的不公平,你们几个不但不保护他还嘲弄他,对不对?"几个同学勾下头,红着脸,按老师要求,拉着于迟同学的手,请求谅解。于迟同学很大气地说:"没,没事了!今后不不……不……打你们了。"从此,他们成了好朋友。章老师告诉于迟说:"以后有人模仿你、嘲讽你,给老师说,老师找他们,你不要打同学好不好?"于迟很认真地点了点头:"好,好。"

章老师还和各位任课老师商量,凡是提问于迟,不催促他,必要时提醒他说慢点。

于迟到章老师班上后,变得越来越自信,也越来越明事理。有次,章老师重感冒发烧,请了两天假,于迟知道后,晚上要他爸爸买了感冒药,非得亲自送给章老师,看着章老师喝了他的药后,高兴地说:"老……老……师,就,就……会好好……的。"章老师激动得声音哽咽。

又一届学生还有三天要参加中考了,学习委员一如平日送来学生作业67本,一本不少,改到王争同学,题后写了一行字"敬爱的章老师,我是您不争气的学生,三年来学习辜负了您的期望!"章老师放下手中笔,来到教室,果然看到王争同学信守诺言,和其他同学在扫地。

章老师眼睛濡湿了。她提笔在王争同学作业本上写道:"老师没给你传授好知识,但老师相信,你信守诺言,不怕吃亏,今后你不管在哪里都一定会成为让人喜欢、让人信任的人!"

事情还得从初一入学时说起。新生报到都是家长陪着来的,有个孩子一个人找到章老师报名。问他家长在哪里,他说:"爸爸妈妈打工去了,爷爷在家里带小弟弟。"接着他又说,"老师,我读书不好,我会干活。班上的事尽管让我做,我会做得让您满意。我在您班上一天,我就做好一天的事。"王争确实如他自己说的,反应慢,记忆力差,但是他热心为同学服务,深得同学们的喜爱。上课认真听,作业认真做。据说从职中毕业后,学校将他推荐去了一个大国企,很快就当上了班组长。

章老师的教学成绩,尤其是班主任工作成绩,在我们县名列前茅,培育的优秀学生很多,但她最喜欢说起的还是在她班上成绩普通的学生情况,喜欢打听的也是这些学生的近况。她常说:"这些孩子发展好了,我就心安了。"

这就是天堂初中的章根莲老师!

章老师关心学生发展,尤其在乎学生公平发展。进入初一,就有学生家长为孩子座位、当班干等找她关心,她总是根据孩子自身情况,符合条件的予以满足,不符合条件的说服,甚至通过学生来做家长工作。

有个女孩,小学成绩、能力一直领先,虽然个子高,也一直坐在前面。进初中后,她爸爸托关系找到章老师,希望还要坐前面,章老师含糊地说:"尊重孩子意愿。"上课头几天,一直随大家自由组合着坐,班干也自荐担任。这女孩习惯性地坐到了前面,又自荐当班长,小小女孩,胆大心细,想问题还挺周全的,深得章老师喜爱。

一周快结束了,章老师把几位自荐班干找来,征询大家如何分位。大家都发表了不少意见,最后章老师要班长说。她说:"主要按个子高矮来搭配,兼顾听力、视力,还有是否上课时喜欢做小动作、说话。"

章老师高兴地说:"你说得很好,这次分位就由你来分。"

分好位,章老师问她:"你把自己分到最后一排,你爸那里怎么办?"她自信满满地答应做她爸工作。章老师没问过她是如何做工作的,但她爸爸来参加家长会,和女儿坐在一起,座位之事只字未提。

章老师班上干部都是竞选产生,所有的倾向性对于十多岁的小孩子是不起作用的。有一届有个学生家长找到章老师,反复陈说他希望孩子当班干的理由。这个孩子腼腆,竞选中他站在台上红着脸半天说不出一句话,根本无人为他投票。章老师感觉这个小男孩也确实需要锻炼,就产生一个让所有未能当上班干的同学轮流当助理班长的想法。经过和班委会商量,每周派两个同学当助理班长协助工作。这么做对调皮捣蛋的同学是很好的约束,对腼腆内向的同学是很好的鼓励,从而使所有同学都得到很好的锻炼。那位强烈希望孩子当班干的学生家长也十分满意。

　　章老师很自豪地给学校汇报说,我班学生会做家长的思想工作!我班学生家长都通情达理!

隔代亲

兄弟姐妹很多，家境贫寒。小时，父母只顾着干活挣工分，难以顾及子女，我们是在奶奶呵护下长大的。作为长孙长子，生来就是爹奶的掌上明珠。"爹奶疼爱长头孙"，可不是吗！那份娇宠，是追我而来的弟、妹们享受不到的。

幼时的我十分顽皮。有一年，家里好不容易孵出一窝小鸡，通过奶奶精心喂养，一只只长得鲜活可爱。一天，看到别人杀鸡，就和小伙伴一起把那十几只小鸡统统杀死，丢进水缸里拔毛。奶奶见了，心疼得直掉眼泪。父亲知道了，抓起木棍就朝我打来，来不及阻止的奶奶，很敏捷地用自己的身体替我挨了一棍子。奶奶的肩上当时就红肿了。惊诧莫名的父亲，自此之后，再也没有打过我。

10岁那年，有天天将下雨，奶奶怕堆放在户外的百多块土砖让雨淋烂，和我一起用一个多小时把砖搬到屋内。大概是搬砖时出了汗，又被凉风一吹，我当晚就头痛、发烧，烧得厉害时，竟说起胡话来。急得奶奶不知如何是好。迷信的奶奶，以为是搬回来的砖放错地方，使我生病了。她挪动一双三寸小脚，一气把一百多块土砖又移了一个地方。

上了大学，离开奶奶身边，不识字的奶奶就把我的每封家信平平整整地收起，用红毛线捆起来，放在枕头下，说想我时就摸摸信。

学校离家远,不能常在奶奶的身边,她时刻担心我吃苦。寒暑假回家,奶奶把细心保留的好吃东西全拿出来,恨不得让我一下子都吃下去。有次,奶奶生病,想吃腌鸭蛋,不知是谁送她五个腌鸭蛋,吃一个,剩下四个,她用袋子装好,整整放了三个月,留给我。望着那四个已变味的腌鸭蛋,觉得心堵得慌,眼泪禁不住地流了出来。

有年冬天的一个下午,妹妹放学回来,直说冷。天已黄昏,室内很暗,奶奶爬楼铲炭,由于看不清楚,踩在一块未搭好的楼板上掉了下来,摔断腿骨。奶奶不肯进医院,请来的骨科医生未接正断处,奶奶从此就没能站起来,然而生性坚强的奶奶,硬是凭借两只小凳子,用手撑着跑来跑去,看孩子,做家务,不要别人服侍,我从城里回家看她,她却总想服侍我。

奶奶死前,一双眼睛总禁不住向门口张望,盼望着我能回来看她最后一眼。赶回家时,已断气多时的奶奶双眼半睁着,痛哭失声的我,跪在奶奶灵床前,轻轻抚摸着奶奶的脸庞,阖上奶奶的双眼……

离去的奶奶常回我梦中。梦里,奶奶总是用她那双慈爱的眼睛看着我……

涵涵的肢体语言

涵涵,姨外女的孩子,15个月,走路不太稳,能说话,词不多,但她的肢体语言却十分丰富。

跳　舞

听到门外有响动,就到门边来看。只要看到是我,马上一颠一颠跑到电视机边,趴在电视柜上,眼睛看着我,小屁股扭起来,小脚一下一下跳着。原来她要跳舞给我看。我一拍掌,她扭得更起劲,结束时,也对我拍掌。

求　抱

玩累了,小涵涵就跑到我面前,小手手心朝上,伸向我,几乎小脑袋里想到什么就喊什么:"姐姐""阿姨""妈妈""爸爸""奶奶""爹爹"地乱叫,不由你不抱她。

做鬼脸

小涵涵要什么东西,满足了她的愿望,小嘴咧得大大的,小眼睛眯成一条缝,望着你笑,有时还把小脑袋晃荡两下,不由你不笑逐颜开。近来涵涵的笑又有新的发展,先咧嘴大笑,然后装作很害羞的样子,用小手捂着嘴笑。她妈妈说,因为她二姑感冒咳嗽时捂着嘴,她就嫁接到自己笑的动作上了。

吻

小涵涵高兴时,嘟着小嘴在你脸上亲吻一下。她的亲吻也仅是小嘴在你脸上沾一下。不熟悉的人想亲她或想她亲,她掉头就走,或躲进抱着她的人怀里,根本不要你沾她一下的。

只要小涵涵高兴,她会和任何人说再见,甚至来个飞吻。她的飞吻是把小手贴到自己小嘴上,用舌头舔一下手心,再把小手朝你招招。

有一种失败叫成功

孩子们,市中学生运动会篮球赛你们输了,输得很惨,输得很不明白,所以你们输得很憋气,输得很不服气。作为带队服务老师,我也感觉不舒服。可是输就是输,我们必须认输,这是客观结果。

孩子们,我们是输了,但不能输得不明不白,我们应该知晓输的原因,要学会分析、总结,更要学会寻找改正的方法。

我们是输了,为什么输球的?我们应该辩证地分析一下。客观上,市局通知举办全市第一届中学生篮球赛时,我县教职工篮球赛正打得如火如荼,体育老师全员出动,能打球的全在赛场上,不能打球的全是裁判员,使我们挑选队员、组织训练超乎寻常的艰难。想尽办法,赛前也仅集训、合练了三天。

我们分析了客观原因,更要注意分析主观原因。第一场比赛,全体同学在赛场上技术走形,心神不宁,一个个仿佛没打过球。赛前之夜,夜不能寐,有逛街的,有打牌的,有半夜还在宾馆大厅玩手机的……我和教练员汪老师用很大精力才把你们弄进房间,还不知道你们人进了房间、上了床,心是否也进了房间、上了床。从这些微小事件中,你们是否理解"不打无准备之仗"、每件事做之前都要认真准备这个道理?

孩子们,你们输了,输在配合缺乏默契上。篮球是团体赛,是团体活动,需要场上各位队员团结协作,共同奋斗。要制造机会,要相互掩护,要在核心队员指挥调动下奋力拼搏。高中组开始两场比赛,进攻受阻就急躁,防守不住就乱跑。经常不知道如何协作,甚至不敢投篮。心理素质欠佳,想赢怕输,输得更多,输了不该输的球。如果你们通过这个比赛,知道如何在协作的前提下,充分发挥个体作用,并将之应用于今后的学习、工作、生活上,你们就没有真正失败。

孩子们,你们输了,输得很失意,特别是初中组的小队员,失落感很强。但你们要知道,任何比赛都有输有赢,也没有人希望成为输家。输了,有失落感、失败感,就是渴望赢的念头在发挥作用,是进取心、上进心的外现。有强烈的想赢念头,就会为此做出努力,就会有翻身的一天,就有赢的机会。只希望你们从此能记住一句歌词:爱拼才会赢!

孩子们,你们输了,但输得很真实。你们输在年龄小、体质弱,体能、技能不如人,但凭的是自己的真实水平去搏击,没有任何的外力支持,每场球不论结果如何,都是你们打出来的,你们都得到了实实在在的锻炼。我欣喜地看到,每打一场,你们技术上就提高一分,自信心就增强一分,求胜愿望就强烈一分。比赛有了第一届就有第二届,既然有中学生赛就有大学生赛……比赛时时有,输赢也就时时有,只要你们敢于拼搏,敢于超越自我,战胜自我,任何结果都是可以接受的,人生就是无憾的。最可怕的是输不起,输了就不敢赛,甚至想歪点子,走极端。孩子们,你们要敢输敢赢,比赛时可以屡战屡败,意志上一定要屡败屡战,决不言输!

孩子们,你们输了,输了就要从自身寻找原因:是技不如人?是配合默契程度低？是拼搏精神不够？……问责于己，不诿过于人。孩子们，你们输了，输了就从头再来！以我们的斗志和汗水，弥补我们的缺差；以我们的智慧和毅力，克服我们的不足。假以时日，相信我们一定会变得强大！

我们曾经是学生

其实,每一位教育工作者都曾是学生,都是先有当学生的经历,才来当老师的。没有这个经历的人,是不可能当老师,也当不了老师的。

当老师的人,既然都是有当学生经历的人,那么当老师的人,又是如何当学生的?当学生时又是如何想的?又对当时自己的老师有什么样的期待和愿望呢?

我们也是先当学生后当老师,我们当学生时贪玩、偷玩也是不由自主的,好奇心、好冲动也是经常出现的。

贪玩,人之本性也。当老师后,也想玩,工作之余,约三五好友,打打牌,钓钓鱼,喝点小酒,也是常有之事。学生年轻,自制力更弱,难以抵挡玩的诱惑是正常现象,所以有的班主任每个学期总要有设计、有组织地带自己的学生利用节假日出去玩两三次,有的老师把玩与教育教学活动有机联系在一起,收到事半功倍的效果。所以当老师要设身处地理解自己的学生,理解教育工作规律与"磨刀不误砍柴工"是情理相容的。在这个前提下,学生贪玩这一人之天性的思路也就打开了。

从教师的业务本身说,面对学生上课不听自己的课,做小动作,也就是上课贪玩,我以为当老师的还应该自我三问:一问自己是否真爱学生,真爱自己的职业,做到每节课有备而来?二问自己的课是否做到深入浅出,让学生一听就懂、一学就会?三问自己的课是否让学生越学越有味?越学越想学?强扭的瓜不甜,强逼着学学不好,学不进去。古人云:"亲其师,信其道。"学生见你如鼠见猫,还听不懂你的课,不贪玩才怪!

　　学生好奇心重、好冲动,这是普遍现象,也是必然现象,甚至可以说是好现象。没有好奇心,就没有创造力,就不会有探索未知世界的兴趣。好奇心是探知未知的动力和催化剂,做老师的要保护、鼓励和引导,三者缺一不可。不保护,好奇心泯灭了,孩子就不成为孩子,就没有生气,就成了未老先衰的老头,也就没有光明的未来,这种人一生注定是一事无成的。不鼓励,就缺乏后劲,多数孩子的好奇心是一阵风,风过即灭,风起更旺,好的好奇心,尤其是学习中探知未知世界的好奇心一定要鼓励,让他不断地探知。探知的过程是枯燥寂寞的过程,需要耐心和毅力,如果不予鼓励,没有几个孩子能走下去。老师的鼓励在此显得十分重要。对学生的好奇心还要引导。学生易天真少理性,遑论好坏,均有可能产生好奇心,老师对此须加以引导,好的予以鼓励,坏的予以阻止,引导其向正确方向发展。正确引导工作不做,极有可能导致学生不走正路,误了学生终生。

　　好冲动、不理智是学生的又一天性。说话做事凭兴趣,好恶凭一时头脑发热,感情冲动。我们为师者就是要想办法让学生冷静。一是引导;二是适度的惩戒、威压;三是出了问题帮助分析、解决,使之能吃一堑长一智。学生者,学会学习、学会生活、学会做人之晚辈后生也。没有人先天成熟,没有人在混沌初开、年轻气盛时不干点误人误己的傻事、蠢事、糊涂事。我们老师年轻时、做学生时莫不如此。从自身出发,从自己的历史出发,寻找解决途径,引导学生理智地对待读书、对待同学、对待老师、对待学校的管理,这样去想去做,方法肯定管用,也肯定受学生欢迎。教育之效也肯定明显。

我们面对的是一个个生动活泼、个性鲜明的学生,面对的也是自己的历史,甚至说他们身上就折射了自己的历史,善待学生,就是善待自己,直面自己的历史。教育好他们,就是打造社会的未来、国家的未来,打造一个个充满憧憬的千家万户的未来!

岳母的小屋

又一个正月,我带孩子们给他小舅拜年。一进院门,二层小别墅左边靠墙搭建的两间平房依然冷冷清清地矗立在那里。我偷偷地朝里看一眼,还是过去的模样,只是多了一层厚厚的灰尘。

这里曾是岳父母居住的小屋——拆旧房砖瓦搭建的小平房,和20世纪七八十年代土坯房没有什么区别。小小的方形木窗,嵌着几块玻璃,有一扇还钉的是塑料皮。门是木头的,床有两张,一张是老工字床,一张是更老的架子床。一只带肚的香桌,一只桌面泛黑的方桌。三只木箱子,一只白木的,两只已陈旧得看不出当年的颜色。三只木火桶,是江南农村的标配。

电灯、电饭煲、电风扇、小彩电是这里的现代化设备。后两样是我们买的,还是以我们怕热、要看电视为理由才允许买的。

进门一间是厨房,一个建着牌坊式烟囱的锅灶,两只瓦缸,一大一小,是用来装饮用水的。水缸上方是木碗橱,已经有些年头了。碗橱两头各用木板搭建一个台子,放厨房用具,也放生菜。碗橱正对面靠墙处建了鸡舍,鸡舍上方搭个窝,专门用来给母鸡下蛋。

我到岳父母家已经三十多年了。第一次来时,房子是四周土坯砌墙的,中间用木柱子做撑架,将之一隔成三。因为两个大女儿已出嫁了,大儿子结婚后独立居住,他们正值年富力强,带着最小的一对儿女过日子,倒也惬意。房子虽然陈旧,家具不多,但显得宽敞。后来小儿子大了,要娶亲,他们将老房子拆了,建起了明三暗六的红砖瓦房,一间老两口子住,一间留给我们假期来住,其他的给小儿子夫妻俩。

岳母麻利,家里收拾得干干净净,一家人其乐融融。每逢假期,我便来集会。岳父总要买两条鱼、两斤肉,把大哥、大姐、二姐及家人都喊来团聚,说说笑笑,热热闹闹。生活虽然艰苦点,但人的需求也简单,满足感、幸福感时时刻刻充盈心里。

岳父是山东汉子,渡江战役时在江西打散了,一时找不到部队。由于他父母去世得早,奶奶带着弟弟妹妹闯关东,老家没什么人。当他往北走到东至时,一户姓章的老夫妻收留了他,改田姓为章姓,从此在此安家落户,娶妻生子。也因此让我和他的小女儿有了缘分。

岳父一生像老黄牛,只知道干活,没有什么索取。唯一的爱好就是抽烟喝酒。至今我记忆最深的一句话是岳母劝他戒烟限酒时他说的"除非我要死了"。这句话也确实在他生前印证。再好的烟酒,我无论怎么劝他,他都提不起兴趣。点一支烟,夹在指缝间,半天也不吸一口。倒一杯酒,有时一桌酒席吃完,也不添一点,甚至还要剩点。过去我们在一起说话时,他总吧嗒着旱烟,不言不语,眉眼间露出满足的笑容。他生前两三年和我聊天总是强撑着,显得十分疲惫。

岳母性格外向,泼辣能干,曾当过生产队队长。村里同龄人告诉我,他们记忆中干得最好的生产队长就是她。大集体干活时,她身先士卒,同时要求岳父和几个成年子女带头做;利益分配时,一碗水端平,从不优亲厚友,更不会以权谋私。所以一个生产队的人都服她、敬她。她生病后,村里的人每天都会抽空陪她说说话。

岳母很聪明,但没读过书,到死也不会写自己的名字。爱人给我说过一个故事,是说新50元钞票印出来后很像20元的。每年过年,她大哥都给她包点钱,一般都是20元一张的,这一年给的张数少多了,她就悄悄地问小女儿:"你大舅家里是不是有么事,往年都给了很多张,今年少了不少。"小女儿接过钱一看笑话她说:"还想大舅20一张的跟50一张的给你一样多吗?太贪心了。"她笑笑说:"我是试试你可认得!50的比20的大些,我不晓得?"

岳母很坚强。年轻时和男劳动力一样干活,风里来水里去,落下了风湿性关节炎,全靠强的松止痛。疼痛时,身上冒冷汗,脸色灰白,四肢冰凉。可是她从不哼一声,只是有气无力地说:"我只是有点不舒服,坐会儿就好。"风湿病影响到心脏,生命的最后几个月,全靠输氧维持生命。她只要挺过来,立马就说:"没事啊,你们忙去吧,放心,死不了。"我和她唯一的一张合影,就是在她病重时搂着她的肩膀照的。

岳母十分节省。给她的钱不是不得已从不舍得用,有时还偷偷地塞给儿孙们。为此儿女们商量少给她钱,多买东西。又发现给她买的补品从来舍不得吃,要么给人,要么变质了。我看见了,只好将包装拆了,另外找个瓶子、盒子什么的装了。放到两位老人的炕头,告诉他们如果不吃,马上就坏了,就这样想方设法逼着他们吃下去。自己舍不得吃,给儿女舍得。我们当年条件不是太好,每次过年过节看望他们,干菜干鱼干肉的,大包小包总是装得满满的,逼我们拿着。同事朋友们知道我们去了趟东至,回来后总是笑话我们:"鬼子又去江南扫荡了吧？凯旋而归啊。"

岳母不仅舍得给儿女，村里可怜的老人也总是得到她偷偷的关照。担心他们的晚辈知道了，对他们不利，所以做这种事总是十分隐秘，连自己儿女都不知道。有次让我碰上了，她反复提醒我，不要说出去。

妻弟在北京务工赚钱了，回家盖楼房，将岳父母盖的红砖瓦房拆了，就有了今天看到的别墅边上的小平房。房子虽小，过年过节时却是一家人团聚的中心。我们夫妻俩和姐夫们陪着岳父说话。俩姐姐就陪着岳母准备饭菜，这个时候总是俩老人最高兴的时候，笑容一刻不离地挂在脸上。

每每回家，哥哥姐姐们总希望我们吃住在他们家，同时邀俩老人一起过来，省得俩老人忙碌。岳母总是叮嘱我们快去，好菜多吃点，酒少喝点，他们却千方百计地回避。我们劝他们一起去时，岳母又说："许费力做么事，在家里吃点还好些。"看得出俩老人只想我们陪在他们身边，意识到了这一点，我们尽可能不在哥哥姐姐家吃住了。

吃住在岳父母家，他们虽然累却很高兴。每天早早起床，岳母煮粥，做米粉圆子。岳父扛着锄头去田里、地里，好像那里有他挖不完的宝藏。

岳母因为风湿病，一天劳累下来，晚上久久不能睡。岳父要早起干活，为不互相影响，老两口分床几十年了。为了给我们腾床，他们俩挤在窄小的工字床上，把大架子床让给我们。两个大人睡在一个小工字床上，翻身都很难。哥姐家较宽敞，岳母不希望我们住那儿，理由是他们忙，没空照顾我们的生活。

住在老人身边,冬天怕我们冷了,舍不得添被子的老人,专门为我们买电热毯。夏天怕我们热,当床上用的微型电风扇出来后,专门买了小电扇。每到放假时间,计算着我们回来的日期,毛巾、牙刷、牙膏什么的,早早就买了回来。

如今,人去房空,借着看新修的围墙之机,对着小平房,我暗暗地凭吊,心里五味杂陈,眼睛也湿润了。才工作就结缘,如今我也快退休了,有大把的时间陪伴老人,"子欲孝而亲不在",岂不悲哉。

母爱的力量

国庆长假基本宅在家里,心里生长出来的美好却让我找到了世界上最美丽的景点。

女儿把才出生四十多天的小外孙女带回来了,在她吃奶睡觉间隙,我不失时机抢着抱会儿。在我怀里,她不想睡觉时手脚不停地动,碰上我的身体,要么踹一脚,要么抓一把,我主动把脸凑到她的小手边,让她抓抓。抓后看她的反应,恰好她也看着我,恰好她嘴角露出那么一点儿笑意,我就揣测她小小的心里是不是因为抓到外公而得意了。虽然知道她踹我、抓我还是一种本能,但还是禁不住妄自揣测。

记忆中,女儿小时候也喜欢用脚踹我。她躺在床上,把双脚高高举起,让我把身子弯下去,让她踢我胸部或肚子,我一叫疼,她就咯咯笑,比我大拇指大不了多少的小脚,一脚一脚踢着我的胸膛,让父女俩的心合着一个节拍跳动。今天我抱着小外孙女,再次感受这幸福快乐的心跳节拍。

女儿怀孕后一直坚持上班,直到预产期到了,肚子疼痛才请假,就为了她的孩子出生后可以在家多带几天。住院后女儿一直很坚强地配合医生,希望能顺产,这点很像她妈妈。她妈妈生产她的八小时前还在学校上课。那天晚上是平安夜,学生选择那天晚上举行元旦晚会,我匆匆忙忙和下班回家的孩子她妈弄点吃的就去了教室,直到晚上11点左右才回家。她对我说好像是孩子要出生了,我慌慌张张带她赶到县医院,医生检查后就进了产房。其实在我和学生开元旦晚会的三个多小时里,她一直肚子痛,为不打扰学生们的快乐,她一直强忍着,没有惊动我。

女儿出生很顺利,进产房没多久就顺产了。可是女儿的女儿出生却不是那么顺利,在医院待了几天后,迫不得已只好剖腹产。据说,手术全程,女儿注射麻药后,以惊人的毅力,瞪着大眼睛注视着为她手术的医生,直到健康的女儿从她身体里分离出来,她才带着初为人母的幸福,疲惫地睡着了。

月子里对小外孙女的照看是女儿夫妻俩和月嫂,月嫂走后就完全是女儿夫妻俩。看着女婿笨手笨脚地为他女儿洗澡、换尿片等,不禁想起自己女儿出生后我夫妻俩照看女儿的事。女儿出生后的头两三个月里没有女儿的女儿那么乖,每天晚上都要吵闹到后半夜,弄得我们俩晚上很少能休息好。白天我又要上课,有时吃着饭,居然能睡着,饭碗落在饭桌上的声音常常把自己惊醒。

女儿因为手术治疗挂了抗生素,母乳不能吃,所以小外孙女出生后的头一周不能喝母乳,只能喝牛奶。有人劝说干脆给孩子喂牛奶,女儿认为母乳对孩子更营养,执意为孩子保留母乳。

女儿和同龄的大多数孩子一样都是独生子女,从小是衣来伸手、饭来张口。由于我和她妈妈都在教育部门工作,比较忙,照顾要少点,无意中让女儿提高了自理能力。今天女儿有了自己的孩子,我和她妈妈就不用像有些家长那样替她照看孩子。只要女婿在家,我和她妈妈在照顾她和孩子时就显得有点多余。即便女婿因事出门了,很多时候她都是独立应对。做了母亲的女儿,全身蕴含着无穷的力量,令做她父母的我们感到震惊和佩服。

恩师二则

数学老师王德溥

教师节过得太多,已不在意。今年是恩师王德溥的 60 大寿,不得不用笨拙的笔头,向老师表达一份微薄的敬意!

二十几年前,校长到我班宣布,学校经过"三顾茅庐"请来银塔小学的代课老师王德溥执教数学。校长说王老师虽然只读了高一,但聪明过人,自学成才,1977 年和 1978 年两年高考在全县名列前茅,只因腿疾未录取……好一番夸赞,让班上那些充满雄心壮志的人信心倍增。我们班上数学成绩能考及格的不是太多,学校居然请了这样一位老师,岂不令人精神为之一振?不过我却是老僧入定,无动于衷。因为我此时数学成绩从不逾越及格的一半——30 分大关。心想,谁来都一样。

王老师终于在充满期望的目光里出现了。不高,很是清瘦,粗糙的脸上架着一副眼镜,上身穿着一件洗得发白的中山装,有点干燥的头发,显得不太整齐,一条腿跛着,一崴一崴走进我们教室——胡氏宗祠东边一间破厢房。他的出现让那些充满期望的人有点失望,我此时反倒有种莫名的兴奋:为老师的太平常还是为别人的太失望?

反正有一种幸灾乐祸的心理。

上课了,王老师声音不高,也不悦耳,但一手规范的粉笔字着实让我羡慕。自从语文老师开玩笑说我写的是"王氏藤体"字后,我就时不时在意别人写字,只要写得好,我就伸出食指在桌上摹仿。大概是仿写多了,王老师发现了,那双躲在眼镜背后锐利的目光扫过来,并盯住我。不知为什么,我感到有点畏惧,不自觉地把手缩回去。从此我就磕磕绊绊地跟着学起了数学。

听课听多了,我发现王老师两大特点,语言表达十分精练准确,总是精准地表达他的解题思路。在他的笔下,每道题都十分容易,在他的讲授中,每道题都能产生吸引你去征服的魅力,十七八岁的我是充满憧憬的年龄,数学也不知什么时候变成了十七八岁的美少女,让我不自觉地追求。

30、50、60、80……我的数学成绩不知不觉间提升了,挤进优生行列了,对高考也悄悄地生出了一点点期盼。后来参加高考,数学考了全班第一,兴奋莫名。有幸考取大学自然得益于老师的教导与栽培。

老师的书教得好,善解题已是他所有同事公认的,而他家方桌上时刻放着一叠稿纸、一本书,只要有空,就做几道题,做题成了他生活的一个重要组成部分。聊天时他经常和几位同事争论某道数学、物理习题的解法,总是在寻找更多、更简捷的思路。

1987年我调回岳西工作,老师也被领导挖进了县高职,据传还是组织"命令"的,我和老师重逢了。老师成为全校调皮生最多班的班主任,我带这个班的课,在学校我也算是有点"煞气"的老师之一,可要镇住这个班,费尽九牛二虎之力,也只事倍功半,可见老师的工作难度。忽然有一天听说老师班上学生跑到汤中寻衅滋事,伤了人,公安局都介入了。可是此后班风却好了起来。后来听说学生是他央求学校保出来的,自己替学生承受学校的批评,他的举动让学生感到愧疚。他抓住机会终于扭转了班风。

1988年第一次评职称,老师和我一样报了"中二"。我劝他报"中一",因为他完全符合条件。老师说父亲被打了右派,自己生病腿致残了,靠贫瘠的一点田地糊口,靠山里烧炭、挑柴卖,挣油盐钱的日子都过来了,今天有了工作,有几十块钱过日子已知足了,要不要"中一"无所谓,只要不给领导添麻烦就好。后来还是胡校长"强迫"他报"中一"。据说他后来报"副高"也是同事们"强迫"的。

老师不是"迂夫子",他在闲时也喜欢打"对家",精于计算,记忆力又好,打"对家"的水平很高。不过他打牌也和工作一样,十分认真,不论"对家"是谁,只要打错了,总免不了教诲一番。刚开始,有的领导面子挂不住,时间一长,大家也习惯成自然了,教育老局长、老校长都成了他的牌友。

老师虽然早年不幸致残,但目前身体特棒,从他家族遗传史看,老师一定长寿,这也是做学生的心愿,只是盼着老师60、80、100华诞时,能敬老师一杯酒,恭祝恩师:福如东海,寿比南山!

高中班主任储德金

很久很久以前,就想为高中班主任储德金老师写几句话,以表达我的感激之情,可总是有着太多的拘谨。

储老师是认真人,教我历史,对书上每句话都喜欢仔细推敲,对我们的答题也喜欢字斟句酌。所以生怕时间久了,像我这样一个记忆力欠佳、做事又粗枝大叶的人,一时写得不实,本意想感恩,反倒落个批评,难免尴尬。

储老师读书少,印象中好像有人说他是 20 世纪 50 年代初的一个什么速成班结业的。如属实,也就是说他应没有受到多少正规教育。带我们课之前是初中老师,带我们课时,他十分勤奋,每晚 12 点之前他房间灯从没熄过,早晨 6 点总是到寝室催我们起床,看我们上早读,一刻也不放松。那时的学生总感到大学离乡下孩子遥远得很,不论成绩好的或是差的,都是一般的调皮,要给我们这班小马驹套上笼头,储老师确费了不少心计。在响肠胡氏祠堂边一个用牛棚修出来的破教室里,储老师和几位当时都没什么学历的搭档们也不知用的什么方法,愣是教出好几位大中专学生,二十六七年后的今天,我对自己考上大学一事,仿佛还在梦中。

给我们带课时,储老师已 50 出头,但他时时充满年轻人的活力,和我们谈话,甚至释疑解惑,从不觉疲倦。可能主要是这个原因,不知始于何时,也不知始于何人,同学们居然都喊他"储大哥"。这一称呼后来偏偏被他知道了,他在班上生气地说:"我这么大年纪,储大哥是你们喊的吗?"看着下面一双双带点狡黠的笑眼,他叹了口气,"只要好好读书,喊就喊了吧,我也不追究了"。惹得我们笑歪了嘴,只是苦于不能出声而已!

知道他不追究了,趁问他问题时,趴在他背上,对着他的耳朵轻轻喊"储大哥",他扬起手,做一个给我"爆栗"的架势,笑骂道:"你这个小混沌。"

老师退休时,好像我们也都陆续走上工作岗位了。具体时间不清楚,也就没有向老师恭贺。但老师退休后十分不幸,听说后,大家相约去安慰他。见到我们,老师脸上才有了暖意。

忙,是年轻人的共性,忙而好忘,也是共性。老师今天的状况如何?不甚知晓。说来真愧疚!借教师节之机问声:老师,您好!

求索篇

教育禅

教育者要懂一点佛学。佛经中许许多多寓言、故事所传播的思想、观点和方法不仅是对佛教徒的开导、启示,同样对我们教育者有很多、很深的启示。佛使比丘说:"佛陀不教人沉迷于幻想,而要人脚踏实地面对现实。因此佛教哲理是清晰、实际而又合理的现实主义。"我们研读、学习佛经,并不是皈依佛门,而是从中汲取营养,净化心灵,提高育人之识、教学之艺。

把心放下

《来果禅师语录》曰:"识能放思量,心不可得;妄能放想尘,身不可得;虚空能放大地,世不可得。"俗话说,人要拿得起放得下。教育,是关乎人心灵的事业,要有高尚的职业道德,为了莘莘学子的成长,须放下名利得失,超然象外。

佛经记载,一对游方的佛门师徒,过河时遇上一踯躅河边、因水深而不敢过河的美少妇,师傅毫不犹豫背起美少妇过了河,过河后放下少妇头也不回地走了。徒弟紧跟师傅,一路上总是欲言又止。师傅叹口气说:"我在河边已放下了那位施主,你怎么又背起来了?"

徒弟对师傅的回答感到十分吃惊,其实师傅是出家人慈悲为怀,有难都该施以援手。背人只是背人,无所谓男女、美丑、老少,过河即放下了。徒弟却因是美少妇而萦于心,把佛门戒色、戒淫欲与助人混为一谈。

教书育人是教师的天职,很多人教书是为了学生成长,也有不少人教书是希望通过教书出名得利,忘记育人。眼睛里只看得见学生的分数,心里牵挂着几个优等生在全校的排名和在中、高考中的成绩。背着包袱工作,抱着美少妇赶路,岂能不感觉累?无际大师说:"痛苦、孤独、寂寞、灾难、眼泪,这些对人生都是有用的,它们使生命得到升华,但执着不忘,就成了人生的包袱。"老师们,请把所有的名利放下吧,生命不能太负重!

不可说

释迦牟尼在灵山会上说法,手拈一朵花,一语不发,只是拈花示众,从容不迫,意态安详。众人面面相觑,不解其意。大弟子摩诃迦叶尊者破颜微笑,于是释迦牟尼将花交给迦叶,嘱告说:"吾有正法眼藏,涅槃妙心,实相无相,微妙法门,不立文字,教外别传,以心印心之法传给你。"禅在拈花微笑中诞生了。

佛祖拈花,不说之说;尊者微笑,不言之言。不可说是大智慧、大洒脱、大先知的表现。不说而悟者更是见性成佛。

老师教学中喜欢说、善于说者不少,但能让学生在课堂上悟道明理,开启心灵,学会学习者很少。不少学生读了十几年书,离开老师却不会学习、入不得学习之门。佛门强调佛法在内,向内心获得,从思想、灵魂深处去挖掘。这和我们教学中要引导学生去体验、去思考、去琢磨是一个道理。只有这样,学生才能开动脑筋,感悟学习内容的真谛。教学才直指人心,悟出"不是风动,不是幡动,仁者心动"之理。

爱为本

《华严经》云:"情与无情,同圆种智。"寺院门口往往供一尊笑弥勒佛,背后供一尊手拿降魔杵的韦驮将军圣像,其意一面予爱的摄受,一面予力的折服。

仙崖禅师的禅院里有位学僧,经常晚上偷偷爬墙去游乐。仙崖禅师夜巡时发现墙角有张高凳,没有声张,只把凳子移开,自己站在放凳子的地方,等学僧归来。游乐归来的学僧就踩着禅师的头跨过院墙,发现后慌得不知怎么办。仙崖禅师安慰道:"夜深露重,小心身体,不要着凉,赶快回去多穿一件衣服。"从此后,全寺再无一学僧出去夜游了。

以鼓励代替责备,以关怀代替处罚,佛门认为最好的教育就是爱的教育。教育者要教育,先应爱受教育者,以自己慈爱之心去感化学生。

孔夫子有教无类的教育,不嫌其恶,这是大爱。《新约》说:"有人打你左脸,连右脸也由他打。有人夺你外衣,连里衣也由他拿去……"这体现了一种至大至刚的爱。

佛门强调对"饥者食之,渴者饮之。寒衣热凉,疾济以药。"以财力、物力、智力扶贫助困,积累功德。佛家认为人的生命本来清净和庄严,对每个人只要真心相待,就能使之专心致志,排除杂念,调练心意,观悟佛理。所以也就有"放下屠刀,立地成佛"之说。从事教育者,更要有慈悲之心,相信每位学生都会变好,努力去感化每位学生,使之变好。

  当然,教育不是仅有慈悲心,仅有相信即可。佛门也认为爱的教育方法要既不可苛责,也不溺爱,因人而异。园头禅师说:育人犹如培养花草。对看似繁茂却生得错乱、不合规矩的花一定要去其枝蔓,摘去杂叶,以免浪费养分;正如收敛人的气焰,去其恶习,纳入正轨。将花换盆,目的是使之离开贫瘠、接触沃土;就如使人离开不良环境,接触良师益友。有些表面看来是枯枝,实际未枯死,还有无限生机,特别浇灌,能起死回生;犹如对有重错子弟,不轻言放弃,只要悉心爱护,教导得法,终能使之重生。松动旷土,实因泥土中有种子待发芽;就如对贫困而有上进之心的学生,助其一臂之力,使之茁壮成长。犹如我们教书育人,营造良好环境,管理恰当,不言放弃,无私奉献,一定会取得成效。

教育在"育"

教育,教之育之,教在前,育在后。教为育之始,育乃教之母。以教促进育,以育完善教。以教成就育,乃现代教育之始。

教育,训诲也。《诗》曰:"饮之食之,教之诲之。"《辞海》云:以影响人的身心发展为直接目的的社会活动。教育关乎人的心灵,关乎人的身心发展。通过现代学校教育,就是通过一个个具体的教学过程,达到培育人之目的。

教,是传授,是教导人、帮助人、培育人之法。换言之,是促使人成长的手段。教是外因,教育的主体是教师,教师的作用表现为外因,学生作为学习的主体是内因,外因采取一系列方法对内因施加各种作用力,希望通过外力促使内因发生作用。如果外因的作用力与内因的作用力形成合力,内因将因此发生巨大的变化。育,含有生育、抚养、培植之义。《诗》云:"长我育我。"育使人生长,直接作用于被教者的心身。育也不是内因,而是外因。但其着力目标在于学生的内因的唤醒、调动,希望通过春风化雨的方式发酵、发育、发展、发挥学生内因,开发内因作用力,使之产生积极的学习欲望和学习动机,主动学习。以一种"随风潜入夜"之功效,培育被教者的心灵。

学校目前的教育,重教轻育。重教法研究,研究成果汗牛充栋;轻育人之道,育人之道凤毛麟角。教之成果在教师,在学校,易于见到成效,能以数字显现;育之功效在学生,在学生心灵变化,需要漫长的熏陶转化,成长于斯,难显于外,既不能急功近利,更无"客观"数字分析比较。在这样一个浮躁、势利、追求显性利益和政绩的时代,教育者不敢育人,不愿、不能选择育人之道作为自己的教育主题。这是从教者的无奈,更是一个时代、一个民族的悲哀。

新中国成立后的教育,高考制度恢复后的教育,培养了多少在中、高考中脱颖而出的佼佼者,多少在职场竞争中独占鳌头的优胜者,多少在官场较量中奇招迭出的政治明星……可培养的高考佼佼者中又有多少在科研领域有原创发明,我们培养的哲学家、经济学家、社会学家、政治家又有几人以独立的思考、卓越的智慧、惊人的勇气给发展中的社会提出超越时代、影响时代发展的思考、理论、行动?

怎样才能教出有创造性的精英?又怎么能教出有创造性的精英?我想,要创造一个宽松的环境,实现教与育的完美融合,让育人者、被育者的心灵在这个环境中自由飞翔,让创造的灵感犹如激情的浪花,迎着阳光,以直下三千尺的激流之势,碰激出素质教育的璀璨光芒!

化短为长

每个人都有自己的长处和短处,教师亦然。

教师教书育人、为人师表,在教学过程中示学生以己短,其教学威信和教学效果如何,就不言而喻了。所以,要成为一个合格教师,须学会扬长避短,甚至会化短为长,做好职能相称的工作,姑且称之为"因材施教"。

扬长避短

老师有其短,是必然的。工作中,当寻扬长之法,长既能扬,短当能避了。

表达能力强,扬说之长

有的教师口头表达能力强,上课时,善于抓住学生,那就要在"说"上做文章。

首先,说到位,但不倒胃。善说,要说到点子上,通过说,帮助学生理解,加深学生记忆,让每一言语都达到传道、授业、解惑之目的。善说,但不可乱说、滥说。该说的说,不该说的则不说。该让学生说的还要让学生说,千万不可言散意乱,倒了学生胃口。

其次,说得法,便不复杂。会说,体现在说的技巧上,教学中的说,就是注意说法。引导、鼓动、激励学生去思考、探索,指导学生寻找学习方法,帮助学生掌握知识,运用知识去分析问题、解决问题,甚至开创性地创出一片自己的新天地。但说的过程中,不可故弄玄虚,吓阻学生,妨碍学生思维能力和创造力的发挥。

动手能力强,扬做之长

善做,就以做来带动学生,以直观教学吸引学生,以身教代替言教,发挥身教重于言教之威力。

直观教学的最大优势,就在于充分发挥少年儿童善模仿的特长,在模仿中学习、理解和掌握知识。同时,也因势利导,将少年儿童好动的天性转移到学习中来,使之在动中学习,在做中悟道,在品尝成功中产生浓郁的学习兴趣。

做的过程中要注意两个问题:一是做的目的性明确,做与教学要求、能力开发、知识掌握相结合。二是做不否定说,恰当地指导、引导不可少。

化短为长

人皆有短处,如果仅仅是避开短处,它不经意间总难免露出来。要想成为一个优秀的教师,就该因短生长。巴西足球运动员加林查,患小儿麻痹症留下后遗症,左腿短于右腿,他却利用自己的缺陷,作为边锋,下底时不用侧身,就能顺利完成传中动作,从而化短为长,成了世界最伟大的边锋。

如何做到化短为长呢？

首先是要了解自己的短处，正视自己的短处。回避己短的人，是永远不能进步的。

其次是想办法克服短处。如口头表达能力弱的老师，就尽可能少说，让学生多说。课前做好教学设计，教学过程中通过引导、指点、提问等方式，让学生自主学习，真正成为学习的主人。只要引导得好，学生学习积极性会更高，效果也会更扎实。如此一来，教师之短亦可变为学生之长。

第三，自我设计是化短为长的关键。化短为长，关键是不简单模仿别人，而要根据自己的特点来做好自我设计工作。口头表达能力差的，忌多说；不善动手的，鼓励学生多动手；粗心又缺少耐心的教师，要善于使用班干，以班干之长补己之短，同时也使学生干部得到更多更好的锻炼。化短为长之目的也就自然而然地实现了。

师生相处之道

少时看西方电影,大人与小孩、父亲与儿子、老师与学生亲密无间,尤为羡慕和渴望。当父亲第一次以平等口吻和我商量事情时,激动的泪水竟止不住溢了出来。当时我已是老师,和学生交往,却走了一段曲折的过程:从拉开距离、隔阂、对立到回归平等、正常交往。后一种相处为我的教学注入了生机和活力。

首先,以平常心和学生交往。

勇于和学生"疯",以平常心和学生交往的核心,就是要放下老师的架子。为此,我精心设计过一次野炊活动。

路上,有意识和学生拉拉家常,说说笑话。为活跃气氛,和学生一起唱唱歌。到目的地,大家一起又唱又跳,钓鱼,打牌。打牌时,严格按照游戏规则,输了嘴里衔上纸条当"胡子"。有意违背规则被学生罚"蹲",即"蹲"着打牌。中午,我们一起洗菜淘米,生火烧饭,还以水当酒,共同举杯畅饮。

这次野炊活动,成功拉近师生的距离,从此逐步改变了和学生的交往方式。课堂上是师生;活动中,作为整体中的一员,我们是兄弟姐妹;生活上,我是关爱晚辈的长辈;人格上,互相尊重平等相处。

其次,允许学生犯错误,允许他们为过错申辩,尊重其对纠错方式的选择。

老师总是不希望学生犯错误,但他们犯错误是必然的。允许学生犯错误也应当是教育的必然内容。只是我们要将学生摆在平常人位置上,以平常心对待。犯错误的学生显得更可爱,因为错误是他们真性情的流露,是导向其成长的最好台阶。

其三,善于发现学生的优点和特长。

班上一位女生,文化课成绩特差,课堂上缺乏耐心。家访中发现,她很有音乐天赋,也是因为过度喜爱音乐,导致文化课学习被耽误了。为此,我们联系几位老师给她补习文化课。由于目标正确,她也有了自信。经过三年努力,她终于考入了一所专科的声乐专业。现在也走了从教之路。

通过和学生的交往,我们悟出了一个道理:交往是沟通的前提,没有交往和沟通,就形成不了教、学合力。

请放开手

去年中考,在某考点接触到某生一篇废弃作文(抑或是考试之余的随笔),标题是《请放开手》,其中写了这样一句话:"我从家里逃出来,当然是由于受不了父母的溺爱罢了。"

怕溺爱而离家出走,如此偏激是极少见的,但也对所有父母提出了一个问题:溺爱,好吗?

父母爱孩子是出于人之至情和本能,如何爱,却大有讲究。

不要让爱成为孩子的负荷

林紫叶说:"当我们用爱和关心紧紧包围别人时,我们为自己感动,为自己喝彩,却并没有想过对方是不是会被这浓烈的爱逼迫得喘不过气。"太爱、溺爱就是一种压力和负担,会给孩子背上一个沉重的包袱,这样的生活只能引起两种结果,受不了而逃避,或放弃而不珍惜。

现实中,太多爱的涌来,让孩子怕爱,回避爱,甚至抵制爱,厌恶爱,失去爱心。没有爱心的孩子,自私、冷酷,缺乏热情、进取和同情心,这样的孩子不可能成长为心理健康的人。

不要让爱带有功利目的

大多父母爱孩子,是本能,也带有功利目的,希望用爱换取孩子的回报:听话,好好读书,为父母争光。

其实爱不应当带有功利目的,爱只是心灵感应,不需要物质投入,也没有任何索求。爱就是爱,让孩子在孤独时感到温暖,失败时唤起信心,软弱时增添力量,成功时分享喜悦。

爱不需要你为孩子设计一个美好的前程。生活是多彩的,多彩的生活由多彩的人生组成,每个人面对爱会有不同感受,也会有不同的人生追求。有人说,只要适合自己,只要有自己喜欢的内容,就是最好的生活。尊重孩子的感受,尊重孩子对生活的需求和选择,在此基础上给予孩子一点指导和帮助而不强迫,我以为这才是对孩子最好的爱。

请只给孩子一点点爱

付出太多,回报太少。换句话说,给予孩子的太多,孩子优秀的一面表现得太少,或者说未达到你期望的优秀程度,你的心里总是不平衡的,对孩子的不满则与日俱增。心理障碍会使你不能正确对待孩子,也失去耐心,改变平常心,往往容易从好坏两个极端看孩子。其实每一个孩子都有优点和缺点,家教就是帮助孩子发扬优点,不断克服各式各样、随时随地出现的缺点。

家庭教育三定位

培养优秀的孩子,是大多数父母的期待。但是,优秀的内涵究竟是什么?很多家长并不清楚。家庭到底要培养什么样的孩子?用什么样的教养方式去培养?孩子发展过程中父母角色如何恰当定位?这些,都是父母在养育孩子时,需要不断拷问、不断探究的问题。通过对学生家长、教师及学生的问卷和座谈,我们认为家庭教育要做好三个定位。

家庭教育目标要定位

希望子女成龙成凤,是家长的普遍愿望,也是许多家长为子女定下的奋斗目标和长远教育目标。但是,人的先天素质、兴趣、爱好各异,后天学习上的领悟力、毅力也是不一样的,这无疑会使每个人的发展前途有所不同。后主李煜虽不是好皇帝却是个好诗人,此类例子,不胜枚举。

我认为,家庭教育的长远目标,不要定位于使孩子今后成为什么,而应定位今天应做些什么。要让孩子养成良好的行为习惯和学习习惯。简言之,搞好养成教育。至于今后之路,让孩子按自己兴趣、爱好、特长、愿望去选择,根据时代的发展去选择。不要牛不喝水强按头,让孩子无端背负沉重包袱前进,导致孩子厌学,甚至产生逆反心理。更不可把自己的愿望、期盼转嫁到孩子那里,让他(她)为自己实现抱负。盼望子女成为同龄学友中的佼佼者,是家长对子女定下的短期目标,文化课学习上争第一或争个好的名次,已根深蒂固地植入不少家长心中,也成为他们自己的短期教育目标定位。

第一只有一个,争第一的要求太高,容易导致孩子心理不正常发展,甚至导致孩子为个好名次而弄虚作假。教育和体育竞技不一样,它的测试目的不是为了第一,而是对教、学的检测,以利于今后教、学的改进和提高。我认为,家庭教育短期目标不应定位于横向比较,而应放在纵向比较上,跟孩子自己的发展历程相比较,只要孩子在不断进步,各方面都在健康成长,就应肯定和鼓励。

全国优秀教师李镇西就很懂得这一点,不对孩子过高要求,而且非常重视女儿耐挫力的培养。女儿中学时数学成绩较差,对于这一点,李老师非常担心,并没有表露出来,而是悄悄找女儿的数学老师,请其多多鼓励和关照女儿。终于有一天,女儿的数学考到了全班第四名。这时候可能很多家长都会说:"太棒了!继续努力,下次争取考年级第一!"但是李老师对女儿说的是:"恭喜你!不过爸爸允许你下次考试失败。"

家庭教育中,父母是掌舵人,如果犯了方向性的错误,会贻误孩子一生幸福。某14岁男孩强强的父母十分关注孩子学业。孩子考进名校"火箭班"后,更是家长期望越大,孩子心理压力越大。由于成绩下滑,感觉无法面对父母,孩子跳楼身亡。鉴于激烈就业竞争的现实情况,父母十分关注孩子的学业成绩本无可厚非,但从孩子一生的幸福着想,身心健康、人格健全,才是一个人一生幸福的基石。培养这样的孩子,也是家庭教育的根本目标和重中之重。

家庭教育内容要定位

智力教育,多数家长将之作为唯一选择,他们认为只要学习好,就一好百好,所以他们为孩子的每一点进步欣喜若狂,为孩子的每一分滑坡焦虑万分。智力固然重要,但它仅仅是整体教育的一个部分,甚至是小部分。而智力教育,又是学校教育的一个重要组成部分。如何进行智力的开发,学校有其成熟的、全面的、科学的思考和安排。对于不是专职从事教育事业的多数家长而言,其教育观念和方法更多停留在师傅带徒弟阶段,盲目涉足,不当指导,易使孩子养成不良的学习习惯和学习方法,影响今后的学习。

那么,家庭教育的内容是什么?我们认为应定位于非智力因素的补缺补差。也就是说,根据孩子实际,缺什么补什么。

首先,养成良好习惯,是非智力因素教育的重点和核心。它包括孩子的道德品行习惯、劳动生活习惯、学习和锻炼体魄习惯等,构成了家庭教育中占绝对支配地位的内容。学生在家里的时间多于在校时间,亲情又是孩子产生信任感的天然基础。非智力因素的培养,更多是养成教育,家庭是进行养成教育的第一学校。养成教育的质量,与孩子今后是否成才有着密切联系。

其次,培养孩子良好的心理素质,也是教育的重要内容。家庭教育中要摒弃功利观念,着眼孩子的未来。培养孩子胜不骄、败不馁的坚韧性格,教育孩子追求优秀而不被优秀所累;正视艰难,不被艰难击溃。报载,浙大学生小叶,曾经是某地高考状元,因为考试挂科不敢面对父母,在外流浪十年不敢回家。

我们以为,只要养成孩子良好的习惯和心理素质,一切不如意都是眼前的,孩子的将来一定会充满阳光。

家庭教育方法要定位

家庭教育方法要尽可能避免无为而治和包办代替两种极端做法。

无为而治型,多见于文化程度不高的家长,他们总是想方设法为孩子创造舒适满意的生活环境,尽可能满足孩子的需求,而学习问题、行为习惯问题,要么放任自流,要么治之以拳头。这容易影响孩子身心正常发展。

包办代替型,多见于有一定文化素质的家长。在辅导孩子功课时,以自己的思考代替孩子的思考,把自己对解题思路、课本内容的理解,嚼得烂烂的,让孩子直接吞入肚中,不给孩子自我咀嚼和品味的过程,使孩子尝不到学习的乐趣,养成不愿动脑的坏习惯。

以什么方法代替?我以为,对无力辅导的家长,可采用身教法,以良好的行为习惯给孩子以示范。对有能力辅导的家长,可用点拨法,以适当的语言启迪孩子的灵智,指点孩子的行为习惯。当然,最好的方法,应是言教和身教的结合。常言道,身教重于言教。家长在言语教导子女时,多是说教、训诫和指责,是以旁观者身份去评价,缺少对孩子的理解,同时也遗忘了自己孩提时代的心态。仅仅从家长角度去要求孩子该做什么,不该做什么;缺少"你看这样做行不行"的商量语气和民主意识。要求子女做的,只有自己做到了,才能发挥身教的作用。

钟南山院士是全中国人的偶像。《人民日报》评价他"有院士的专业,有战士的勇猛,更有国士的担当"。优秀的人从来没有偶然,真正影响他一生的人是他的父母。钟南山有一位优秀的母亲,他一直珍藏着1950年骑自行车的黑白照片,说:"当时我看到别的孩子有自行车,非常羡慕。小学六年级时,妈妈对我说,'你要是小学毕业能考到前五名,我就奖你一辆自行车!'我说'真的呀?'妈妈说'真的。'"后来妈妈也没再提过这件事,但11岁的他记住了妈妈的话。"1949年,钟南山在岭南大学附小(现中山大学附小)读书,学校因故不举行毕业考试,但后来,学校根据平时的成绩发了一份成绩单,他排在第二名。他很高兴,但也不敢说什么,因为妈妈是说考试才有自行车的。"而且,那一年家里生活很困难。但没想到,就是在这种情况下,妈妈还是给他买了一辆自行车。当时他在日记里这样写道:妈妈实现了她的诺言,给我买了一辆自行车,我是多么高兴啊! 从那时起,他就记住了一件事情,那就是只要你答应的事,就一定要做到,这就是妈妈教给他的。直到后来,他对自己的孩子、对自己带的研究生也是那样,要么不答应,答应了就一定要做到。

父母真的是孩子最好的老师。无论好坏,到最后,我们的性格、三观、习惯中总会多少长成和父母相似的模样。而这或许告诉所有家长:不要自己碌碌无为、荒唐度日,还绑架着孩子必须功成名就。想要你的孩子成为什么样的人,首先你自己就要成为什么样的人。

为什么许多孩子在父母眼中显得"平庸"？是因为家庭陷入一个恶性循环。父母常对孩子抱以厚望,却往往放弃自己的人生目标,给孩子最好的资源和希望。但是,这样换来的只是孩子的懒散甚至是抵触:"我已经这把年纪了,没什么奋斗价值了,但你要好好学习才能有出息啊!""你总要求我考第一名,我看你在工作中也一点都不进取,想考第一自己考去!"所以,从某种意义上来说,孩子是父母的老师,他来到这个世界上,是督促父母完善自己的人生地图。只有和孩子一起成长,才能让孩子明白努力的意义。

最优秀的家长,永远都是在做孩子的榜样。想教会孩子什么,自己首先就要做到。最优秀的家长,也永远都将双方放在平等的位置。不是独裁、控制,而是尊重、陪伴和引领。我身边几位都喜欢看书的朋友,其子女也喜欢看书。家长坏的习惯也是一种传染病。许多家长的毛病,子女也或多或少、或轻或重沾染了。这就是身教的影响力。

总之,进行家庭教育必须先正确定位,才能收到良好的效果。

最后,和大家分享这样一句话:一个家庭的格局,就是教育的根。父母就是叶,用自我成长,来影响孩子。孩子努力生长,才能开出最美丽的花朵。

教育干部要"三会"

教育行政部门管理学校的主要职责就是对学校办学方向、计划决策、组织实施、办学水平等方面进行检查指导、总结评价,增强校长领导和管理学校的能力,确保学校各项工作落到实处,使教育目标成为现实。作为县、乡(镇)教育行政干部,如何出色地履行好自己的职责?我以为,一定要具备"三会"素质:会听、会看、会说。

会　听

听,简要说来包括两大类:听会、听课。其中听会又包括听汇报、听座谈。

会听,首先听得懂,这是基本要求。教育干部应当具备一定的专业学术水平,才能进课堂听课,参加教研活动。听不懂就易出洋相,丧失威信,甚至贻误工作。

其次听话音。俗话说,听话听音。通过听,听出办学方向、办学特色,听出学校的管理思路,更要听出学校存在的问题。而听课,就要听出教师的教育教学观念,听出学校的教育思想,听出教师队伍的整体素质。

怎样才算会听,我以为首先是对汇报的材料、座谈的内容、听课的质量做到实事求是的分析,对听到的东西,多问几个为什么。

其次要核实,不能一听了之,更不能按听来的东西下结论。听后一定要调查研究。要靠事实来说话。这样才能做到以理服人。

我们到某校督查,校长汇报的全是如何抓应试教育,座谈会上,教师焦虑的也是学生考试成绩,听课时听到的是一成不变的满堂灌教法。经过多角度了解印证,我们发现,素质教育观念在这里无立足之地,学生主体地位被忽视,学校教育思想落后,教育观念亟待更新。依据党的教育方针,我们对之提出了立即整改的意见。随后,我们多次回头看,帮助他们树立正确的办学思想。

会 看

看,就是查档案资料,看硬件建设,看校园环境,看教师、学生精神风貌,看教师备课和作业批改。

会看,就是从物质现象里看出其精神实质。通过软的和硬的、活的和死的、文字的和直观的各种各样的档案,看出学校的管理现状及目前发展状况,看出学校班子及教师的政治水平、业务能力、敬业精神,看出今后发展思路,看出存在的问题、问题的症结,指导学校描绘发展蓝图,提出解决问题的方法,改进工作,提高管理水平。只有这样,才称得上是看门道。

我们有次抽查一中心小学,发现学校废纸遍地飞,剩饭随地倒,教室脏、寝室脏、办公室也脏,教师房间更是凌乱不堪,一圈看下来,带队领导只说了一句话:"一室不扫,何以治校?"随后及时调整学校班子,面貌很快发生了变化。

会　说

说,就是评价、总结。肯定成绩,提出问题,找出解决问题的办法。

会说,首先就是要实事求是肯定被查对象的成绩,切忌一好百好。要一是一,二是二,该肯定的才肯定;不该肯定的,千万不可肯定。否则,将给学校工作带来负面影响。其次是指出问题要慎重,说在点子上,不能抓了芝麻丢了西瓜,也不可眉毛胡子一把抓,要分清轻重缓急,抓住主要矛盾。尤其是对涉及学校办学方向、影响学校正常发展的大问题,一定要慎之又慎,反复核查,认真研究,确认无误后,再严肃地、及时地指出来,明令纠正,万万不可放过。

会说的说问题,还要注意说的方法。会说惹人笑,不会说惹人跳。这就涉及说的技巧问题。所以说问题要针对被说对象的年龄、性格、心理承受力和喜怒哀乐,针对问题产生的原因和轻重缓急,恰当地指出,这也是十分重要的。

核心科长的角色意识

县教委基础教育科是同级教委的业务核心科室,行使教育行政管理的重要职能。当好核心科室的科长,我们认为首要的是树立正确的角色意识。

常规工作中的服务意识

管理就是服务,服务的一个重要内容就是为被管理者出主意。针对"一费制"引起学校后勤工作的难度,我们就后勤社会化问题根据各校实际出了不少主意。

学校工作中的创意我们持鼓励态度。只要有反映,立即调研、总结有价值的,通过我们科室办的《基础教育简报》向全县推广。如主簿初中职业教育"先修班",南岳中学奖优工作的班级"捆绑制",我们及时宣传,大力扶持,取得较好的成效。

求真求实是基础教育的本质要求,只有不断深入实际,才能和学校沟通,也才能发现问题、解决问题,也才会和学校实际、发展方向相吻合。我们曾到一薄弱村小督导,针对实际,第一次只提出扫好地、挂几幅名人字画的要求,第二次要求建档案、搞教研,并手把手指导,第三次才从常规管理角度检查之。

全局工作中的参谋意识

要为领导决策提供丰富全面、真实可信的第一手资料。基础教育科应经常深入学校,了解学校办学水平和质量,了解学校领导班子的教育思想、管理水平,了解学校的管理特色或管理中出现问题的症结,调研、总结,及时汇报。对学校评价、领导班子的提拔调整,主动反映情况,必要时提出建议。

教育管理中的独立工作意识

基础教育科每学期要用三分之一以上时间下乡调研,听汇报,开座谈会,进行师生问卷调查,看档案,看校容校貌,看教师备课,看学生作业和试卷的批改,对存在的问题限时整改,重大问题还要回头看。

教育改革要过"三关"

目前,全国教育系统进入全面改革时期,如农村基础教育体制改革、课程改革等,可以说是教育革命,同时,也是继承基础上的"扬弃"。要使改革取得预期效果,我以为应过好"三关"。

一是领导资源开发关。

教育不是孤立的事业,它是要食人间烟火,需要社会方方面面的关心和支持的。在中国目前政治体制下,各级党政领导的理解、关心和支持十分重要。

有利于事业发展的政策出台,需要领导的理解和支持;有利于教育事业发展的社会环境,需要在领导推动、支持下形成;有利于教育事业的改革,只有在领导的理解、支持下,营造出优良的人文环境,才能顺利实施。

我县是国家扶贫开发工作重点县,经济基础薄弱,教育基础设施严重匮乏。但由于县委、县政府高度重视"两基"工作,实实在在实行双线承包责任制,将"两基"的两个重要指标——"经费投入"和"巩固率"纳入对乡镇社会事业综合考评,并赋予较重权重,全县上下曾形成"计为教育谋,钱为教育花,力为教育使"的大好局面。如石关乡就将安庆石化厂给的扶贫资金全部用于教育,认为发展教育、提高人口素质是最好的扶贫开发工作。石关乡原任和现任领导一直十分重视教育,我认为既是领导觉悟高,也是石关教育战线同志善于开发领导资源的结果。

教育改革是关系教育兴衰的大事,不论改革结果如何,不论领导认识咋样,都要持之以恒争取支持,充分地开发好、利用好领导资源。

二是物质资源使用关。

教育是公益性社会事业,人多、面广、影响大,不能直接创造经济效益,而运转经费在县级财政预算中占有的比例高达50%左右,在扶贫开发县里占的比例更高。如何用好教育经费、使之最大限度地发挥效益是一个课题。

我认为,首先是该用的钱一定要用。如学校"三保"钱不但要用,还要用到位。有利于教育发展的钱,只要有一定要舍得用。如学校教研活动、学生社会实践活动等该花的钱都要舍得花。

其次是不该用的钱、可用可不用的钱不要用。如"面子"工程、"形象"工程、"政绩"工程要花的钱,能少花最好不要多花,能不花最好不花,否则花了也是白花。布局一调整,才建工程就作废,这种"败家子"作为令人心疼。

其三科学论证,充分发挥有限物质资源的作用。每一项目上马,每一器材投放,其决定都应在调研、论证基础上慎重做出,不可凭主观感情、长官意志行事。前几年,有些地方盲目上马一些工程,目前大多面临撤并、校园闲置、资源浪费的被动局面。

三是教育资源整合关。

其一,布局调整,使教育资源发挥规模效应。合则生力、聚力则强。

其二,结构调整,该政府管的交政府,该教育主管部门管的收回来。学校投入对于义务教育阶段学校应由政府保障,学校教育方面考核、人事应由学校自管。

其三,人事调整,选拔业务型、学者型、专家型干部,不能滥竽充数,更不能从企业调干部到教育部门来,教育干部不能用行政方式选拔,不能搞终身制。同时要打破不同学校限制,高中、初中、小学选拔有标准,不能有框框。

教师选用也要整合,该进的进,该出的出,目前我县教师编制超编,初中超编更多,可以通过竞争上岗形式予以调配,进行合理流动。

做好了三个方面的调整,可以使整个教育资源达到科学整合的目的,使之发挥更大效益。

校长在课改中怎么改

新课程改革,相对于以前课改,可以说是基础教育课程的革命。面对新课改,校长的教育思想正确与否,可以说事关改革的成败。在此提出几点意见,求教行家。

要务实,更要务虚

课改是教育理念的改革,是根据"三个面向"要求,引发一次深刻的教育革命。它是基础教育改革的核心,是实施素质教育的重中之重。作为一校之魂的校长,重在发挥灵魂作用,他不是简简单单的实践者,首先应是教育思想的思考者,是新的管理理念、办学理念的学习者、研究者。他对办成一所什么样的学校,带出一支什么样的教育队伍,培养一批什么样的学生,立足学校发展、创新,应该有而且必须有深入的思考和研究。其次要成为开发校本教材、创设育人环境的组织者和管理者。校长可不去编教材,但教材应体现校长的思想。一个学校的育人氛围和环境,在党的教育方针的指导下,既体现"育人为本"这一大同,也应体现蕴含校长理念的"小异",使社会、学生家长、学生与学校形成四位一体的合力,打造出有"小异"特色的育人环境。

思考和筹谋课改,指导和指引教师转变教育观念,努力把学校创办出特色来,就是务虚,也就是校长的任期目标,学校发展的方向。从这一意义上讲,务虚比务实更重要。

抓"硬件",更要抓"软件"

"硬件"是学校发展的基础。盖教学楼、圈运动场地、添教学设备作为任期目标之一,很有必要。然而,"软件"开发,更不可忽视。

面对新课改,校长如何开发学校"软件"?

让教师"活"起来

课改的新形势、新情况,带来新任务、新问题,也就要求有新思路、新对策,要以全新的教育理念,指导广大教师去探索与实践。有了教师的探索与实践,新课改才算起步,新的教育理念与实际相结合,新课改才有可能成功。

陶行知说:"活的乡村教育要有活的乡村教师","从活的教师产生活的学生,活的国民"。新课改之目的,就是为了产生"活学生""活国民",为达此目的,需有"活教师",有了这样的教师,就算是好的乡村学校。反推之,要建设好的学校,就必须有"活教师"。校长要有打磨、培养优秀教师队伍的理念。

一是开阔教师思想境界,更新教育观念。

二是培养教师创新意识,建立学习、研究型教师队伍。

三是建立刚性考评机制,推动、促进教师参与课改积极性。

让学生"活"起来

新课改的目的,就是培养"活学生",为祖国、民族的未来培养"活国民",这一定要成为校长追求的任期目标。怎么做?

一是教学生五年,为他们想五十年,为国家、民族想五百年。

二是使学生真正成为学习的主体,课堂的主人,自己生活的主宰。被动接受、机械学习的局面不能再延续下去了。

三是改革终结性评价为动态性、过程性评价和终结评价的有机结合,培养学生学会学习,学会生活,学会做人,学会创新,学会工作。

让教育资源"活"起来

管理出质量,管理出效益,校长要懂得管理。

一是筹划得当,实现教育资源中人、财、物最完美的结合,使之发挥最大的能量,为课改服务。

二是创造优良的育人环境,让校园每一寸土地、每一片天空,都成为育人的教育园地。

重教育成果,更应重教育特色

小学统考学区第几,中考多少人考取重点中学,高考走了多少本科,固然是学校"政绩"的凸现,但决不是终极目的。对此不同的校长有不同的思路,不同地区也有不同条件可以利用,不同的学校也就应该办出不同的特色来。立足自我,使现有教育资源发挥最大的效益。

校长在新课改中,应树立教育成果新的价值观,应彻底摆脱片面追求升学率的束缚,把"一切为了学生,为了一切学生。为了学生一切,为了学生的将来"作为教育成果的价值取向。

我县某落后初中,以艺术学科为突破口,以"绿色证书"教育为契机,设立职业教育先修班,一改学校沉闷局面,综合考评跃居全县前列,初中升学考试成绩也有了很大进步。我以为,使不同特长、不同爱好的学生各得其所,不同层次的学生均学有所得,不同要求、不同愿望的学生的追求也得到满足,便是走出了一条有校本特色的发展之路。

思政课之学生心理效应

古人云:"感人心者,莫乎于情。"为师者,应有情。从心理学角度看,人的活动莫不伴随着情感因素,政治思想教育是师生之间情感交流的过程,在教育教学实践中,要很好地完成这一过程,就要重视师生双方思想情感的交互作用,重视在思想政治课教学中,由情感教育方式产生的学生心理效应问题。

"亲其师,信其道"的心理效应

教师应是学生的朋友,政治教师更应如此。思想政治课是为了塑造学生的灵魂,使教学与学生心灵产生共鸣,教师的心应和学生息息相通。思想政治这一教学目的特色,要求政治教师要像班主任一样,深入学生之中,关心、爱护学生,对学生充满爱心,用自己明明白白一颗心去感化学生,赢得学生的尊重和热爱。千万不可侮辱学生人格,伤其自尊。正如英国著名思想家罗素说的:"凡是教师缺乏爱的地方,无论品格还是智慧,都不可能充分自由地发展。"所以政治教师要做到对学生生活、学习上的困难了然于胸,喜怒哀乐尽融于心。由此,学生对我们的亲切感、信任感、期望感就会油然而生,"亲其师,信其道"的心理效应也就会自自然然地产生。

"情通理自达"的心理效应

思想政治课所欲达到觉悟、能力的认知目标教育,要求把教师外在的政治思想内容教育转化为学生的道德信仰和理想追求,不是仅仅完成对思想政治条文的诠释。我们有位教师政治道理说得很透,但学生却极为反感。为什么会产生这种情况呢?我认为,思想政治的知识传授和思想教育没有立足于使学生信服这一前提。苏霍姆林斯基说:"如果教师不想办法使学生产生情绪高昂和智力振奋的内心状态,就急于传授知识,那么这种知识只能使人产生冷漠的态度,而使不动感情的脑力劳动带来疲劳。"思想政治课的教学只有动之以情,才能晓之以理。如讲授"为什么爱人民",有的教师仅限于书上的几条大道理,效果很差。我认为不妨先撇开书本,问上几个问题:(1)自己和父母是人民吗?(2)爱人民与爱父母和人民爱我存在着什么关系?(3)爱人民会形成什么样的社会风气?它对我们学习、工作、生活会产生什么样的影响?这样一问,爱人民就不会是空洞的、与己无关的事,而是与爱父母、爱亲朋好友、爱社会,甚至爱自己结合到一起,从而使学生产生亲切、亲近、亲情之感。入情入理,自然会产生"情通理自达"的心理效应。

"近朱者赤"的心理效应

思想政治课教学,应该具有感染、感动、感化人的熏陶作用,政治教师一定要想办法,在课堂教学中充分展示这一作用的魅力,营造理论学习、思想教育的氛围,充分调动学生的学习热情,把每一个同学都吸引到政治课的教学活动中来,使之真正成为课堂教学的主体,而不是被动的知识接收器和思想认识上的受训者。法国教育家第斯多惠说:"教育的艺术不在传授知识的本领,而在于激励、唤醒、鼓舞。"为此,我在思想政治课上唱了"三部曲":学生课前写读书笔记,堂上抽查点评,学生主讲教学内容,共同分析和讨论,教师点睛式总评、鼓励学生。形成人人读书,个个动脑,一人讲课、大家来评的教学氛围,培养同学的自学能力,分析、解决问题能力,提高学生觉悟水平,调动学生积极性。更重要的是,通过读、写、讲、评、议,创设一个好的教学环境,大家互相影响,共同进步,产生"近朱者赤"的心理效应。

教师身教的心理效应

政治课教学,主要是直接教育方式作用于学生心理,促使学生接受政治理论知识,提高思想觉悟,但切不可忽视老师教学能力、理论水平、思想品德对学生产生的身教作用。古人云:"德高为师,身正为范。"师德对学生产生的巨大感召力,如春风化雨,滋润着学生心灵。俄国教育家乌申斯基说:"教师个人对青年人心灵的影响所产生的教育力量,无论什么样的教科书,什么样的思潮,什么样的奖罚制度,都是不可能代替的。"这就是教师人格的力量,是师德在学生心灵上产生的心理效应。这也是我们组织好思想政治课教学的心理契机。

复式教学的思考

复式教学的产生、发展与"淡出"之间的矛盾

复式教学产生于国家经济极落后、教育艰难起步之时,而单式教学是应近、现代学校教学基本组织形式产生而产生的。复式教学最早起源于法国,明治维新时代传到日本。我国复式教学于1904年由候鸿荃先生从日本引进。最早在城镇,后逐步在全国盛行,20世纪30年代已遍布全国各地。新中国建立后,复式教学作为与我国地广山多、居住分散、交通不便、经济落后相适应的教育形式,得到党和政府的高度重视,并得到长足发展。尤其是在广大山区农村,复式教育更是小学教育的重要形式。复式教育在推动教育发展、普及初等教育中发挥了重要作用。1978年,全国农村小学76万多所,教学班346.5万多个,其中复式班42万多个,占12%(此统计还不包括教学点)。随着初等教育的普及以及"普九"的实施,全国复式班总体数字呈现下降趋势。1988年全国共有414630个班,1992年为355192个班,1996年为288570个班。全国各地,除个别地方呈正增长外,基本上是负增长。越是发达地区,负增长速度逐年加快,其在上海等特别发达地区大有消亡之势。随着社会经济的不断发展,小城镇建设加

快,农民进城,以及教育布局调整,广大家长对高质量单式教育提出了要求,复式班必然不断减少,复式教学也就存在消亡可能。

复式教育的产生、发展与社会、经济发展紧密相连,只要社会、经济发展程度还不足以产生让复式教学消亡的条件,我以为复式教学的存在就仍是合理的,它的负增长仅是淡出,而非消亡。

1. 经济发展还不能完全改变农民的生存环境。依靠土地求生存,这仍是农民的根本,离不开现有的环境和土地,也就无法使我们分散的人口集中。小城镇建设还是一个艰难、缓慢的发展过程。因此,也就不能不使我们的教育单位深入到各个分散居住点上去,复式教学因之无法取消。

2. 计划生育成效的显现,减少了各年龄段的学生。坚持不懈地实施计划生育,目前已充分发挥了效用。不同年龄的学生数已很少,一个千人以内的村,同一个年级已只有十个左右的学生了,为充分利用有限的教育资源,节省有限的教育资金,复式教学在所难免。在一段时间内,甚至还有增长之势。岳西县1999—2000学年度小学复式班占总班数的44%,2001—2002学年度上升为45.4%。

3. 现有教育财政管理体制,决定了教育发展模式。由于我国人口多,又居住分散,学生多,学校多,教师也就多。教育支出绝对数很大,依目前分级办学管理体制,乡镇财政支出60%以上都用于教师工资,每增加一个教师,财政就增加一分负担,限编是必然的途径。实行税费改革试点的安徽,新的教育投入制度未建立,教育的捉襟见肘更是在所难免。

鉴于以上原因,呈淡出之势的复式教学,还将会在相当长的时间内存在。

复式教学基本方式与落后的教学方法之间的矛盾

复式教学的基本形成需满足以下条件:(1) 动、静搭配;(2) 教学与自学相结合;(3) 不同年级内容的分层教学。这种教学方式于复式教学是基本要求,可是于单式教学而言,都是较高要求,是一种高标准教育。由于复式教学基本要求起点高,客观上也就是要求学校教育思想、教学方式、方法应是较先进的,但事实上却大相径庭。

1. 先进教学组织形式分割为几级单式教学,一个班里几个年级,一节课分成几个独立的单式教学过程,这势必导致各年级教学时间严重不足、教学任务仓促完成。

2. 不同年级学生自主学习时间,成为简单作业时间。

3. 分层次备课,演变成以一个年级为主,其余年级从备或不备的备课方式,必然是重一个年级,轻一个年级,厚此薄彼,导致其中一个或几个年级成为教师教学的弃儿或牺牲品。

通过大量、深入的复式教学调研,加强复式教学研究和规范要求是必然的。

复式教学对师资的要求与现实的矛盾

复式教学性质对复式班教师的要求较高,因此:

1. 随着教学发展,不断补充新血液,吸纳新教师,是提高复式教学质量的必由之路。

2. 要求从事复式教学的教师具有较好的教学水平、组织能力和扎实的基本专业知识,还应有一定的教学研究能力。

3. 一个好的复式班教师应该是一个优秀的单式班教师,好的单式班教师只有经过一定的培训后,才能充当复式班教师。

事实上,我们山区复式班教师队伍的组成状况令人十分心忧。

1. 他们大多是七八十年代以前从事民师工作、后陆续转正的教师,很少有人经过系统的专业培训,专业知识是教学过程中积累的。教法是长期摸索的经验,对与不对、科学与不科学,连他们自己也说不出个子丑寅卯来。

2. 许多教师的自学能力有限,去培训、培养学生的自学能力,令人不敢放心。

3. 复式班教师多是农村半边户教师,是走教和教、劳相结合的老师。上课来人,放学走人,在校教书,回家劳动,很少有时间、精力看书学习、充实提高自己。知识老化,教法僵化是势所必然。

4. 教学水平越低的老师,越有可能被放到复式班教书,甚至更多可能放到落后边远的教学点上教复式班。

山区教学中的严酷现实与复式教学要求之间的矛盾,目前在落后的农村,不但难以克服,甚至可能愈演愈烈,其因有三:

1. 新分配年轻老师千方百计不到边远山区任教,尤其不愿到复式班任教,任劳任怨的仍是那些老黄牛式的民师转正教师。

2. 复式教学研究淡化,随着布局调整,许多人产生更为错误的念头,认为复式班将要消亡,更加轻视它,继续教育中未将它列为教学内容,导致在岗教师得不到有力培训,新补充教师甚至不知何为复式教学。

3."普九"中,初中扩班,优秀小学教师大量选拔到初中,严重削弱了教师队伍,尤其是复式教师队伍受冲击更大。他们中的佼佼者不是调入初中,就是调到中心小学去了。

在我国目前经济尚欠发达、广大农村教育较为落后的状态下,复式教学的存在是一种客观和必然,因而也是合理的。对于合理的存在,唯一正确的处置方式,从哲学上说,只能做全面的、深入的分析和研究,从而在此基础上认识问题的实质,寻找科学的解决问题的方法。针对复式教学存在的三大矛盾,将会从以下三个方面解决:

1. 教育包括复式教育的高度发展,为复式教学组织形式的消亡创造了条件。教育的发展甚至复式教学的发展程度越高,复式班消亡的条件成熟得越快。

教育包括复式教育,培养了社会需求的多方面人才。培育的人才越多,推动社会经济发展步伐越快,从而促进农村居民生存观念、生活方式尤其重要的居住观念更新,其相对集中地居住在环境较好地方,为单式教育取代复式教育创造了前提条件。

对教育的重视,对高水平教学质量的期盼,包括对先进教学手段的追求,也客观上要求以单式教学取代复式教学。

2. 正视、重视、研究复式教学。黑格尔说过,存在就是合理的。既然复式教学存在有客观必然性,我们必须正视并重视它、研究它。在加强调研的基础上建立并发挥复式教学常规功能,提高复式教学的质量、水平。各级各类教育报刊,应开设复式教学园地,广泛宣传、研讨复式教学。

随着社会经济的发展,复式班逐步淡出、消亡。但对于复式教学而言,却是一种"扬弃"。因为复式教学的观念、方法,其实用研究价值可以延伸到单式教学,并直接应用于整个基础教育。所以我们认为,复式教学无论是否淡出乃至今后是否消亡,对于重视和研究的意义,已超出了复式教学本身,存在的合理性,已成为整个教育教学的一个客观发展环节。

3. 继续教育、岗位培训乃至农村小学教师的职评中,要把复式教学能力如何作为重点内容予以要求,刚性考核。今后,从事小学教师培训,培训单位都要开设专门的小学复式教学课。竞争上岗的中师生一定要考核复式教学专业课,录用后,要进行一定时段的复式教学实践。

训师者当自训

无论是承担中学教师继续教育任务,还是承担小学教师继续教育任务的教师,均为"训师"者。他们的素质如何,教育理念是否能跟上新的教育发展形势,是影响师训质量抑或说是影响教师继续教育效果的重要因素,甚至是决定性因素。为确保师训质量,我建议进行师训工作的"训师"亦当自训。

一训:思想观念

思想是行动的先导。所以从事师训工作的教育工作者,应有先进的教育思想观念。为此,我以为须从三个方面来自训:

1. 参观、考察,开阔眼界。以他人之长,克己之短。到教育发达地区的师训中心及中小学参观学习,是更新"训师"者观念、开阔眼界的良方。学一学别人先进的"训师"方法,看一看教育发达地区中小学教育现状,和当地教育同仁谈一谈教学观念、教育思想、教学方法和手段。回来之后,一定要形成一份高质量的考察报告,并说说如何将别人的经验和自己的实践结合起来,贯穿到教学行为之中。

当前,尤其要深入研讨第三次全教会和全国基础教育工作会议文件,力求从理论和实践的结合上弄清什么是素质教育,怎样实施素质教育,加强和改进教育工作。

2. 调研、座谈,明确方向。深入实际,到培训对象的学校听一听将要受训者的课,发现优点,更要找出共同存在的弱点,以使今后教学做到有的放矢。

还要开好三个座谈会,一是学生座谈会(也可以设计问卷来代替),让学生谈一谈他们对教师的期望是怎样的,了解一下什么样的教师最受其欢迎。二是教师座谈会,请老师们谈一谈什么样的师训才切合教育发展目标、切合教学实际、切合学生成长需求。再进行分析、归纳、总结,确定一个时期内的师训指导思想和工作目标。三是校长及教育干部座谈会,谈谈需要什么样的教师。

3. 学习、总结,推陈出新。"训师"者给教师充电,他们是电源。电源自身就应有生电之机能。从事"训师"工作的教师,就必须不断学习、补充、更新自己的理论知识,提高"训师"能力和水平。只知照本宣科,读书给老师听的人能作为"训师"之师吗?

每次师训结束后,还要及时召集师训老师进行总结:肯定成绩,尤其要肯定被广大受训教师认可的成功经验,并全面推广;也要找出缺点,尤其要对受训教师意见最多的做法、方法立即采取得力措施,予以解决。对受训教师不能接受的老师,要及时更换。

每次总结,必有结果。每次总结,必能推进下次的教师工作,力争受训者乐于受训,"训师"者在师训过程中亦受训。

二训:教学方法

"训师"者应从两个方面去充实、更新教学方法。

首先,要授受训者以新的教学方法,须研究三个方面的问题。

1. 教书育人问题：教书育人已提了很久很久，教学实践中还是虚多实少。如何通过教学过程达到育人目的，尤其是数、理、化、外语等学科，如何育人？我以为"训师"者应有所交代，应有一定心得。尤其是根据我们的教育方针，怎样育出党和国家所需人才，更是我们应大力探索的目标。

2. 素质教育问题：创新及研究性学习的组织、实践已处于全面积极探索阶段，也是极有现实意义的课题。训师者应有较为全面、深入的了解，并有一定的教学心得供受训教师参考、借鉴、学习、研究。

3. 学生自学能力培养，心理素质的训练问题：时下独生子女多骄娇二气，是学生共同心理弊端。如何解决，是教育教学不容忽视和回避的问题。

其次，探索科学的师训之法。

授人渔道，当有传道新法。简单的我说你听的讲授，是不能适应师训要求的。

以什么方法来"训师"，探索者众，教法亦新。本人仅谈一点"训师"构想，供"训师"之师们参考。

1. 先期介入，布置自训。
2. 提出课题，共同求解。
3. 推陈出新，探讨模拟。
4. 互教互学，共同提高。
5. 尝试实践，遥控指导。

三训：教学手段

1. 中小学使用先进教学手段组织教学，师训机构更应率先垂范。尽可能使教法先进、灵活,教学内容量加大,使受训教师在极短受训期间学到更多东西。

2. 建立受训教师个案,适应远程跟踪了解的需要。受训教师个体素质、敬业精神是不同的,受训效果是参差不齐的,要建立个案跟踪了解。对受训效果特好的教师,通过跟踪了解,总结经验,推而广之。对受训效果特别差的老师,要及时寻找原因,提出整改措施,这种建立个案教学方法,也可让受训教师移植到自己的教育教学中去。

3. 多媒体教学组织方式,简单的课件制作,应让全体受训教师有所"训"有所得。

新的教学手段,对大多教师而言,虽然暂无用武之地,但一定要未雨绸缪,早做传授,临时抱佛脚,不免会手忙脚乱,大大影响效果。缺了这一课,虽不敢言师训是失败的,至少可以说是不全面的。

4. 培训受训教师养成使用先进教学手段组织教学的习惯。山区学校实验、电教设备本来就少,使用的人更少。通过师训,应有改观。

扫盲工作之我见

"两基"中"普九"难,扫盲则是难上加难。为有效推进扫盲工作,使"两基"齐头并进,在实际工作中,我县更新观念,改革工作思路,采取一系列措施,归纳起来有以下几个方面。

工作目标要"三实"

确定的目标符合实际。我们没有简单依据扫盲条例,要求农民识认多少字,能读什么样的文章。我县40岁以下文盲少,40岁以上文盲正是中年万事难的人群,上有老,下有小,老人要赡养,孩子正处于上学或即将成家花钱阶段,这时候要他们坐下来识字,很难。既无闲心,更无空闲。所以确定的学习目标一定要与发家致富结合起来,与其客观需求一致。因此,我们确定的教学内容就与其所从事的种、养、植等农事结合,从介绍产品的市场前景、项目选择的科学方法、生产技能、病虫害的防治、如何依法保护自己合法权益等方面入手,学技能为主,学知识为辅,识字兼带进行,深受农民欢迎。如毛尖山乡的扫科盲班,参训的人一期比一期多。

选择的时间符合现实,开课时间要选准。一个大镇,赶上农忙办班,农民早出晚归,辛苦异常,这时办班谁还有心情、体力听课?所以时间要与农事大忙季节错开,不可按自己臆想开课。现在各村种、养、植等农事活动不一致,开课前要调研。如石关乡就选择高山蔬菜下市前一段时间,这时蔬菜已成熟,各家都是在家等菜贩子收购,相对清闲。同时,大家又关心销售及价格,坐在一起交流,此时召集办班较容易。

培训对象要落实,不能随便找几个人就办班。如果是一批七八十岁老头、老太太,为应付村组干部来代听课的,这样的班不办也罢。我们对培训的对象,一再要求为40至55岁之间的,这些人来能学点东西,发挥作用,重要的是能给社会带来好的学习风气。如果年纪太大,耳聋眼花,就不能办成扫盲班,只能办成老年娱乐班、医疗保健班。

培训内容要"三合"

适合农民口味:上课前一定要实地调研,找准切入口,谈农民感兴趣的东西。窖茯苓时节,谈菌种、山场选择,雨水多或少时应注意的问题。种油菜时谈油菜,养蚕时节谈养蚕,这就挠到农民的痒处,对准了他们的口味。

符合市场发展方向:培训时切忌随意指点农民朋友上什么项目不上什么项目。指导工作一定要对准市场发展,如果市场上某种农副产品有上升势头,立即鼓励上马。有疲软趋势且短期内看不出有上升之势的项目,要忠告农民不可盲目投入,尤其要警惕骗子诱骗行为。

切合自己的实力:培训中要帮助农民正确认识自己的优势及劣势,

不可盲目效仿。看到别人赚钱就盲目跟随,有可能弄得自己背上沉重的经济包袱,三年五载翻不过身。任何一个项目都要和自己的经济实力、家庭人手多寡、自己掌握的技能、推销能力等挂钩,不可有盲目性。

扫盲培训的"三合"性,使农民对我们扫盲工作产生信任感,自然也就有学习的兴趣。

扫盲组织要"三高"

对扫盲教师的选择要高度重视。一定要有责任心,有较高技能和水平,要能因农民需求组织起较高质量的扫盲教学活动。

对扫盲内容的审定要高标准严要求。我以为对扫盲内容要做到"三不用":不切合农村生产实际的不用,不对农民口味的不用,不产生实际效果的不用。做不到这些,培训就必然是一锤子买卖,不受农民欢迎。

对扫盲工作要从解决"三农"问题的高度来认识。谈到扫盲,大家都有畏难情绪,也觉得无用。我以为只要从提高农民的科技和文化素质、推动农业和农村经济发展高度来认识,切实为农民谋利益,深入实际,调查研究,实实在在为农民解决技术难题,农民会感兴趣并积极配合的。

农村学生流失深层原因探析

岳西县"普九"工作,自1999年底通过省初步验收后,人不歇脚,马不卸鞍,狠抓巩固、提高不放松。尤其是初中学额巩固问题,更是警钟长鸣,常抓不懈,取得了较大进步,初中生年实际辍学率由1998年的7%降至2001年10月年报时的3%以内,其中1/4乡镇已降至1%以内,无一乡镇辍学率超过5%。有两所初中已基本实现"无流生"目标。

但监测过程中发现,随着农村义务教育"一费制"的试行和各种救助措施的落实,贫困已不再是多数辍学生辍学的主要原因。因厌学而弃学,已成为摆在我们面前的突出问题。

调查中了解到,辍学生50%以上为自己不愿读书,害怕上课已成为他们的主要心理障碍。还有20%—30%为家长不愿其就读,因学习成绩差,升学无望,经家长动员流失回家。余下的流失原因多样。流失学生年级以初三年级(初二升初三)为主,占70%左右。

针对流失生成因的新变化,县教委结合"三个代表"学习教育活动,多次组织人员调查研究,初步摸清以下情况。

1. 教育观念落后是形成学生厌学的主要原因

俗话说:三百六十行,行行出状元。在科学发展日新月异、人才需求面广量多的今天,不少学校教育观念仍十分陈旧,把单一的考试成绩视为衡量是否成才的唯一标准。社会上,应试教育观念根深蒂固。一些学校在教育教学实践中,自觉不自觉地重视少数,轻视大多数;重毕业生,轻非毕业生;重考试结果,轻教育过程;重文化课成绩,轻全面发展。这样,党的教育方针就不能真正落到实处,学生的个性发展和潜能开发屡遭轻视。由于这种观念的束缚,素质教育的实施如逆水推舟,进展困难;素质教育的对象削足适履,必然厌学。

2. 教学条件简陋,教学手段陈旧,是学生厌学的重要原因

"普九"实施后,各校生源激增,校舍、教师、实验、电教设备等,都跟不上形势发展的需要,更谈不上信息化、网络化等现代教育技术手段。班额过大,教师不足,不能使每一位学生都得到关注,课外辅导、因材施教更是难以做到。课堂教学中,为中等以上学生组织教学成了普遍情况。教学手段落后,阻碍学生借助直观方式来理解教学内容。"满堂灌""填鸭式"的教学方法更使渐入青春期的学生难以忍受。学生进入初中后的新奇感,随着教学内容的增多、难度的加大,逐步减弱、消失,以致厌学、逃学、辍学。

3. 基础教育改革发展不到位,是阻碍办学水平提高的重要因素

基础教育的人、财及普高招生制度的改革尚未到位。人事制度改革受制于合格教师数量、激励机制的欠缺,财权的管理受制于工资不能足额发放和教育经费不能正常投入。这一切都严重影响办学条

件的改善和教师工作积极性的提高。人权、财权及人事分配制度改革的滞后又影响贫困地区的普高发展,使之要通过扩招谋求发展资金,制约义务教育的均衡发展,导致差距扩大,使农民子女享受平等义务教育的权利大打折扣。普高招生并轨难以实现,以中考分数来说话,上优质普高比上大学还难。高中阶段国民教育逐渐普及对"普九"巩固提高的拉动作用难以发挥。国家和省对于高中阶段教育重视,扶优扶强、锦上添花的趋势明显,对渴望雪中送炭的地区和学校有失公平。由于经济社会发展的不平衡和市场机制的作用,优质师资人才的"洼地效应"不断加强。高校招生虽连年扩大,但高校高收费和贫困地区毕业生严峻的就业形势,吓阻了许多学子的求学之心,新的读书无用论又开始出现。孩子一旦沦为后进生,辍学就成了必然选择。

4. 教师总体素质不高,教育教学研究单一,导致教育教学水平不高,后进生转化不力

我县中小学教师中第一学历合格率极低,初中在 40% 以下。现实中,即使学历合格,也并不代表教师现实教学水平、教学能力和职业道德合格。因为无论高师还是中小学,其培养、培训均缺乏有效措施。新教师上岗后,全靠自己摸索积累经验,全凭良心教学。对教师教学能力及职业道德上的缺失,缺乏有力的培训和管理机制。教师整体素质的提高,显得极为缓慢。

教育教学的研究简单、空洞,尤其是对学习有困难学生的关注和转化的研究更乏得力之法。而初中"后进生"的存在势必影响"普九"

成果的巩固。因此,我们要适应"流生"成因的变化,采取得力措施,切实克服学生厌学现象。

第一,继续加大教育宣传力度,坚决抵制和消除"读书无用论"的恶劣影响。各级教育主管部门和学校要采取多种形式,开展教育宣传活动。通过广播、电视、宣传栏、传单、优秀学生的"现身说法",通过计生工作与提高人口质量、发展经济与学习文化知识等关系的宣传,达到教育广大家长之目的,从而达到形成良好的教育氛围之目标。

第二,激励学生学习的热情,调动三个方面的信心。首先,要调动"后进生"家长的热情,使他们充分相信自己的孩子能读好书,读书能改变自己命运,通过家长来激励学生学习。其次,教师要充分相信每一位学生都有学习的潜质,有信心教好每一位学生。转化教师的教育观念,不简单地为一己之名和应试结果任教,要想方设法地使每一位学生都有进步。特别是"后进生",他们也有享受同等教育的权利,也有要求得到关爱、享有进步的权利。第三,要充分调动每一位"后进生"的学习积极性,帮助他们树立进步等于成功的信念,关注他们的每一点进步,树立不断进步的信心。

第三,建立关注"后进生"转化的评价机制,把它纳入教育常规考核范围。学校考评考核要切实贯彻"两全"方针。为此,对教师的考评内容中一定要包含这样三个内容:学额巩固率、优秀率和后进生转化率。量化评分时,三者之间只要有相近的分值,"后进生"转化工作就一定能落到实处。因为转化率对前两率的促进作用是不可低估的。

第四，切实加强后进生转化工作的研究。教研不是简单的教师教学方法的研究。它包括对教育观念、教学思想、教学方法、教学行为和教学手段的研究，还包括对学生学习方法、学习心理及身心发展的研究。对"后进生"转化工作的研究，我认为是一种全方位的研究，对于每一所学校而言，既要有对群体的研究，还要有对个体的研究；既有共性研究，也有个性研究；既要从理论高度去认识问题，更要从具体实践角度去分析"后进生"，真正找到促使"后进生"进步的灵丹妙药。

当前形势下，全面贯彻国务院《关于基础教育改革与发展的决定》，进行管理体制、投入机制、办学体制以及校内人事分配制度诸方面配套改革，将为"普九"的巩固提高注入新的活力。我们从教育部门内部找原因，不断内强素质、外树形象，必将为改革营造更好的软环境。困扰"普九"的"流生"这一跨世纪的难题，必将逐渐在教育发展中得到解决。

教师继续教育问题与对策

目前,各地都在抓教师继续教育,给教师充电,其用意、用心良苦,目的明确,方向正确,在执行过程中,却出现了严重的偏差。

实施继续教育的机构不具备予教师继续教育之功能

目前,组织教师继续教育的机构为各地市师范院校或教育学院,它们是学历教育机构,对教育学、教育心理学、教材教法之研究,理论多,实践知识少,对现代中小学教育思想的发展脉络、教育体制改革和素质教育的实施,中小学教材的理念思想、基本目的和目前的教改,没有直接接触和了解。他们直接打交道的是教师或未来教师,对中小学生缺乏直接接触、了解和研究,对他们的心理和生理需求、欲望、个性特征发展状况等等都不甚了解。让这样的机构及其组成人员来抓继续教育,必然与现代教育实际相脱节,所教、所学与所用必然脱节,由他们来承担继续教育任务,我以为是难以胜任的。

继续教育内容缺乏科学性

目前继续教育组织形式以知识教学为主,以教师讲解、上大课、满堂灌为主要教学方式,既无现代教育手段的展示,又无新的教育思想的探讨和介绍,仅以评职称作为强制手段来压教师就范。这样的教育必然无吸引力。

知识的传授固然重要,但对具备一定科技知识、教育理论知识和实践知识的教师而言,进行知识的补充无疑有好为人师之嫌,有隔靴搔痒之感。

旧知识浩如烟海,新知识层出不穷。传授、接收、学习知识的途径非常多,尤其互联网,更是贮存、接收、学习知识最快捷的工具。电脑的广泛使用,使广大教师补充、更新知识方便自如,以参加继续教育的三五天时间灌输知识,我以为是没有实际意义的。

继续教育的目的走了样

是收费还是教育?收学费500元,书费70元以上,培训时间5天,其中县内3天,市里2天,发书5—8本,价值30—50元不等,为此培训,各校为每师需投入近千元。老师自己也还要掏几百元。

每天平均交听课费100元、每节课近20元的"门票",且为照本宣科的知识教学,价值何在?更何况省政府为此拨有专项培训经费,不知用于何处?

因此,我认为,现有的教师继续教育是失败的教育,亟需改革。

第一,继续教育的实施机构应变更。实施继续教育的应该是各省、市、县教育科研机构,教师是这些机构的专家学者和来自中小学第一线的专家型教师,只有他们才对当前中小学教育教学发展现状、发展方向、教学规律、课堂教学结构、新教材的教改、课改、素质教育思想在教学中的落实,有深切感受、独到见解、丰富的经验,他们的教学才能切合目前中小学教学实际,满足受教育的教师们的要求,符合其口味,才可能"学以致用"。

第二,继续教育的内容要更新。教育改革和素质教育的思想观念已宣传和实践十几年,培训教师的组织者一定要找到新培训教师的切入点,以适应现代教育发展的需要。因此,我认为继续教育应唱好介绍、研讨、参观"三部曲"。

一是介绍。介绍教育最新发展动向、介绍新教育思想,如研究性学习等;介绍国内外教育专家的最新研究成果,介绍本县、市及全省、全国实施课改、教改的最新做法和素质教育的实施情况,通过介绍,使广大教师产生学习充电紧迫感,摸清教育发展的脉搏,找准努力的方向。

目前中小学教师,尤其是中学教师,基本都是科班出身,受过正规的教育,就掌握知识的途径和能力而言他们已基本具备,在浩如烟海的知识海洋里以什么样的最佳方法、最先进手段、最快捷的途径更新哪些知识,这才是他们渴望掌握的;最新的教育思想、观念和方法才是他们迫切求知的。绝不能让教育者在受教育时再吃别人嚼过的饭。

二是研讨。参加继续教育的教师均有一定的工作经验,在岗工作中接受和学习了一些不系统的新教学思想和教学方法,在组织者的科学安排和精心设计下,可以通过撰写教学心得、教学经验等方式,进行第一步探讨。第二步探讨可以布置研讨专题,提供学习条件指导学习(主要是图书资料和学习工具),然后各展所长,指定专人发言,大家各抒己见。第三步,辅导教师自己就研讨专题发言,展示自己的思想和见解,供学习者参考、讨论。

三是参观学习。在学习地点附近的中小学中选择有特色的学校参观、听课、听介绍、座谈,呼吸一下别处的新鲜空气,感悟别人的教学实践,有条件的还可以适当走远点,多看几所学校,多听几处介绍,多随堂上几节课,多几次座谈。然后,还可要求教师写参观总结,谈感想体会,纵论别人的得失。

第三,继续教育费用要降低。培训费用只能以花费的教育成本来计算,不能以赚钱为目的,如果地方财政有这笔开支,培训部门更不可乱伸手,加重教师和中小学校负担。

实行"一费制"后,各地以保吃饭为工作目标,对学校乱收费查处力度加大,加之实施"普九"贫困生欠费较多,学校资金周转十分困难,教师收入不高,面对此实情,伸手乱收费于心何忍?

普高不均衡发展的成因及对策

当教育均衡发展问题提上国家教育发展战略的高度进行拷问之日,也正是教育不均衡问题严重阻碍教育正常发展之时。东西部不均衡、内地与沿海不均衡、城乡不均衡、大中小学不均衡……一系列不均衡,最终导致不同阶层的人们享受教育程度的不均衡,从而成为整个社会不和谐发展的重音之一。普通高中的不均衡发展就是这众多不均衡、不和谐音阶中的一个重要音符。

普高不均衡发展的原因有:

1. 高考的风向标作用,使学校因考分好、高考成绩突出成了热门,被社会追捧。考好了的学校收入越来越多,生源越来越好,教师越来越强,发展越来越快。考坏了的学校,收入受限,教师思动,社会歧视,生源越来越差,发展越来越难。

2. 示范级别与学校收费紧紧相连。非示范学校的收费只能维持学校运转,如果生源太少,甚至连运转都难以为继。示范学校的学费、择校费翻番,不仅能保运转,还能凭借收费改善办学条件,用经济杠杆调动老师教学积极性。示范层级越高,收费越多,在经济相对发达地区,省级示范高中的钱难以用完。许许多多家长为了孩子能进省示范高中,不惜一切代价。普通高中则每况愈下,逐步萎缩。

3. 优秀教师、优秀生源首先是向省示范高中集中,由他们先挑选,进一步加剧强弱分际之势。

4. 学校地域优势也是构成强弱校的原因之一。县城优于农村,城市优于县城。农村家长片面认为城里学校优于农村学校,城里家长怕孩子到乡下吃苦。生源的单一流向导致校际生源极不均衡现象愈演愈烈。

要改变这种严重的教育不均衡发展走势,我认为须采取以下措施:

1. 教师录用可以在较大范围内由教育主管部门统一招考,不确定报考学校。薄弱学校根据考前申报的录用计划数,采用 NBA 选秀规则,由薄弱学校优先选用教师。

2. 普高招生的"三限"政策按是否示范学校、示范层级高低区别对待。非示范高中不招收择校生,教育主管部门按其招生数先从省级示范高中调济择校费,对之进行经费补贴,不足部分由财政部门补足。补贴标准由"生均公用经费+日常运转费用+教师奖励基金+适度发展基金"四部分构成,由专家测算确定。

市示范高中经费暂不调剂。计划生与择校生仍按目前规定7∶3执行。

省示范高中计划生与择校生比例按3∶7执行。择校费40%调剂出来,全额用于薄弱普通高中、经济条件很差的市示范高中和职中的发展,专款专用。省市示范高中总招生计划数不得超过15个班。

各普高的招生计划数、最低录取分要向社会公布,向省、市教育主管部门申报,不得突破。

"三限"政策按是否示范及示范层级区别要求,有利于经费大体均衡,有利于通过经济杠杆作用自然调剂生源,使非示范和层级低的示范普高也能拥有较好生源,帮助其迅速发展,达到教育均衡发展目的。

3. 短期内允许普通高中、薄弱市级示范高中举办高中补习班,省级示范高中一律不得举办补习班。对补习班的规模、收费也要进行高额限制。引导复习生分流到民办校。从而为普通高中、薄弱的市级示范高中和民办普高迅速提升社会知名度、获得短平快效益开绿灯。

4. 加快普及高中教育的步伐,将高中教育纳入义务教育范畴,以法律规定强制实行划片招生,就近入学。确保学校办学在生源上的公平,从根本上改变中招市场混乱局面。

智慧学校热点问题冷思考

网传有这么一句关于教育的经典之语:"教育走得太快,请等等落下的灵魂。"这让我想起印第安人的远足习俗:每走三天,休息一天,等候灵魂跟上躯体。面对当下如火如荼的智慧学校建设,我要说:别走得太快,要等候教育的灵魂跟上。

智慧学校建设是教育现代化的远景目标

智慧学校综合运用云计算、移动互联、物联网、大数据、人工智能等新兴信息技术,是教育信息化发展的 2.0 版,涵盖教学、教研、学习、管理、生活和文化的流程再造与系统重构,为教育服务,逐步形成"可感知、可诊断、可分析、可自愈"的新型校园生态。智慧学校是教育现代化的远景目标。

2010 年,教育部发布《教育信息化十年发展规划(2011—2020)》,目的是借助教育信息化带动教育现代化,以期破解制约我国教育发展的难题,促进教育的创新与变革。全国各地教育信息化推行具有极端的不平衡性,北京、上海等经济发达地区部分学校已经基本达到智慧学校建设阶段;中西部地区农村,目前还处于学校信息化建设的第一阶段即校园网络建设阶段,基本实现"两通两平台建设",网络学习空间人人通尚未实现。

安徽省教育信息化的建设目标是:到2020年,全省所有市、县(区)都要进行智慧学校建设,部分学校达到安徽省普通中小学智慧学校建设标准。2018年,全省普通高中结合新课改、新高考的要求全面进行智慧学校建设,遴选300多所普通中小学(含乡镇中心学校及其教学点)作为智慧学校示范学校或实验学校,选择有关市、县作为智慧学校示范区。显然,安徽这个宏大目标,顺应国家教育信息化发展的大势,但搞一刀切,下硬性指标,明显超前于安徽的经济实力和教育发展步伐。

全力推进智慧学校建设面临的困难

安徽经济实力欠雄厚,人力资源不充裕,教育投入跟不上,全力推进智慧学校建设,面临诸多困难。特别是像岳西这样的国家级贫困县,尚处于精准脱贫攻坚战的决战阶段,推进智慧学校建设,更是举步维艰。

教育灵魂跟不上

中国传统文化是中国教育之魂。智慧学校尤其是智慧课堂建设,将引领无纸笔学习时代的到来,学生通过键盘拼音输入、屏幕上的手指书写或者是语音录入系统,就可以从网络上完成传统的作业、考试或者写作。如果长期不进行纸笔书写练习,未来的中国人不会写汉字将成为常态,传统的书法艺术也将后继无人,电脑或将成为未来中国文化传承的主要载体。

无纸笔学习推行后,语言文字表达方式,知识的记忆和存储方式,都将发生根本性改变。未来的青少年,或许离开电脑或电子设备,就无法准确表达自己的思想,展示自身的传统文化素养,"什么都在电脑里,我会查"或将成为常态。其实,中华文化经典诵读,既是传承,也是思想观念、思维习惯的教育,更是传统优秀文化的积淀过程,过度运用信息技术,会使读经典、记忆经典流于形式,中华优秀文化传承或将迷失方向。

教师灵魂跟不上

安徽教育信息化发展正处于1.0版阶段,硬件设备基本普及。教师整体信息化技能不高,尤其是部分乡村教师长期坚守乡村教育一线甚至是乡村教学点,一人兼任数个学科教学,教学任务繁重,大多数人不同程度存在职业倦怠心态。要想敦促他们不断超越自我、更新教育理念、勤练教育信息化技能,保障信息化正常运行,短时间还有困难。

这些年来,教育工作者承担大量非教育教学任务,如精准扶贫、森林防火、基层党建、校园环境周边治理、网格化安全管理、校外教育培训机构摸排及规范管理等等,大大超过教师对教育教学的元认知,使得许多教育工作者难以做到静下心来教书,潜下心来育人。

依据智慧学校建设的宏伟蓝图,未来的教育教学将进入无纸笔时代,课本在学生平板电脑里,教师教学在智慧课堂里,批改作业、批阅试卷在网络世界里,学生的成绩评定、综合素质评价等等均可以通过网络平台,甚至,学生不必到学校,教师不必到教室,依靠网络传输,教师和学生就可以通过视频实现网络教与学。这会不会让教育患上网络依赖症?

现实中,患上网络依赖症的教育工作者,离开网络便不能实施有效教学,今天有的优质课大赛,许多选手一旦多媒体出现故障就慌了手脚,教学效果就大打折扣。

智慧学校建设的重头戏是智慧课堂,这就让教师面临教育信息化下如何解决好教书又能育人的矛盾,面临在学生使用信息技术装备自主学习时如何与之有效互动的矛盾。这就需要教师的观念、思想、方法等跟上信息化前进步伐,需要教师的灵魂与教育变革同步,甚至适度超前。

学生灵魂跟不上

新一轮课程改革和智慧学校建设均建立在绝大多数学生热爱学习、有高度学习自觉性的基础之上。这是一种理想化的伟大构想,实际上,随着城镇化进程加快,整个社会贪图安逸的人多了,孩子普遍怕苦怕累。许多家庭对孩子的期望值很高,过度照顾孩子生活,以此要求孩子全身心、全天候学习,造成读书即生活、生活即读书的不正常现象,使孩子逆反。如何满足孩子们内心深处的追求?如何激发21世纪青少年学习的内驱力?如何正确引导孩子把手机当作工具而不是玩具?这是当下教育人要深刻思考的重大课题。

前段时间微信疯传一篇文章《要毁掉一个孩子,只要给他一部手机》。当下,孩子自控力不强,学习自觉性不高,痴迷于网络的现象很是普遍,许多学生因争取玩手机、玩网络游戏的权利,与父母、老师斗智斗勇,甚至有学生因教师收缴手机而跳楼,因教师(或父母)控制自己玩手机而失去理智杀害教师(或父母),真可谓"网毒猛于虎"!在许多教师和父母都没有找到如何有效控制孩子网瘾的有效办法之前,全力推进智慧学校建设,给每位孩子配备一台平板电脑,还想要让孩子把平板只用于学习,不用于玩乐,学生灵魂跟不上,如何做得到?

地方财力跟不上

依据省教育厅推进智慧学校建设实施意见,地方政府必须配套生用平板电脑和智慧学校日常运转费用。安徽省地方财力远远满足不了智慧学校建设的资金需求,配套建设资金难以做到足额配比。以岳西县为例,人口40万,年财政收入刚刚达到13个亿,这几年为决胜决战脱贫攻坚投入很大,负债发展。就智慧学校建设算一笔账,县义务教育阶段学校全部班级数(包括教学点)约1100个班,按每班配备20万元电子产品预算,使用年限是5年左右,全县需投入2.2亿元,还不包括智慧学校建设中的网络维护的日常费用等。

显然,要求地方配套资金足额到位不切实际。其结果是,省里即使耗巨资配备智慧学校建设相关硬件,地方政府和教育主管部门无力保障设备的正常运转,智慧学校建设面临的尴尬境地是装备也养不起。

对智慧学校建设的几点冷思考

对于经济条件较好、财政能力强的县,鼓励其率先建设智慧学校,是可行的。但对于岳西这种经济欠发达,人力、物力、财力资源欠发达的贫困县,智慧学校建设还是缓步推进为好。针对我县情况,我们提出以下几点冷思考。

充分发挥现有"班班通"的功能

现有的班班通主要设备"电子白板",对提高教师教育教学技能、提高课堂教学效率、提高学生学习兴趣,均发挥了很好的辅助教学功能。有专家说,白板功能至多使用了 1/3,使用潜力还很大。与其全力推进智慧学校建设,倒不如好好研发如何提高电子白板使用效率。网络公司可以通过定期开展一线教师教育信息化技能培训、定点培养乡村学校信息化管理人员等,引导广大一线教师用好、管理好电子白板,延长电子白板的使用寿命,提高其辅助教学的功效。

积极寻找网络教学负面效应的破解策略

信息化的迅猛发展,使人与人之间交流越来越便捷,但令人担忧的是低头一族随处可见,网络依赖症患者越来越多,部分患者心理处于亚健康状况,有的患者甚至有生命之忧。智慧学校的到来,电子设备长期的辐射,会使学生的视力严重受损;长时间使用平板电脑,会对学生的颈椎腰椎造成损伤;长时间的人机互动,对学生的性格、心理、适应社会环境的能力等等均会造成一定的负面影响。在这些网络化学习负面效应没有得到有效遏制的情况下,大力推进智慧校园建设,显然不合时宜。

笔者建议,以教育主管部门为统领,以一线骨干教师为中坚力量组建教研团队,开展基于网络环境下的电子备课、跨校教研、师生互动模式、传统文化教学模式、学生思想品德教育、学生视力健康维护以及学生网瘾戒除研究等等。等这些研究寻找到破解网络教学负面效应的有效策略,再推进智慧学校建设,自然水到渠成。

网络教学环境下立德树人目标如何落地生根

亲其师,信其道。"亲"的过程就是师生沟通探讨的过程,就是心灵与思想碰撞的过程。教育人的第一职责是育人,其次才是教书。诸如情感、态度、价值观的渗透、核心素养的培养、社会主义核心价值观的培育等等,都需要为师者言传身教,需要教师与学生的朝夕相处,面对面的交流,全方位观察与了解,才能有针对性地施策,从而达到以德育德的育人目标。

党和国家的教育方针是培育德智体美劳全面发展的社会主义建设者和接班人。教育不单纯是智力教育,更为重要的是德育。试想,师生之间通过网络交流,学生拿着平板,教师紧盯多媒体,甚至是通过远程教育,通过视频对话与交流,如何能达到亲其师信其道的目的?如何能有效落实立德树人的根本任务?

智慧学校建设的基础——教育大数据时代远未到来

2018年长三角基于大数据的区域教育评价变革论坛上，中国教育学会副会长、上海市教育学会会长、国家督学尹后庆，通过深入分析教育大数据发展所遇到的数据结构性短缺、群体大数据和个体小数据之间的矛盾、数据便捷性追求和安全性的担忧、大数据评估与人的发展主动性之间的矛盾、大数据的科学性与教育艺术性之间的矛盾等，提出"教育大数据，热点问题冷思考"的建议。

这次论坛上，国家教育部基础教育质量监测中心副主任李凌艳，在基于对全国教育大数据发展现状的调研后，得出中国的"教育大数据时代远未到来"的结论。

既然教育大数据时代远未到来，那么对建立在教育大数据基础之上的智慧学校建设这个热点问题更须冷静思考。我们认为智慧学校建设步伐不宜过快，时间跨度不宜定格为3—5年，可以在经济和教育发达地区先行试点，其他地区稳步推进，把建设周期延长为10—15年，等候教育灵魂缓慢有序地跟进。

解决"三农"问题的关键是发展农村教育

省人民政府《关于进一步加强农村教育工作的决定》(以下简称《决定》)指出:"发展农村教育,办好农村学校,直接关系到广大农民的切身利益,是提高劳动者素质,从根本上解决农业、农村和农民问题的关键所在;是推进现代化、工业化和城镇化,将人口压力转化为人力资源优势的重大举措;是建立学习型社会和促进农村经济社会协调发展的必要手段;是实现教育公平和体现社会公正的重要方面。"在党中央把农村工作放在全党工作重中之重的形势下,农村教育工作作为建设小康社会的重点、难点的农村工作的一个重要内容而引起全党、全社会的关注。科教兴国和人才强国战略在全面建设小康社会中占据重要战略地位,农村教育和农村社会的发展进程基本一致。发展农村教育是解决好"三农"问题的关键所在。我县是纯山区县,国家扶贫开发重点县,农业人口占90%以上,"三农"问题是长期制约我县社会经济事业发展的瓶颈。如何打破这个瓶颈,推动我县经济发展,我以为首先要解决好农村教育问题。

1. 农村教育基础性、先导性、全局性作用的发挥,有力推动我县农村经济的发展

《决定》指出:"各级政府要从实践'三个代表'重要思想和落实科

教兴皖战略的高度,重视农村教育在全面建设小康社会中基础性、先导性、全局性的重要作用,将农村教育作为教育工作的重中之重,优先发展。"我县"两基"工作于1995年强力启动,经过决战和冲刺后,1999年接受省教育督导团初步验收,由于硬件条件和师资状况等方面原因没有获得省政府和教育部批准。跨入新世纪后,近四年来,岳西"两基"工作沿着原有的惯性,一直向前发展,"普九"的普及程度逐年上升。尤其硬件建设和危房改造工作,由于国家及省、市、县各级人民政府的大力支持,得到根本改观,优化了"普九"内涵。同时扫盲工作结合农业技术培训和外出务工培训,得到实质性进步,它不再局限于一个字、一句话的认知,而是将文化知识的学习融入各种技能的培训、掌握之中。"两基"工作为我县农村经济的发展起到培育人才、提高学习技能,发挥农业增效、农民增收的作用,使我县财政收入快速增长,农民收入翻番。外出务工的农民不再是过去清一色的体力劳动,更多的是技术工,还有少数人已跻身白领阶层。在家乡务农的农民,也不再是单纯的面朝黄土背朝天、一头汗珠摔八瓣的旧式农民,他们在自家地里、山上搞起"多经",甚至离开土地办厂、经商。茶叶、板栗、猕猴桃、高山蔬菜、蚕桑、香菇、木耳、中药材、野生菜系列等等,大量开发。青天农民王永安网上卖布鞋,丁邦力的山里货畅销省内外,这一切,无不与农村教育的发展有着紧密的关系。是教育开阔了他们的眼界,是教育拓宽了他们的思路,是教育增长了他们的才智,是教育圆了他们事业之梦。

2. 发展农村教育是从根本上解决农业人口压力的关键

我县地理环境素有"八山一水半分田,半分道路和庄园"之说。穷山恶水多,能利于人口很好生存的平地沃土少,而人口多为农民。如何以我们有限的土地养活自己,曾是历届政府头痛之事。因生存需求去滥垦滥伐,破坏生态平衡之事时有发生,如何将人口压力转化为人力资源优势,是必须思考的大问题。

教育,也只有教育,才是将人口压力转化为人力资源的根本途径。

首先,农村教育能够提高广大农民的生存能力。随着社会经济的发展,新的劳动工具的使用,对只能从事简单劳动的劳动力需求将越来越少,具有一定文化知识又有一定技能的新型劳动力已走俏市场。目前,无论是在外打工族,还是在家乡从事经济活动的劳动者,无不深刻地印证着这个趋势,无知识、无技能的人,是生存最艰难的人。

其次,农业发展需要大批高素质的劳动者。我县延续几千年的农业生产模式:一条牛、一丘田,小麦、水稻轮流产的生产活动,直到现在才可以说有较大改变,这改变既得力于党的改革开放政策,也主要因为一大批有一定知识技能的新农民的出现。大田里不再简单生产水稻、油菜,旱地里也不仅仅是小麦、玉米。树苗、大棚蔬菜、木耳、板栗、水果类、中药材类,丰富着大片田地,但这一切又才开始起步。高质量、高水平、集约化生产又需要一个过程,需要优秀人才的培养和出现。我县许多乡镇企业、民营企业等,在它还处于弱小阶段时,生产经营发展迅速,效益很好。一旦步入规模经营、集团经营,便矛盾凸起,危机四伏。我们的农业要做大做强,想走出山门,涉及技术质量、科学管理、营销战略,最终需要的是人才,成就的是知识经济,而这无不是对教育的需求。

第三,做好农村教育发展文章,是缩小城乡差别、缩小与外地经济差距的根本途径。城乡差距,发达地区与落后地区的差距,主要体现的是经济和社会事业发展水平的差距,是人口素质、文明状况、经济活动中科技含量、生产经营的模式等差距。而要缩小并最终消灭差距,唯一的途径就是发展,而发展的前提和基础就是教育效益的显现,人口素质的提高。

我县每年有几千学生初中毕业后走向社会,进入 2000 年后,每年初中毕业生数 8000 人,升入各级各类学校继续学习的去年才超过 4000 人。大量初中生毕业后回乡务农,这批人如果要让其挑起改变全县农村面貌、发展农村经济重担尚为时过早,其原因一是心理素质、能力水平尚有差距,二是知识技能结构与现实需要之间有差距。

怎样培训这批初中毕业生,使之适应农村经济发展要求,是值得我们思考的问题。我以为初中的职业先修,初三年级的分流教育,可以弥补这个缺陷,使我们的毕业生在学习文化知识的同时,也能掌握一些农村经济生产活动所需求的技能,还可以通过经济常识、市场经济情况的介绍,培养学生的市场意识,使之很快能将自己的经营活动与市场紧密联系起来。高中阶段教育也可尝试职中与普高之间的联合办学,交叉培养,架起普、职教育的桥梁。

3. 发展农村教育事业，是农村经济可持续发展的不竭动力

毛泽东说过，只有人民，才是创造历史的动力。邓小平说过，科学技术是第一生产力。经济学告诉我们，生产力是人们征服自然、改造自然的能力。它的构成要素包括具有科学知识、劳动技能、劳动经验的劳动者和以生产工具为主的劳动资料，劳动者是劳动力首要的能力要素，只要有了有能力的人，什么财富都可以创造出来。农村教育的发展，就是为了农村经济的发展准备大批有知识、有技能的人才。第二次世界大战中战败后的日本，当时也是一片废墟，一穷二白。日本就是用甲午战争从中国掠夺的大量财富，大兴教育，为其今后的经济腾飞准备了大批高素质的人才，在短短的几十年间创造出了世界经济奇迹。

岳西曾在 20 世纪 80 年代初搞了一次大规模林业改革，但由于人的意识落后，素质跟不上形势，一次具有超前意识的改革，却变成一次林业灾难。当年的田头、包家的大量林业资源，成了许多农户迅速发家的捷径。但随着树木的滥伐，山头变光，那些暴富的农户又很快返贫了。没有知识、没有见识、缺少技能的暴发户，是不知道如何让钱生钱的。

自然财富终有穷尽之日，如何让土地生长财富，让大脑创造财富，这是无穷尽的。应开发农民智力资源，三教统筹，推动农业科技进村入户，不断提高农业的科技含量，结束过分依靠增加土地和劳动力投入实现农业总量增长的局面。实现农业增长方式的根本性转变，从粗放型经济向集约型经济转变，利用科教来达到兴农的目的，

让适用的科学技术和有效的教育措施相结合,促进农村经济走上依靠科技进步和提高劳动者素质的轨道,推动农业向高产、优质、高效方向发展。这是我县农业上新台阶、上新水平的根本所在,也是县域经济可持续发展的希望所在,也是农村教育应追求的发展目标。

关于落实乡村教师支持计划的调查与思考

4月2日,中央深改领导小组审议通过《乡村教师支持计划(2015—2020年)》,对于发展乡村教育事业、帮助乡村孩子学习成才,阻止贫困代际传递、稳定乡村教师队伍具有非常重要的意义,是功在当代、利在千秋的大事。

岳西是位于大别山区腹地的纯山区县,是集中连片特困地区,地广人稀,学校布点分散,生源量少,教学环境落后,进人难,留人难,留优秀教师很难,留下女性教师,尤其是优秀年轻女教师更是难上加难。目前我县乡村村小或教学点教师,转正民师仍是主力,无奈之下违规自聘临代成为重要补充,中青年教师,尤其是青年教师是凤毛麟角。

村小及教学点现状

据2014—2015学年初教育事业统计,全县小学102所,其中坐落镇区的18所;教学点174个,其中坐落镇区教学点21个。小学生数19832人,教职工1300人,代课教师36人。合计班数825个,其中复式班198个。班额25人及以下乡村班级451个,城镇47个。复式班25人以下168个,最小2人。寄宿生1877人,占在校生总数的9.5%。

从这里我们看到,我县农村教学点一是规模小,二是进人难,三是位置偏远,有些教学点被迫请代课教师。教学点多级复式班现象普遍,我县有个教学点设有1—5年级,另外附带学前班,共11个学生,由一个临时代课教师任教。

教师难以留住的成因

《中国青年报》记者到我县调研,与小学教师座谈,议题是在什么条件下能到离镇区约5公里的小学任教。期间提到很偏远的小学教师每月增加一定补贴,涨到1000元,老家在当地的老教师愿意;涨到1200元,老家在附近的中年教师愿意;涨到1500元,才有年轻教师表示愿意考虑。年轻教师虽然在规模小学(辅导小学)待遇低,但他们还能勉强接受,如果到偏远村小或教学点任教就很不乐意。这个现象印证了某研究人员对全国范围内11个省23个区县185所中小学5900名教师的调研结论:在意"工资水平"的占74.2%,只是工资水平要达到他们的心里预期目标。

为何出现乡村小学尤其教学点人难进又难留的现象?经调研,我认为其因有四:一是新招教师女性多,胆小,怕有安全隐患;二是接触合适的青年男性机会低,找对象难;三是孤独,周边全是孩子和老年人,社交圈子受限制;四是80后、90后孩子家庭条件较好,不但不用负担家庭,还能享受家庭的补贴,生活没有压力,一般的经济补贴对他们没有吸引力。

我县乡村教师队伍很不稳定,每年有将近10%的年轻教师还没上岗就拒签约;上岗后还有毁约的,常有新老师一到学校报到,拖着还没打开的行李箱就要走;此后年年都有相当数量的教师要求辞职或考走,甚至有新老师因不符合调动或辞职条件带着家长闹着毁约的。今年拒签教师同样不少。这种情况,值得我们关注,还要加强跟踪研究。

我县目前主要应对办法

为有效应对乡村教师人难招、留不住,国家及各级部门多措并举,定向施策,精准发力,标本兼治,打出一套组合拳,为吸引年轻大学生加入教师队伍,发挥了很好作用。如:扩大农村教师特岗计划实施规模;实施安居工程;全面落实集中连片特困地区义务教育教师岗位津贴,分等级补偿,我县边远教学点教师每年补助10个月,每月1000元;实施国家培训计划,帮助教师免费进修;建立表彰制度,每年表彰一大批优秀基层教师及教育工作者;推进乡村学校教育信息工程,乡村小学实行班班通,教学点建立在线课堂。

我县也对应采取一些措施,鼓励新进教师到农村任教。如:招考前先定岗,聘用时按考试成绩自由择岗;在镇中心学校给安排周转房;偏远学校(教学点)另给交通补贴;全县分片教研,建立片区教研队伍,帮助提升业务水平;进城教师公开招考,凡服务期满三年教师均可参加,给他们通过公平竞争进城任教的机会。从今年岳西思源实验学校招考教师录取结果看,有十年左右教学经历、坚持学习、积极参加教研活动的教师考取机会最大。当地正通过一系列有效措施,努力争取新进教师"下得去,留得住,教得好"。

对未来工作安排的建议

为让优秀大学毕业生能进入乡村小学从事教育事业,还能留得住,我认为在以下几方面还要加大工作力度。

一是为有效解决农村地区教师尤其是教学点教师难以招聘的问题,建议师范院校定点设置面向乡村学校(教学点)的全科教育学专业,增加语言表达、艺体面试测试分,合计30分,计入高考成绩,签约录取,免费接受高等教育;毕业后分配到签约的乡村学校(教学点)任教五年,方可调动工作。不履行合同规定的,依据合同规定予以处罚。

二是农村地区教师周转房应全部建设在乡镇政府所在地。到当地乡镇村小任教老师优先予以安排,任教期间无偿居住,但不得出租、转让,退休或调出本地工作后须退出。

农村艰苦边远地区义务教育教师岗位津贴标准应为教师自购一部10万元小车的分月折旧费加往返村小与乡镇政府所在地途中汽油费之和,估计略高于目前已补贴标准。我县村小与乡镇政府之间往返月费用平均数一般不高于1200元,最远村小可补贴1500元左右。建议这个津贴分为两部分:一部分随工作调整而变动;一部分根据工作年限进入工资。进入工资部分必须限制为乡村工作10年以上人员,以后每5到10年增加一次。这部分按12个月计发,终生享有。

三是建立边远教师任教经历积分制度,根据任教年限增加积分,在今后职称评聘、工作变动中终生有效。县域内初中、小学校长的使用也必须有农村工作经历及工作年限限制。县城及以上学校教师聘任中级职称,须有三年乡村学校任教经历;聘任高级职称,须有六年乡村学校任教经历。县城教师评聘职称交验积分,不再要求任职期间须有一年期支教经历。同时,支教规定不利于派出和接受学校管理和工作安排,由于期限一年规定,教师多是临时观念,没有质量意识。

四是优先享受国家及省级、市级培训,提高乡村教师整体教学能力及综合素质,真正落实乡村教师荣誉制度。

五是提高在乡村服务一辈子的退休教师的安置费用和在岗死亡补贴标准,充分体现党和政府对这批人工作的肯定和关心。统一县域范围内住房公积金标准,凡是由财政支付部分,按其农村生活津贴总额的2%予以增补,随其工作变动而变化。按照规定尽快做好乡村教师重大疾病救助工作。

总之,要采取切实可行的措施,让农村教师支持计划落到实处。要让农村教师经济收入高于城区教师,政治待遇优于城区老师,从而形成"越往基层、越是艰苦,地位待遇越高"的激励机制,让到乡村学校尤其边远教学点任教真正成为具有吸引力的工作。只有这样,才能真正保证国家教育事业发展及区域教育教学质量的均衡。

构建岳西特色教学质量监测管理体系

2005年"两基"通过省政府验收后,岳西县教育局领导班子及时决策,将整个工作重心迅速转移到抓教育教学质量上来,在教学质量监测上采取"三查""三导""三考"管理,取得明显成效。

教学工作的"三查"

查备课

检查中,我们发现不备课、滞后备课、备查不备用的劣质备课现象十分严重。相当一部分教师课堂教学水平不高,教学效率低下,家长反感、学生厌学、校长无奈。为此,我们局要求所有进学校开展工作的人员必须查备课,并尽可能听课。在此基础上组织专门班子随机抽查教师、校长备课,有力遏止不备课上课现象的发生。

查上课

听课是局里领导和主要业务股室的工作任务。上课是教学核心环节,更是决定教学质量高低的关键、课改的关键。上不好课遑论质量,课改更无从谈起。

县教育局一把手亲自带头进教室听课,每个学期王彰平局长听课节数达三十节以上，分管局长及基础教育、教研等股室同志听课数也达三十节，并要求每位校长、主任进教室听课。通过听课查上课、听课后评课，有效地促进课堂教学水平的提高。

查教学考核

备课上课的检查仅靠教育局是不行的，学校要实实在在承担起责任。如何了解学校是否真正承担了这一责任，我们认为重在看他们的教学检查过程。因此，我们每次到校检查工作时必看的档案就是教学检查、教师教学工作考核的档案，并且从奖惩方案一直查到奖惩兑现，以防学校弄虚作假。

教学工作的"三导"

教学工作专项视导

每学期我们局都要组织一次教学工作专项视导，时间固定在每年的11至12月。视导方法是听，听简单教学工作汇报、听课；看，看工作计划，教学检查考核情况，看备课作业批改情况；谈，开两个座谈会，教师和学校中层干部座谈会；问，对学生进行问卷调查，利用午饭后时间走访周边群众对学校看法。最后总结反馈，提出要求。第二学期即春季开学检查时检查整改落实情况。问题严重的学校班子成员集体到局里来谈话。去年一所中学、一所小学班子集体接受局领导诫勉谈话，目前工作有很大起色，谈话对其他学校也有很大触动。

学校办学水平督导

这项工作是五年一个轮回,每一所初中、每一所辅导小学、大规模村小都要接受办学水平督导评估。督导工作依据省教育厅制定的办学水平督导评估实施细则,由县政府教育督导团组织,教育局主要业务股室均参加,量化评分,公布等级。以评促建,以评促改,以评促办学水平上档次。每一个接受督导评估学校办学的硬件和软件都有很大变化。目前我县第一轮督导评估已接近尾声。

教研工作分片指导

我县居于大别山腹地,是唯一纯山区县,国土面积大,人口居所分散,学校规模小,教师少。以校教研是低水平徘徊,难以起到互相学习、共同进步的作用。2005年底我们将全县24个中心学校划为五个教研片区,片区内中心学校轮流做东,分片开展教研。每学期安排一至二个主题开展教研活动,活动主题报局审批,活动开展时局领导带领有关工作人员到会,参加教研。参会人员要就主题提前做好准备,做指导性发言。这项活动已开展了三个学期,较好地推进了学校教研工作。

教学工作的"三考"

学年考核

2005年底县教育局制定出台针对中心学校、实验小学的教育教学考核方案。该方案以教育教学为中心,全面考察学校的教育管理、教学质量及"普九"、安全等工作。方案是刚性考核。得分前五名学校通报表扬,前三名对校长奖励3000至5000元,三年考核均为前三名的学校校长提拔重用。同时,也有惩罚措施,考核倒数三名内的校长当年工作不动,连续两年倒数三名内诫勉谈话,连续三年倒数三名内就地免职。今年我们已兑现了第一次考核奖惩。三名校长得重奖,四名主持学校工作的副校长顺利转正,两名负责全面工作的副校长未能转正。

教学会考和抽考

虽然为了减轻学生负担,取消了很多考试,但我们仍坚持毕业会考和非毕业班抽考。

毕业会考我们坚持全面考查,初中不仅中考学科要考,非中考学科也考试。小学实行综合卷会考,语文综合为语文、思品、社会、音乐、美术等学科内容,数学综合为数学、自然(科学)、体育等学科内容,防止学校因考开课。

抽考是任意选择,初中以非中考学科为主,小学以综合卷为主,任选一个年级(非毕业班)中的某一个班抽考。开考前监考教师通知学校抽考学科和年级,临时抽签确定抽考班级。学校间交叉监考,教育局阅卷,平均成绩计入学校考核成绩中。这个成绩对学校最终考核名次有着重大影响,对部分学校甚至是决定性影响。

抽考目的是为强化学校质量意识,更是为了督促学校遵循教育方针,开齐课程、开足课时,效果明显。

教学常规抽考

为督促教师、教育干部学习教学常规,执行教学常规,除在常规检查中查其遵守情况,我们还依据《安庆市中小学教学常规管理暂行规定》两次随机抽取全县10%的教师、教育干部进行教学常规知识闭卷考试。考试过程组织严密,考试不及格人员一律补考,考试结果分析后刊于《教育简报》下发各校,并上报市局和省厅基教处。

从抓教学常规入手,以经常督查方式加强教育教学管理,对提升学校管理水平、管理规范程度和教学质量起到了很好的作用。

依托红色资源,打造国家级研学旅行基地

安庆是中国共产党创始人陈独秀及其儿子陈乔年、陈延年的故乡,是安徽省委第一任书记王步文的故乡;是红二十五军、红二十八军的根据地,是刘邓大军千里跃进大别山的立足之地,是很多革命烈士抛头颅洒热血的地方……全市境内革命历史遗址遗迹和纪念场馆众多,有姜高琦烈士墓及血衣亭、柏子山抗日根据地旧址、陈独秀陵园、辛亥革命徐锡麟起义遗址及徐锡麟就义纪念园、吴樾及皖江九烈士墓遗址等。如何更好地用好安庆丰富、独特的红色教育资源,落实立德树人根本任务,让红色文化进校园、进课堂,积极开展红色研学旅行活动,唱响红色研学旅行品牌,引领学生健康成长,是安庆教育人义不容辞的责任。为此我建议:依托安庆丰富的红色资源,打造国家级红色研学旅行基地。

基本情况

我市基础教育规模

2017 年全市基础教育阶段现有各级各类学校 1892 所,其中小学 1548 所(不含教学点),初中 264 所,普通高中 80 所。现有学生 487740 人,其中小学生 259708 人,初中学生 133021 人,普通高中(含

职业中学综合高中班)学生95011人。目前小学高年级(四至六年级)学生130712人,初中七、八年级学生87940人,普通高中一、二年级学生60151人。三段合计278803人。

全市职业高中学生约2.5万人,技术学校约5000人,合计约3万人。

全市可以参加研学旅行活动学生数,理论上推算应为30万人。

研学旅行基地(营地)建设情况

目前,全省已经审批研学旅行基地共43个,其中安庆市太湖县五千年文博园入选了省级基地。已审批营地2个,在铜陵、马鞍山二市。

太湖五千年文博园曾经因经营不善,资金链断裂,面临倒闭边缘,自从省教育厅将之批准作为研学旅行实践活动基地后,其经营状况大为改观。这个基地也是我市现今仅有的一个省级基地。

2018年1月国家教育部公布了《第一批"全国中小学生研学实践教育基地或营地"公示名单》,中国人民革命军事博物馆等204个单位入选教育基地,石家庄市青少年社会综合实践学校等14个单位入选营地,安徽省有3个教育基地、1个营地入选。太湖五千年文博园申报国家级基地没有成功。

建立基地的意义及政策依据

政治意义

习近平总书记说:我们要铭记光辉历史、传承红色基因,在新的起点上把革命先辈开创的伟大事业不断推向前进。不仅能够震撼一瞬间,激动一阵子,而且能够铭记一辈子,影响一辈子。

如何做到?习近平同志说改革创新是红色基因的固有特质。他认为现在世情、国情、党情都发生深刻变化,贯彻落实新的发展理念,破解前进道路上矛盾和困难,更加需要激活和传承红色基因,让敢闯、敢冒、敢试、敢为天下先的改革精神,让奋发有为、只争朝夕的创业精神,让自立、自强、自信的拼搏精神重新激发出来,在适应新常态、引领新常态中展现新作为。

政策依据

研学旅行是2014年4月19日国家教育部基教司王定华司长在全国基础教育学校论坛上发表主题演讲时率先提出,并予以定义的。他明确指出学生集体参加的有组织、有计划、有目的校外体验实践活动,就是研学旅行。研学要以年级、以班为单位进行集体活动,同学们在老师或辅导员的带领下,确定主题,以课程为目标,以动手做、做中学的形式,共同体验分组活动,相互探讨,书写研学总结报告,并针对活动特点提出了"两不算,两才算"的规范要求。

2014年8月国务院《关于促进旅游业改革发展的若干意见》首次将"研学旅行"纳入中小学生日常教育范畴,作为青少年爱国主义和革命传统教育的重要载体,纳入中小学生日常德育、美育、体育范畴,增进学生对自然、社会的认识,培养其社会责任感和实践能力。

同年7月,教育部下发了《中小学生赴境外研学旅行活动指南(试行)》,对出境开展研学旅行活动进行了全面规范。

2016年12月,教育部等国家十一部门下发了《关于推进中小学生研学旅行的意见》,指出"中小学生研学旅行是由教育部门和学校有计划地组织安排,通过集体旅行、集中食宿方式开展的研究性学习和旅行体验相结合的校外教育活动,是学校教育和校外教育衔接的创新形式,是教育教学的重要内容,是综合实践育人的有效途径",再次明确研学旅行是"教育教学的重要内容"。其对研学旅行的重要意义、工作目标、基本原则、主要任务、组织保障等进行详尽表述及要求。

早在2013年安徽省教育厅就印发《关于开展中小学研学旅行试点工作的通知》,对各县、市开展活动提出了具体要求,同时对研学旅行去处、时间、目的、原则都进行了规范。

教育部办公厅《关于开展2017年度中央专项彩票公益金支持中小学生研学实践教育项目推荐工作的通知》指出"教育部利用中央专项彩票公益金支持开展中小学生实践教育项目","教育部认定基地和营地时将统筹考虑地域、资源、类别、需求等因素,向资源丰富的地区适当倾斜"。

以上这些国家及省级文件就是我们建立研学旅营地、推动研学旅行活动开展的纲领性文件,是有力的政策依据。

安庆市红色资源丰富

安庆市红色革命者地位高、人数多、名气大

这块红色土地上,先后走出了中国共产党创始人陈独秀、安徽省

委首任书记王步文、"中国原子弹"之父邓稼先、陈独秀之子陈乔年和陈延年等革命名人;革命老区岳西县在大革命中为国牺牲烈士3.9万,占当时全县人口1/4,是全国知名烈士县;岳西县中关乡是红色县委书记的摇篮,大革命时省内有七县的县委书记计十余人都是从那里走出去的。

安庆市境内红色景点多,历史悠久

大革命时期的安庆市全境到处都有革命者活动足迹。尤其是革命老区岳西县境内红色景点甚多:请水寨、包家河、头陀河、黄尾河暴动旧址;温泉王步文故居;天堂镇东山红军中央独立二师司令部旧址;鹞落坪红二十八军军政旧址;凉亭坳红二十八军重建地;青天汪氏宗祠国共谈判地;主簿园会议旧址,这些都已经成为研究和了解岳西以及广大青少年学生开展红色教育活动的重要资源。

岳西请水寨暴动及红二十八军影响力很大

王步文1923年就加入中国共产党,是中共早期无产阶级革命家、杰出的共产主义战士、安徽首任省委书记。1927年国民党发动"四一二"反革命政变后,回乡组织农民革命,建立党组织,发展王效亭等一大批优秀青年加入中国共产党。1930年,在王步文领导下,岳西县爆发著名的请水寨暴动,成立潜山独立师,后几经改编定名为红军中央独立第二师,王效亭任师长。请水寨暴动是一次时间早、规模大的暴动,暴动后建立独立师,对国民党统治威胁大。

红二十八军曾三次建立,前两次都在建立后不久并入红二十五军,第三次在高敬亭领导下在岳西凉亭坳重建,揭开岳西三年艰苦卓绝的游击战,牵制国民党军队68个团17万多人,蒋介石为剿灭红二十八军,将潜山、太湖、霍山、舒城四县各切一块建立岳西县。所以说没有红二十八军革命斗争就没有岳西,岳西就是红色革命根据地。

以上这些都为我县研学旅行活动的有序开展奠定了良好基础。

安庆建立国家级基地的选址构想及必要性

建立基地的必要性

一是有效利用市域内红色资源为德育、为立德树人服务,为学习先烈革命精神、热爱家乡教育服务。

二是便于开展红色研学旅行活动,减少安全隐患,减少政策障碍,减轻学生家长经济负担。

三是拉动市域经济发展。一个基地就是一个经济效益巨大的无烟工厂,仅市内学生的红色之旅每年就能带来上亿元的经济效益。

四是以实际行动响应市委市政府大力开展招商引资活动。建立红色研学旅行基地是很多经济体的首选。

安庆红色人文资源和自然生态资源十分丰富,又是人口大市、教育大市,仅有一个省级基地,与教育需求和规模不相称。

选址构想

安庆不仅有丰富的红色资源,基地建设初步条件也已具备,不需要很大投入。

市区独秀园有陈独秀墓地,有历史展览馆,只要在园区附近建设活动及体验基地和生活设施即可试运营,然后就可以申报。

岳西请水寨建立营地,可以依据暴动旧址及红军枪械所建设,这里离县城仅4公里,夏天气候凉爽,与红军中央独立二师司令部、王步文故居、中关镇红色展馆、映山红大观园体验区相距仅半小时车程,只要稍加建设及融合,立即就可开展活动。

岳西鹞落坪红二十八军军政旧址,离高速出口仅一小时车程,这里离青天国共谈判地汪氏宗祠、鄂皖两省交界楚长城很近,又有国家自然保护区绿色资源供学生学习;又是夏天休闲避暑胜地,可以消除学生家长对暑期开展研学旅行活动的担忧。

建议相关部门根据中小学生研学旅行的需要,结合我市实际,对我市红色资源进行科学合理的整合与梳理,围绕"追寻红色足迹,传承红色基因"这一主题开发具有安庆特色的红色研学旅行线路,丰富中小学生研学旅行活动内容,拓展研学旅行活动空间。

立足"红色"市情,高质量开发系列课程,加强研学师资队伍建设

研学旅行线路确定以后,再就是要考虑怎么行,怎么学,行和学怎么结合。为解决好以上问题,建议:首先,要结合背着课本去旅行这个研学旅行的显著特点,教育部门牵头组织专家根据精品线路编写安庆市研学旅行课程。围绕"追寻红色足迹,传承红色基因"这一主题,分小学、初中、高中三个学段,编写教材。每一条线路里面,要有活动主题、目的意义、参观景点、研学内容、活动建议、研学资料等内容,课程的编写既要有科学性、系统性,也要有针对性、实用性。其次,为壮大研学旅行教师队伍,合理利用教育资源,建议教育部门在全市教师队伍中挑选一批年轻、有热情的教师开展导学员专业培训,通过专家现场授课、理论培训、现场实训等再挂牌上岗,确保红色研学旅行活动顺利、高质量地进行。

班主任工作要"四勤"

实施素质教育,减轻学生课业负担后,学生自主活动空间加大。面对新形势,如何强化对学生的教育管理?我认为,班主任一定要做到"四勤"。

眼　勤

减负后,学生自主活动时间增多,变化大。如何把握学生的思想脉搏?班主任要处处留心,及时"抑恶扬善"。

我班有男女两生,平时上课很少安静,忽然间他俩课上课下变得特老实。通过观察了解,发现两人有恋爱苗头。由于发现早,又做了大量耐心细致的工作,这一事件还在萌芽状态就得到妥善解决。

腿　勤

班主任要养成常去教室、寝室、操场上走一走、转一转的习惯。腿勤,接触学生多,师生间就渐渐亲情浓厚。女生初次来月经、男生暗恋女生等等,都和我说,我不但了解学生,也很理解他们。对犯错误的学生,我开的药方主要是疏导、排解和帮助。

长期和学生接触,我注意尽可能将自己光彩、高尚的一面展示给学生,要求学生做到的我先做到,从而营造"身教重于言教"的氛围。另一方面,我也注意学习学生的优良品质,净化、陶冶自己的灵魂。

嘴　勤

班主任要学会和不同对象聊天。首先是和学生聊天。有机会和他们拉拉家常,了解学生思想动态,解决思想困惑,传授知识,交流学习方法。

其次是和科任教师聊天。从各科教师那里,了解学生方方面面的情况,掌握学生的新变化;听取各科老师对班级工作的意见和建议,探讨管理方略,形成管理合力。我的许多班级管理措施,就是和各科老师聊天"聊"出来的。

再次,要善于和学生家长交谈。通过家访和接待来访,了解学生在家里的生活、学习习惯及性格特征,做到全面准确评价学生,从而找到帮助学生进步的最有效途径。有一学生,我就是通过家访,获知他有跑、跳的体育潜质,从而将其引荐给体育教师,发挥了他的特长,激发了他的学习兴趣。他的各科成绩直线上升,后来顺利考取体校,走上教师岗位。

脑　勤

班主任尤其要肯学习,勤观察,善分析,勤用脑。每天汇集起来的学生各方面的信息,要用脑梳理。每晚我躺在床上都要过电影,看看有没有新变化。重点的人和事,我要记笔记,反复思考,寻找答案,找出解决问题的最佳方法。

  我班一男生为维护班级财产打了别班学生,反复思考后,我召开了班会,问了同学们两个问题:1. 如果有人损坏公共财产,是否该管?在得到肯定答复后,我及时表扬了该男生。2. 以什么方法来制止破坏行为?大家纷纷发言,出主意,说方法,发表高见。然后,我微笑着望着那男生进行总结,要求大家处理任何问题都要注意方式方法,既要坚持正义,又不可过激,还要遵纪守法,尊重别人,保护自己。课后男生跟我说:"老师,我懂了!"

  长期的班主任工作,使我深深感到:勤能补拙,勤生效益。

后 记

我天生就不是一个聪明人。书看了不少,看明白的没有多少,别人就算囫囵吞枣也能留下印象,我是看了又看,往往还是没有印象。细细掂量,还是用一个笨字贴切。

家里与小学之间隔条河,那时河里鱼多,色彩斑斓,好看又好吃。夏天上学时,常为鱼儿犯糊涂。把书包往草丛里一塞,下河摸鱼,摸到忘乎所以,一准忘记上课。看见小伙伴们放学了,我就慌慌张张往家跑。父亲鼻子尖,闻到鱼腥味,一把抓住我,用手在腿肚子上一划,对着我的头来几个"爆栗"。我记不住书上的内容,也记不住打,三五天一过,故态复萌。

高考成绩公布了,父亲让叔叔带着我去看看考得如何。在县城十字街上,叔叔看见一位领导,向他打听我校高考情况。他说了两遍达本科线的考生的名字,其中有我,就站在一旁的我却充耳不闻。叔叔很激动,指着我说:这就是某某某,我侄子,上本科线了。我脑子里想,叔叔哪个侄子考上大学了?直到那个领导拍了拍我,连声称好,才明白是自己达线了。

学生时代笨,可以年轻搪塞。工作近三十年了,与年轻肯定无缘,但是笨还是一样的。2012年遇上一次车祸,感觉脸上有血流出来了,眼睛胀痛,伸手一摸,眼前一看,满手是血。我灰心至极:完了,眼珠震飞了。愣了好几分钟,我才反应过来:如果眼珠子没了,怎么会看得见血。

笨就要勤,勤能补拙。故平生爱阅读、爱旅游、爱教育,偶有所思,记录于笔端。承蒙编辑老师不弃,变成铅字,散见于报刊杂志。今得同学盛情、好友帮助,结集成册。

职业缘故,20世纪80年代开始,以文字记录教育心得、教育思考,整个早期写作以教育内容为主。于此得益于爱人章根莲,她的教育教学实践及她的所思所想,给我极大帮助。大多数论文均是和她共同探讨、共同撰稿的。其中多篇入集文章是以她个人名义发表于报刊,我仅仅是执笔成文而已。还有关于智慧学校建设一文,是我和同事徐正龙先生共同探讨,我形成初稿,后由他最终成文的。应该说这篇文章他付出的心血最多。观点有点离经叛道,又是我们俩的真实感受,难以见诸报端,故在此收录。

20世纪90年代中期进入县教育主管部门后,得同事、兄弟兼作家扬颂鼓励、指点,诗歌、散文、小说均有涉猎。近几年,临退休之际,着意调整工作方向和个人状态,虽事繁但心宽,每每翻看旧作、旧照及笔记,忆起平生旅游、工作之经历及故人故事,或有触动,录为文字。偶有所作,扬颂、义平、晓芳等文友、同事,或为第一读者,或编发在文学公众号,或推荐见诸报刊,其行快捷,其意真切,甚为感动。

尤其得安徽省书协主席吴雪先生抬爱,题写书名;得省作协副主席胡竹峰先生深情厚谊,为书作序;安徽大学兼职教授、书画家胡飞先生不厌其烦,为拙著装帧设计,几易其稿,费力、费心、费时;胡飞先生的好友尽心尽意,进行电脑制作;徐义平、汪晓芳先生不辞辛劳,逐字逐句校正,在此一并深谢!

王启林
2023 年 3 月